KB049474

더러워진 빨강을 사랑이라 부른다

코노 유타카

목차

더러워진 빨강을 사랑이라 부른다

거리를 걷고 있는데 소녀의 모습이 눈에 들어왔다.

대여섯 살 정도의 어린 소녀다. 그녀는 새빨간 헬멧을 쓰고 은행 앞에서 맑게 갠 파란 하늘을 올려다보고 있었다. 아마도 엄마가 자전거 뒤에 태워 데려왔을 테고, 엄마의 일이 끝나는 걸 기다리고 있는 모양이다.

팔다리가 늘씬하고 아름다운 소녀였다. 언밸런스하게 큰 헬멧이 상당히 간접적인 방법으로 그녀의 매력을 돋보이게 만들었다. 진지한 눈동자로 구름의 행방을 좇는 그녀의 옆얼굴은 만화 무민에 나오는 스나후킨의 휘파람처럼 쿨하다.

난 그녀에게 작지만 자연스러운 호의를 품었다. 물론 그 감정은 사랑이 아니다. 이성에게 품는 모든 호의가 사랑하는 마음이라 정의하면 모든 건 매우 심플하지만 실제로는 그렇지 않다.

같은 의미로 이걸 첫사랑의 이야기라 부르는 건 잘못된 것이리라.

실은 좀 더 많은 말들을 사용하면서 몇 개의 주석을 달고, 신중하게 설명해야만 하는 일일 것이다.

그래도 난 이걸 첫사랑이라 말하려 한다.

하나의 첫사랑이 끝날 때까지의 이야기로. 혹은 하나의 첫사랑이 태어나기까지의 이야기로.

나에게는 분명 이런 식으로 사물을 단순화해 생각할 필요가 있다. 세부적인 모순에는 눈을 감고, 억지로 감정을 삼켜버리지 않으면 지금 이 자리에서 앞으로 나아갈 수 없다.

그렇다.

나는 긴 정체를 끝내고 훨씬 먼 곳을 목표로 하고 싶다.

이 이야기는 8월 말에 시작되어 2월 중순에 끝난다. 대충 분류한다면 내 고등학교 1학년 2학기에서 봄방학 전까지의 이야기라고도 할 수 있다. 그걸 다르게 말하면 초등학교 때부터 이어졌던 어느 소녀와의 관계성이 일단 정리될 때까지의 이야기라고도 표현할 수 있다.

8월 31일. 여름방학 마지막 날.

난 마녀의 소문을 쫓고 있었다.

*

우에시마 커피숍에 들어간 건 그날이 처음이었다.

자발적으로 자동판매기보다도 비싼 돈을 내며 커피를 마시는 습관이 나에게는 없었고, 지인과 어딘가에서 차분하게 이야기를 나누게 되면 가격이 싼 커피전문점인 도토루만 갔으니까. 멤버에 여자아이가 들어오게 되자 스타벅스에 가게 되는 경우도 있다. 하지만 고등학교 1학년이 되고 몇 개월 지나지 않은 나에게 우에시마 커피숍이라는 선택지는 없었다.

난 무설탕 아이스 밀크커피를 주문하고 지정된 대로 창가 카운터석에 앉았다. 약속 시간까지 딱 5분 남았다. 한 잔에 410엔이나 하는 아이스 밀크커피는 확실히 맛있었지만, 신간 만화책 가격과 별 차이 없는 가격을 커피에 쓰는 건 아무래도 좀 내키지 않았다.

그 뒤 한참 동안 아직 익숙지 않은 스마트폰을 조작해 기본적으로 다운로드되어 있는 애플리케이션 게임으로 시간을 때웠다. 가게가 고가 밑에 있기에 전철이 통과하면 묵직한 진동이 벽을 흔든다. 그것만 빼면 가게 안은 조용하고, 의자도 앉기 편안하다. 체인 커피숍의 마음 편안함은 확실히 커피 값과 비례한다.

약속한 시간에서 10분 정도 지났을 무렵 옆자리에 쟁반이 놓였다. 쟁반의 밀크커피에는 캐러멜소스와 생크림이 올라가 있고, 건포도쿠키가 곁들여 나왔다.

옆에 앉은 건 나와 비슷한 또래의 여자아이였다. 검정 프릴 멜빵스커트를 입고 새빨간 프레임의 안경을 쓰고 있다.

그녀는 날 보며 미소 지었다.

"사토우 군이지?"

난 끄덕였다.

그런 다음 그녀에게 묻는다.

"당신이 빼기 마녀인가요?"

"응. 맞아."

그녀는 커피 위에 띄운 생크림을 스푼으로 떠 입으로 가져갔다.

빼기 마녀라는 건 그리 유명하다고도 할 수 없는 소문 중 하나다.

많은 도시 전설이 그렇듯이 빼기 마녀의 소문에도 몇 가지 버전이 있다. 그렇다고는 해도 소문의 핵심은 공통적으로 '마녀를 만나면 인격의 일부가 지워져 버린다'는 것이었다. 예를 들면 화를 잘 내는 인격과 나태한 인격 같은 걸 손쉽게 뽑아내 버린다고 한다. 마치 컴퓨터 바이러스를 소거하듯이 인간의 내면을 정상화한다.

마녀는 대체 정체가 뭘까? 어떻게 하면 마녀를 만날 수 있는 거지? 그런 세부적인 것은 확실하지 않다. 마녀는 남들에게서 뽑아낸 인격을 먹어버린다는 소문도 있고, 실은 인간의 정신구조를 조사하기 위해 찾아온 우주인이라는 소문도 있다. 가공의 주소로 편지를 보내면 답장이 온다고도, 보름달 밤에 주문을 외우면 하늘을 날아온다고도 한다.

그중에서도 제일 의심쩍은 건 마녀가 관리하고 있는 웹페이지에 '버리고 싶은 인격'을 쓴 메일을 보내면 답장이 온다는 것이었다. 그 웹페이지는 굉장히 쉽게 찾아냈다. 빼기 마녀로 검색하면 위에서 네 번째에 나왔다.

분명 누군가의 장난일 거라고 생각했지만 그래도 난 메일을 보내봤다. 올 여름 휴대전화를 스마트폰으로 바꾸자마자 상당히 간단하게 새로운 메일 어드레스를 얻을 수 있었던 것이다. 귀찮은 일이 생기면 그 어드레스를 바로 없애 버리기만 하면 된다고 생각하고 있었다.

메일을 보내고 그다음 날 답장이 왔다. 며칠 계속해 대화를 나눈 뒤 얼굴을 보고 얘기하기로 했다.

그래서 난 태어나 처음으로 우에시마 커피숍에 들어와 창가 카운터 자리에 앉아 한 잔에 410엔 하는 아이스 밀크커피를 마셨다. 그리고 곧 자신을 마녀라 말하는 소녀가 나타났다.

그녀는 밀크커피에 떠 있는 생크림을 조심스럽게 다 먹은 후 토트백에 오른손을 넣었다. 토트백에서 꺼낸 건 마법 지팡이도 마술서도 아닌 스마트폰용 하얀 충전 케이블이었다.

"이 자리, 콘센트가 있어서 편리해. 알고 있었어?"

"아뇨. 이 가게에 들어온 건 처음이에요."

"존댓말 안 써도 돼. 같은 나이인데 뭐. 네가 메일로 거짓말을 하지 않았을 경우지만 말이야."

"고등학교 1학년?"

"응. 마녀가 고등학생이라서 이상해?"

"애초에 마녀가 있다는 게 이상해."

"그럴지도."

그녀는 건포도 버터쿠키의 포장을 찢고는 한쪽을 앞니로 아주 조금 깨물었다. 그런 다음 밀크커피에 입을 대고는 또 웃는다.

"네가 버리고 싶어 하는 거, 꽤 유니크했어."

"나로서는 상당히 진지한 고민인데. 그래서? 나한테서 인격을 빼내 줄 수 있겠어?"

"생각 중. 약간의 테스트를 하고."

"테스트?"

"모든 사람들을 상대로 부탁받은 대로 마법을 쓰지는 않아. 알고는 있지?"

"어떤 테스트인데?"

"간단한 심리 테스트 같은 거야. 눈을 감아봐."

말도 안 되는 소리 말라며 한숨을 내쉬고 자리를 박차고 나와도 됐다.

하지만 너무나도 수상한 사이트로 메일을 보냈고, 내 일 상으로 치면 꽤나 비싼 커피를 마시면서 여름방학의 마지막 날을 써 가며 만난 이 소녀를 그냥 무시하는 편이 더 말이 안 된다는 생각도 들어 결국 눈을 감았다.

그녀의 키득거리는 듯한 밝은 목소리가 들린다.

"의외로 순진하네."

"순진하지 않으면 마녀를 만나려는 생각은 안 하겠지."

"하지만 대답하는 건 꼬였어."

"나름 고분고분하게 대답하는 거라고 생각하는데."

커피를 마시고 싶었지만 눈을 감은 채로는 그것도 어렵 다. 재촉하려는 마음에 묻는다.

"테스트는 이미 시작된 거야?"

"지금부터 할 거야. 그래. 네가 기억하고 있는 제일 오래 된 기억을 가르쳐줘."

잠시 생각하고 난 모르겠다고 대답했다.

"몇 가지 굉장히 어릴 적 기억이 있어. 하지만 어떤 게 제 일 오래된 건지 몰라."

"그럼 그중에서 제일 인상에 남는 건?"

"전에 살던 집에 대한 기억. 몇 년 전이던가. 난 네 살이 되기 얼마 전에 이사를 했으니까 그것보다는 오래됐을 거야."

"그때 무슨 일이 있었어?"

"특별히 얘기할 정도의 에피소드는 아냐."

눈꺼풀 안쪽의 약간의 어둠 속에서 가까스로 기억의 실을 더듬었다.

"어린 난 거실에 있던 소파에서 눈을 떴어. 커다란 갈색 소파로, 부드러워서 마음에 들어 했지. 하지만 이사할 때에 버렸던 것 같아. 지금은 없어. 어쨌든 내가 눈을 떴을 때 밖은 환했어. 크림색의 하늘 아래쪽에 떠오른 태양이 붉게 빛나고 있어. 조금 하얀색이 섞인 부드러운 빨강이었어. 난 그걸 석양이라고 생각했어. 하지만 왠지 이상했지. 거실 창문에서 석양을 본 적은 한 번도 없었고 그 빨강은 꽤 부드럽고 따뜻한 느낌이 들었거든. 분명 굉장히 단순하게 난 그 하늘색이 아름답다고 생각했어. 순수하게 좋다는 느낌이 들어 눈을 뗄 수가 없어서 그저 가만히 하늘을 올려다보고 있었어."

"그런 다음?"

"곧 침실 문이 열리는 소리가 들려. 엄마가 눈을 비비면서 벌써 일어났냐고 말해. 난 하늘을 가리키며 석양이 굉장히 아름답다고 얘기해. 그러자 엄마는 저건 아침 해라고 가르쳐 줘. 그런 다음 난 좀 더 잔 거 아닐까. 잘 기억나지 않아.

소파에서 눈을 뜬 이유도 지금은 잘 모르겠어."

"그뿐?"

"응. 재미없지?"

"상당히 재미있었어. 눈 떠."

눈을 뜬다.

그녀는 건포도 버터쿠키의 마지막 조각을 입에 털어 넣었다.

난 물었다.

"이런 게 테스트가 돼?"

"널 이해하는 데 도움이 돼. 아주 약간씩이지만 말이야. 하지만 한 인간을 한꺼번에 알려 해도 그건 무리잖아. 자, 다음으로 넘어가자."

"계속하는 거야?"

"물론. 다시 한 번 눈을 감아."

난 마음속으로 한숨을 내쉬었다.

그냥 좀 귀찮았지만 내색하지 않고 순순히 눈을 감는다.

"너에게 처음으로 친구가 생긴 건 언제?"

라고 그녀는 말했다.

결국 한 시간 정도나 그녀의 질문에 대답했다.

유치원 때 좋아했던 장난감과 초등학교에서 반복해서 읽

었던 아동서와 중학교 쉬는 시간을 보냈던 방법 같은 걸 말했다. 올 여름의 평범한 날들도, 고등학교 입시 때도, 난 순순히 거짓말하지 않고 대답했다. 출신 학교와 현재 주소는 정확히 알 수 없도록 주의했지만 내 기억 같은 건 흔한 거라서 너무 경계할 필요도 없을 것이다.

자신을 마녀라 말한 소녀는 만족한 표정으로 끄덕였다.

"그렇군. 고마워."

난 드물게 오랫동안 자신에 대해 이야기하게 되어 왠지 좀 지쳐 있었다. 대충 질문이 다 끝난 것 같다는 사실에 나도 모르게 안도의 한숨을 내쉰 뒤 물었다.

"테스트 결과는?"

"합격이야. 너, 나쁜 사람 아닌 것 같아."

"그거 다행이네. 당장 내가 버리고 싶은 인격을 뽑아줄 거야?"

"아니. 그건 한참 나중이 될 거야."

"어째서?"

"어째서라고 생각해?"

"전혀 모르겠는데."

그녀는 스마트폰과 연결되어 있던 충전 케이블을 뽑아 빙글빙글 감고는 토트백에 집어넣었다.

"사실 난 마녀가 아니니까, 라고 대답하면 화낼 거야?"

"딱히. 역시나, 라고 생각할 뿐."

사실 이 소녀가 마녀가 아니라는 사실은 시작한 지 얼마 되지 않은 단계에서 확신하고 있었다.

그래서 그녀의 질문에 대답하면서 나도 그녀에 대해 생각하고 있었다. ——왜 자신을 마녀라고 말한 거지? 단순한 장난일까, 아니면 구체적인 목적이 있는 걸까? 목적이 있다고 한다면 그건 위험한 걸까?

그녀는 말했다.

"실은 나도 빼기 마녀를 찾고 있어. 도와주지 않을래?"

"메리트를 잘 모르겠는데."

"너보다는 내가 더 마녀를 찾기 위한 정보가 많다고 생각해. 내 홈페이지에는 꽤나 재미있는 메일들이 와 있으니까."

"내 메리트가 아냐. 네 메리트지."

"그게 중요해?"

"가능한 납득하고 싶으니까 말이야. 네 메리트를 알 수 없으면 난 그걸 계속 생각하게 될 거니까. 뭔가 상상도 못 할 나쁜 걸 생각하고 있는 거 아닌가 하고 말이야."

"동료가 필요할 뿐이야. 둘이서 찾는 편이 효율적이라고 생각하지 않아? 게다가 아무래도 혼자서 이런저런 사람을 만나고 다니는 건 좀 무섭기도 하고."

"하지만 넌 날 혼자서 만나러 왔잖아."

"내 앞으로 온 메일 중에서 네가 제일 착한 사람 같았으니까. 방금 전 테스트는 정말 널 알고 싶어서 한 거야. 안심하고 같이할 수 있는지 얘기를 해보지 않으면 모르는 거잖아."

난 한동안 아무 말 없이 그녀의 얼굴을 쳐다보고 있었다. 대답은 이미 나와 있었지만 고민하는 척해 두고 싶었다.

전철의 진동이 머리 위를 통과했고 그런 다음 난 끄덕였다.

"알았어, 같이하자."

"정말?"

"정말. 하지만 몇 가지 너한테 묻고 싶은 게 있어."

"뭔데?"

"우선은 학교. 학생 수첩 가지고 있어?"

그녀는 끄덕이며 토트백에서 학생 수첩을 꺼냈다. 이름은 들어본 적 있지만 그래도 어디 있는지 잘 모르는 학교의 수첩이었다. 받아 들고는 펼친다. 확실하게 그녀의 얼굴 사진이 붙어 있다. 고등학교 1학년이라는 건 거짓말이 아닌 모양이다.

순순히 학생 수첩을 꺼냈다는 사실이 나에게는 의외였다.

"늘 가지고 다녀?"

"설마. 하지만 내 신분증이 될 만한 건 이것밖에 없으니까."

난 학생 수첩을 닫고 그녀에게 돌려주었다.

"다음 질문은?"

하고 그녀는 말했다.

"넌 마녀를 만나 뭘 버리고 싶어?"

"그건 비밀."

"내가 버리고 싶어 하는 건 알고 있으면서."

"그건 미안하게 생각해. 대신 알아낸 정보를 가르쳐줄 테니까 그걸로 용서해줘."

"내용을 들어 보고. 뭔데?"

그녀는 몸을 내밀어 조용한 목소리로 말했다.

"난 마녀를 만났던 사람을 알고 있어. 메일이 왔거든. 대충 어디에 살고 있는지까지 알고 있어. 잘만 연락하면 직접 만나는 것도 가능할지 몰라."

"흐음."

난 입가에 손을 대고 생각한다.

확실히 흥미로운 얘기다. 그 메일을 읽어 보고 싶다.

"만족했어?"

라며 그녀는 미소 짓는다.

"응. 굉장히."

난 대답했다.

그녀는 토트백을 어깨에 걸치고 자리에서 일어섰다.

그런 다음 나에게 오른손을 내밀며 말했다.

"난 아다치. 이건 본명. 학생 수첩에도 나와 있었지? 다시 한 번 잘 부탁해."

악수는 별로 좋아하지 않는다.

하지만 어쩔 수 없이 그녀의 손을 잡는다.

"난 나나쿠사. 나야말로 잘 부탁해."

"사토우 나나쿠사?"

"아니. 사토우라니 그게 누구지?"

손을 놓고 그녀는 다시 한 번 웃었다.

"거짓말은 좋아해. 그럼 또 연락할게."

그녀는 쟁반을 들고 등을 돌렸다. 난 그 뒷모습이 보이지 않게 될 때까지 시선으로 그녀를 좇았다. 그 미소 너머에 뭐가 있는 건지, 가능하면 알고 싶었지만 뒤통수를 쳐다본다 해도 그녀의 머릿속을 알 수는 없는 일이었다.

＊

이런 식으로 난 아다치와 만났다.

일반적이지는 않지만 극적이라고 하기에는 모자라고, 운명적이라고 표현할 수도 없는, 굳이 표현한다면 조용한 만남이었다.

그런데 만나자마자 내가 그녀는 마녀가 아니라고 확신한 데에는 이유가 있다. 난 그녀를 만나기 3일 정도 전에 이미 마녀를 만났던 것이다. 얼굴은 보지 못했다. 어쩌면 기억하지 못하는 걸지도 모른다. 하지만 마녀와 얘기한 내용은 확실하게 기억하고 있다. 그때의 목소리와 말투로 아다치가 아닌 다른 사람이라는 게 확실했다.

다시 말해 그 시점에 난 이미 인격의 일부를 버렸던 것이다.

그래도 마녀를 찾고 있다는 건 거짓말이 아니다.

보다 정확하게는 '마녀를 찾는다는 것에 위험은 없는지'를 조사하고 싶었다. 묻힌 지뢰를 찾는 벨지언쉽독처럼 수상한 곳에서 코를 킁킁거리는 것이다. 그래서 정체도 알 수 없는 웹페이지에 메일을 보냈고, 미심쩍은 호출에도 응했다. 아다치가 착한 사람인지, 나쁜 사람인지도 가능하다면 구별하고 싶었다.

결론부터 말하면 아다치는 그 시점에서 몇 가지 거짓말을 했던 것 같다.

하지만 난 끝까지 아다치가 어떤 사람인지 확실하게 알아낼 수 없었다. 그녀가 착한 사람인지 나쁜 사람인지. 어쩌면 양쪽 다 아닌지. 그것도 여전히 알지 못한 채다.

다음 해 2월 10일, 우리는 마녀를 만난다.

그리고 아다치는 내 눈앞에서 사라져 버린다. 아마도 영원히.

이건 내 첫사랑 이야기인 동시에 분명 아다치의 이야기일 것이다.

하지만 그게 어떤 이야기인지, 내가 알아낼 방법은 이제 없다.

1화, 빼기 마녀의 소문

1

의외로 9월이 되어서도 내 생활은 그다지 바뀌지 않았다.

물론 여름방학 동안처럼 점심식사 전까지 잘 수 있는 건 아니지만 잠이 덜 깬 채로 오전 7시에 침대에서 기어 나오는 비법도 바로 몸이 기억해 낸 것 같다. 수업 중에 하품을 참는 것도, 40여 일 만에 만나게 된 반 친구들과의 미묘한 거리를 가장 적당한 간격으로 바꿔 놓는 것도 초등학교부터 세면 10년 가까이 학생을 하고 있기에 익숙한 것들이다.

다음 달에는 학교 축제와 운동회가 있고, 그 준비도 서서히 본격화되고 있다. 이건 작년까지 중학생이었던 나에게는 경험이 없는 것이지만 그래도 학교 행사 특유의 궤도에 올라타 두면 자동적으로 끝까지 가게 된다는 안도감 덕분에 특별히 완전 새로운 이벤트라는 기분도 들지 않았다.

내가 변화를 예감하고 있던 건 보다 개인적인 두 가지의 이유 때문이다.

하나는 내가 마녀에게 인격의 일부를 빼앗겼다는 것. 그 마법의 효과는 나 자신도 확실하게 실감하고 있다. 몇 가지 점에서 사고방식이 지금까지와는 확연히 달라져 있다. 하지만 옆에서는 차이를 잘 알 수 없는 듯 여름방학 중에 살이 탄 것 정도보다도 화제에 오르지 못했다.

실제로 나를 향해 그 사실을 지적한 건 딱 한 사람뿐이었다.

그 한 사람이 바로 변화를 예감하고 있던 두 번째 이유였다.

마나베 유우.

그녀는 6년도 더 된 내 친구다.

우리는 같은 초등학교에 다녔고, 같은 중학교에 진학했다. 하지만 중학교 2학년 여름방학에 그녀가 전학을 가버렸고, 올 여름에 재회할 때까지는 메일 한 통도 주고받지 않았다. 애초에 중학교 2학년 무렵 우리는 서로 휴대전화를 가지고 있지 않았기 때문에 어드레스를 교환할 타이밍도 없었다.

만약 어드레스를 알고 있었다면 메일을 보냈을까? 분명 내가 먼저 보낼 일은 없었을 거라 생각한다. 그녀도 웬만한 사정이 아니면 내 앞으로 메일을 쓰지는 않았을 것이다. 마나베 유우는 이유만 있다면 아무리 무모하다 해도 그 어떤 행동이든 하는 사람이지만 이유 없이 인간관계를 지속시키는 노력을 하는 소녀가 아니다.

8월 25일에 약간의 운명을 느끼는 재회를 하게 된 우리는 드디어 연락처를 교환했다. 그때 난 그녀가 같은 고등학교로 전학 온다는 것을 알았다.

마나베가 다시 눈앞에 나타났기 때문에 내 생활이 지금까지와 같을 리 없다. 그렇게 확신하고 있었지만 의외로 그녀가 가져온 변화는 아주 사소한 것이었다.

그녀가 전학 온 건 1학년 2반으로 4반에 소속되어 있는 내 귀까지 그 소문이 들리는 일은 없었다. 같은 반이 되었다면 얘기는 달라졌겠지만 대부분의 고등학교 1학년은 두 개나 옆 반인 전학생을 신경 써야만 할 정도로 화제가 궁핍하지는 않은 모양이다. 우리 교실에서는 역 앞에 있는 아이스크림 가게가 가격을 20엔 인상했다거나, 통학 중에 자주 보게되는 여자아이가 귀엽다거나, 별자리점의 9위 내용이 12위보다도 심했다는 등의 얘기로 뜨겁다.

학교 밖에서도 난 마나베를 적극적으로 만나지는 않았기 때문에 접점이라고 하면 가끔씩 복도에서 스쳐 지나갈 때 인사를 나누는 정도였다. 왠지 분명 폭풍이 가까이 오고 있는데도 하늘은 맑은 것 같은 찜찜한 불안을 느끼고 있었다.

결국 내가 마나베 유우와 얘기다운 얘기를 하게 된 것은 2학기가 시작되고 2주 정도 지난 어느 날의 방과 후였다.

＊

　그날은 새벽부터 엄청난 비가 내리고 있었다. 하지만 비는 점심을 지나자 멎고, 방과 후에는 다 씻어 내린 것처럼 신선한 물빛 하늘이 펼쳐져 있었다.

　난 우산을 가지고 집에 갈까 고민하다 역시 두고 가기로 하고는 교문을 나가다 10미터 정도 앞에 그녀가 있다는 사실을 눈치챘다. 그다지 넓지 않은 큰길에는 같은 교복을 입은 학생이 많이 있었지만 뒷모습으로도 마나베 유우를 잘못 볼 리는 없다.

　서너 걸음 동안 망설였다.

　그대로 그냥 그녀의 뒷모습을 쳐다보며 걷는 것도 가능했고, 그러는 편이 훨씬 더 마음 편했다. 하지만 결국 난 그녀에게 다가가 그녀의 이름을 불렀다.

　마나베는 빙글 뒤돌더니 손에 들고 있던 우산을 아스팔트에 댄다. 발밑 물웅덩이에 색이 연한 하늘이 비치고 있다.

　똑바로 날 쳐다보던 그녀는 불과 몇 센티미터 시선을 움직이는 정도로 고개를 갸웃거렸다.

"같이 갈래?"

"중간까지. 너, 어디 살아?"

"나나쿠사 집 근처야. 신호등 두 개 정도밖에 안 떨어져 있어."

그건 몰랐다. 그렇다면 등하교하는 동안 우연히 만났어도 이상하지 않았을 텐,데 우리의 생활 리듬은 약간 달랐던 걸지도 모른다. 분명 그녀는 종이 울리기 직전에 교실로 들어가는 걸 사는 보람으로 여기고 있지는 않을 것이다.

내가 옆에 서자 그녀는 말했다.

"웬일이야?"

"뭐가?"

"네가 말을 걸어오는 거 드물잖아."

그랬나. 전에는 달리는 마나베를 불러 세우는 것에 필사적이었던 것 같은 기분도 들지만.

"특별한 이유는 없어. 우연히 뒷모습을 봐서."

지금까지 난 대부분 마나베의 약간 뒤에서 걸었다. 하지만 지금은 옆에 서서 역을 향해 걷는다.

"이쪽 생활은 어때?"

그렇게 묻자 마나베는 진지한 표정으로 끄덕였다.

"괜찮아. 수업 진도도 전 학교랑 그리 다르지 않고. 수학만 좀 안 배운 부분이 있지만 그래도 중간고사까지는 쫓아갈 수 있을 거야."

"공부 얘기 말고."

"그럼 뭐?"

"예를 들면 인간관계. 친구는 만들었어?"

"아직. 가끔씩 얘기하는 사람은 있지만."

"부에는 안 들어가?"

"소프트볼부에 들어오래. 부원이 간당간당하다고."

"그래. 해보지? 친구가 생길지도 모르잖아."

"생각해볼게. 넌?"

"아무것도 안 해. 역사연구회가 좀 마음에 들지만."

"역사, 좋아했어?"

"특별히 좋아하는 건 아니야. 하지만 우리 역사연구
회는 민속학도 하고 있는 것 같은데, 그쪽에 관심이 있
어."

"민속학은 뭐 하는 거야?"

"유명한 건 와우고(蝸牛考 : 柳田國男의 어학서_ 옮긴이) 같은
거."

익숙하지 않은 말이었던 모양인지 마나베는 다른 나
라 말을 흉내 내듯이 '와우고'라고 반복한다.

난 화제를 돌린다.

"소프트볼은 해 본 적 있어?"

"체육 수업에서라면. 저기, 와우고가 뭔데?"

"나도 잘은 몰라. 알고 싶으면 조사해봐."

"역사연구회에 가면 가르쳐주는 거야?"

"아마도. 하지만 너한테는 소프트볼 쪽이 더 어울릴 것 같아. 운동은 잘하는 편이잖아."

"싫어하지는 않지만. 매일 방과 후에 한다는 게 상상이 안 돼."

"수업이랑 같은 거 아닐까? 수업은 좋아하잖아."

"좋아해. 하지만 자유로운 시간이 없어지는 것도 그건 그거대로 곤란하니까."

"지금은 뭘 하고 있는데?"

"응?"

"방과 후 자유로운 시간에."

마나베는 한동안 침묵했다.

대체 무슨 생각을 하고 있는 걸까? 그녀의 표정은 좀처럼 변하지 않아서 감정을 추측하는 것도 어렵다. 발걸음은 아무런 주저도 없는 것처럼 똑바로 같은 리듬으로 전진한다. 그 앞에 작은 물웅덩이가 생겨나 있었다. 그녀는 생각에 빠지면 바로 주위를 볼 수 없게 되어 '발밑 조심해.'라고 말하고는 물웅덩이를 피하는 걸 지켜본 뒤 난 본론을 꺼냈다.

"실은 너한테 받은 메일이 좀 신경이 쓰였어."

8월 25일에 우리는 재회했다. 연락처를 교환한 바로 그날 밤 그녀한테서 처음으로 메일이 도착했다. 그 역사적인 한 통은 제목인 '안녕'을 빼면 딱 한 줄인 간결한 것이었다.

——나나쿠사는 빼기 마녀를 알고 있나요?

상당히 흥미진진한 메일이다.

빼기 마녀.

인격의 일부를 빼주는 굉장히 편리한 마법사.

어째서 마나베가 그런 소문에 관심을 가졌는지 그날 밤부터 신경이 쓰였다. 생각해보면 난 좀 더 빨리, 메일을 받은 다음 날에라도 그녀를 만나러 갔어야만 했을지도 모른다. 하지만 나에게도 망설임이 있었다. 마나베와의 재회를 어떻게 받아들여야 좋을지 제대로 판단할 수 없었던 것이다. 지금도 여전히 잘 모르겠다. 학생 생활은 벌써 10년 가까이 경험하고 있지만 이사로 멀리 떨어졌던 옛 친구를 재회하는 건 이번이 처음이다. 학생 수첩에도 학급 요람에도 매뉴얼은 실려 있지 않다.

"넌 왜 빼기 마녀를 조사하고 있는 건데?"

그렇게 묻자 마나베는 날 쳐다봤다.

전과 다르지 않다. 올곧은 눈동자다. 아무런 주저도

없는 마치 만든 것 같은. 그 단단한 시선을 근본부터 꺾
듯이 그녀는 가볍게 고개를 갸웃거렸다.

"비밀이야."

숨이 막힌다.

비밀 같은 건 흔한 것이다. 어디에든 무슨 일이든 누
구에게든 있는 것이다. 하지만 마나베 유우가 그 말을
사용한 걸 분명 난 처음 들었다. 마나베 유우에게 숨겨
야만 하는 게 있다니, 상상도 못 한 일이었다.

"비밀?"

"응. 비밀."

난 이유 없이 불안해져 가방 어깨끈의 위치를 고쳤다.
왠지 당황스러워 일단 웃고는 시험 삼아 말해본다.

"나한테만 슬쩍 가르쳐줘."

"안 돼. 비밀은 비밀이야."

"언제까지 비밀인 건데?"

"글쎄. 잘 모르겠지만 아마 훨씬 나중까지."

"그래?"

떨어져 있는 동안 그녀도 변한 걸까. 당연한 거라고
생각한다. 14살부터 16살까지의 2년 동안 아무것도 변
하지 않는 인간이 어디 있을까. 그녀도, 분명 나도 시계
와 같은 속도로 어른이 되어 가고 있다.

나는 숨을 토해 냈다.

"만약 마녀에 대해 뭔가 아는 게 있으면 가르쳐줘. 나도 좀 흥미가 있거든."

"마녀를 만나고 싶어?"

"정말 있다면 만나고 싶긴 하지만. 픽션이라고 해도 재미있잖아. 민속학에서는 도시전설도 연구해."

"빼기 마녀는 도시전설인 거야?"

"글쎄. 츠치노코(일본에 있다고 전해지는 미확인 동물_옮긴이)랑 같은 거라고 생각하는데."

나는 조금 더 오래 빼기 마녀에 대한 얘기를 계속하고 싶었다.

마나베는 그 소문을 어떤 식으로 생각하고 있는 걸까? 비밀인데도 어째서 나에게 메일을 보내온 걸까?

의문은 몇 가지 있었지만 지금은 말로 제대로 잘 표현할 수 없어 우리는 두서없는 잡담으로 시간을 보냈다. 초등학교 뒤에 있던 과자집이 결국 문을 닫았다는 둥, 옛날 같은 반 친구들 중에서 같은 고등학교에 있는 멤버라든가, 마나베가 이사 갔던 곳의 이야기라든가, 그런 얘기들로. 다행히도 화제가 궁하지는 않았다. 2년 전이었다면 서로 아무 말 하지 않아도 어색하지 않았겠지만 지금은 과연 어떨지 모르겠다.

우리는 전철을 타고 역을 세 개 지나 내려서 10분 정도 더 걸었다.

"나, 이쪽이야."

마나베가 말한 건 중학생 때 늘 헤어지던 곳과 별반 다르지 않은 장소였다. 유일하게 하나 있는 모퉁이다.

헤어지기 바로 직전에 마나베는 말했다.

"약속, 기억하지?"

나는 끄덕였다.

"물론."

그녀는 안심한 것처럼 웃고는 날 향해 손을 흔들었다. 나도 손을 흔들고 발길을 돌렸다.

거기에서 불과 5분 정도인 집에 가는 길에 작은 공원이 하나 있다. 2년 전 마나베에게 작별을 고했던 공원이다. 3주 정도 전에 그녀와 재회했던 공원이기도 하다.

아무 생각 없이 공원의 그네와 미끄럼틀을 쳐다보고 있자니 방금 전에 헤어진 마나베가 비밀이야, 라고 속삭인 것 같은 기분이 들었다.

2

"그래서 나나쿠사 군은 그 비밀이 신경 쓰이는 거구나."

아다치가 말했다.

"그거야 비밀이라는 소리를 들으면 당연히 알고 싶어지는 거잖아."

라고 난 대답했다.

하지만 한편으로 상대가 비밀로 하고 있는 걸 강제로 들춰낼 필요는 없다고도 생각했다. 호기심이라는 말에는 거부감이 강하다.

내가 아다치를 만난 건 마나베와 함께 하교했던 주의 토요일이었다. 빼기 마녀와 관련된 정보를 교환하기 위해 전부터 약속했다.

우리는 서로 주소를 알려주지 않았기 때문에, 처음 그녀를 만났던 곳과 같은 역까지 전철로 이동해 개찰구를 나오자마자 있는 시계탑 아래에서 합류했다. 그런 다음 역 근처에 있는 맥도날드에 들어가 마주 보고 앉았다. 옆 좌석에는 초등학생 셋이서 자리를 잡고 앉아 각자 손에 든 휴대게임기를 노려보고 있다.

우리는 햄버거와 프라이드 포테이토를 먹고 코카콜라를 마시면서 이따금씩 마녀에 대해 얘기했다. 자연스러운 흐름으로 마나베 유우에 대해서도 이야기가 나왔지만 자세한 설명은 하지 않았다. 같은 학교를 다니는 소녀도 빼기 마녀를 찾고 있는 것 같다, 고 전했을 뿐이다. '왜 그 아이는 빼기

마녀를 찾고 있어?'라고 아다치는 말했다. '글쎄. 비밀이래.'
라고 난 대답했다. 그뿐.

그런데도 아다치는 '빼기 마녀를 찾고 있는 소녀'에게 관
심을 가진 것 같았다. 그녀는 프라이드 포테이토를 집었던
손을 냅킨으로 닦으며 말했다.

"마녀를 만나고 싶어 하는 건 분명 자신의 어딘가가 싫기
때문 아니겠어?"

"대부분은 그렇겠지."

"그 아이는 뭘 버리고 싶어 하는 거려나. 나나쿠사 군, 몰
라?"

"몰라. 많이 친하지는 않으니까."

"정말? 왠지 위화감이 있는데."

"어째서?"

"왜냐면 나나쿠사 군은 그 아이에게 마녀를 찾고 있는 이
유를 물었다며? 이상하잖아."

"그래? 자연스러운 질문이라고 생각하는데."

"마녀를 만나고 싶어 한다면 싫어하는 자신을 버리고 싶
은 게 당연한 거잖아. 다시 말해 나나쿠사 군은 이렇게 질문
했겠지. ──넌 너의 어디가 싫어?"

"그렇군. 그렇게 설명해주니까 굉장히 무신경한 질문이었
네."

"그렇지? 나나쿠사 군은 그런 질문이 무의미할 정도로 그 아이를 신경 쓰는 것 같아. 결벽증이라고 해야 되나. 내 멋대로의 이미지이지만, 넌 최근 몇 년 동안 누군가에게 잘 해봐, 라고 말한 적 없을 것 같은데."

마지막으로 언제 누군가를 향해 '잘 해봐'라고 말했는지는 기억나지 않는다. 그건 정말로 쓰지 않는 말 중 하나지만, 그래도 난 고개를 저었다.

"그렇지 않아. 괜한 소리를 해 후회한 적도 많아. 봐, 널 처음 만났을 때에도 같은 질문을 했잖아."

"그건 특수한 예지. 내가 마녀라고 거짓말을 한 바로 뒤니까 말이야. 테스트 같은 걸로 내가 어떻게 나오는지 보고 싶어서 일부러 자극하는 질문을 한 거라고 생각하는데."

"지나친 생각이야. 단순하게 신경이 쓰였을 뿐이야."

"그런가. 뭐, 됐어."

아다치는 납득이 되지 않는다는 분위기로 콜라를 마시고는 스트로의 끝을 앞니로 물었다. 난 반 정도 마시니 충분해 종이컵에 반 남은 걸 그냥 들고 있다. 맥도날드 세트 메뉴는 나도 모르게 콜라를 선택해버리지만 탄산음료를 많이 마시지는 못한다.

"난 특별히 그 아이를 동료로 끼워도 괜찮을 것 같아."

"사람 수만 늘린다고 뾰족한 수가 있나."

"세 명이라면 그리 많은 것도 아니라고 생각하는데."

"그 마녀의 홈페이지를 운영하고 있는 게 너라는 사실은 다른 사람들에게는 알리지 않는 편이 좋지 않을까."

"그래? 진심으로 화내는 사람도 이상하다고 생각하는데."

아다치는 프라이드 포테이토를 하나 집어 먹고는 또다시 종이 냅킨으로 손끝을 닦고 토트백에서 스마트폰을 꺼냈다.

"그럼 본론. 이 홈페이지로 온 메일 말인데."

"마녀를 만났다는 사람?"

"응. 메일을 계속 주고받고 있어."

"어떤 얘기를 하는데?"

"그 홈페이지가 가짜라는 건 이미 말했어. 상대도 어렴풋이 알고 있었던 것 같아. 직접 만나고 싶다고 부탁했더니 조건을 내걸었어."

그녀는 그 메일을 확인하고 있는 건지 스마트폰 화면을 튕겼다.

"또 한 명, 마녀를 만난 적이 있는 사람을 찾고 싶대. 나나쿠사 군은 이 조건에 어떤 의미가 있다고 생각해?"

난 입가에 손을 대고 생각했다.

이름도 모르는 그 누군가는 이미 마녀를 만났다. 그런데도 일부러 아다치의 홈페이지에 메일을 보냈고, 아무래도 여전히 마녀의 정보를 캐고 있는 모양이다.

그건 좀 이상한 상황이라고 생각할 수 있다. 한편으로 나랑 비슷하기도 했다. 나도 이미 마녀를 만났고, 그런데도 지금도 여전히 마녀를 쫓고 있다.

내가 마녀를 찾고 있는 이유는 물론 마나베 유우 때문이다. 그녀가 마녀를 찾고 싶다면 자기 좋을 대로 하면 된다. 그녀가 자신의 일부를 버리고 싶다고 생각하고 있다면 그것도 자기 좋을 대로 하면 된다. 하지만 만약 마녀를 찾는 과정에 위험이 있다면 가능한 난 먼저 가 그걸 제거해 두고 싶다.

예를 들면 아다치는 마녀라고 거짓말을 하고는 홈페이지를 운영하고 있다. 그녀에게 얼마만큼의 악의가 있는지는 아직 모르지만 악인이 마녀의 소문을 이용하는 경우는 충분히 있을 수 있다고 생각한다.

막연하게 마녀를 믿고 있고 자신의 일부를 버리고 싶어 하는 인간은 덫에 걸려들기 쉬운 먹잇감처럼 보일지도 모른다. 내가 마나베를 지켜준다고 큰 소리로 외칠 생각은 추호도 없지만 오랜 친구가 상처 받는 건 기분 나쁘다.

아다치가 메일을 주고받는 상대도 같은 거 아닐까?

가까운 누군가의 영향으로 마녀를 찾는 걸 멈출 수 없는 거 아닐까?

물론 정확하게는 알 수 없다. 하지만 나와는 완전히 다른 사정이 있다고 생각하는 편이 자연스러운 것 같다.

"추측 가능한 건 딱 한 가지야."

라고 난 아다치에게 대답했다.

"당연하지만 마녀를 만나도 마녀의 모든 걸 알 수는 없는 거잖아. 그 메일의 상대는 자신이 모르는 걸 다른 누군가라면 알고 있을 거라고 생각하고 있어."

"하지만 이상하지 않아? 그 사람은 이미 마녀가 인격의 일부를 빼내 갔다고. 그렇다면 새삼 이제 와서 마녀를 알 이유는 없는 거잖아."

"모르겠어. 버리고 싶은 자신을 또 찾은 걸지도 모르지. 아니면 전에 버렸던 자신을 되찾고 싶은 걸지도."

"하긴. 편리한 서비스는 다시 받고 싶어지는 거긴 하지."

아다치는 고개를 끄덕이고는 이어 약간 틀어진 안경의 위치를 고쳤다. 옆 좌석의 초등학생이 아, 하고 소리를 지르며 창문 너머를 가리켰다. 쳐다보니 연한 파란색 하늘을 커다란 비행기가 가로질러 간다. 아다치도 그 비행기를 눈으로 좇으며 아무런 의미도 없이 작은 목소리로 웃었다.

"좀 더 마녀가 많이 있으면 좋겠는데."

라고 그녀는 말했다.

"당신의 인격을 청소해 드립니다, 같은 간판이 근처에 있는 거야. 빗자루를 들고 있는 마녀가 웃으면서. 편의점 정도는 그렇고 대충 휴대전화 대리점과 비슷할 정도로 많이 있고, 가게에 들어가면 번호표를 뽑고 차가운 물은 셀프로. 약간 비싼 레스토랑 정도의 가격으로 인격의 일부를 없애주거나 하면 정말 돈 엄청 벌 것 같지 않아?"

"하지만 그런 걸 했다간 어떤 게 자신인지 알 수 없게 되잖아."

"그런가."

아다치는 또 따분한 듯이 스마트폰을 만지작거리기 시작한다.

"나, 진짜의 나처럼 말을 빙 둘러 하는 거 정말 싫어해. 그럼 대체 어디에 가짜인 자신이 있다고 말하는 거지. 가령 뭔가 열 받는 일이 있다고 해봐. 눈앞에서 아저씨가 줄을 새치기한다든가, 아줌마가 자전거를 넘어뜨리고는 그냥 그대로 간다든가. 나나쿠사 군은 그런 걸 보면 화나지?"

"글쎄. 결국 아무 말도 안 하고 그냥 지나치는데."

자전거 정도라면 내가 일으켜 세우면 된다. 하지만 그것도 기분 나름이다. 언제든 착한 사람이 되자고 결심한 것도 아니다.

"응."

아다치는 오른손에 스마트폰을 쥔 채로 비어 있는 왼손으로 날 가리켰다.

"그거야말로 진짜 나나쿠사 군이야. 열 받아서 안절부절 못하면서 한 마디 해줄까 생각하지만 그래도 실제로는 그렇게 할 정도의 열정도 없어서, 일단 휴대전화 착신 메일을 확인하고 차를 마시거나 하는 거, 굉장히 그 사람다워.

귀찮은 일을 부탁받았을 때 속으로는 욕을 하지만 마지못해 받아주는 것도. 뭔가 꽤 지쳐 있고, 스스로도 더럽게 들리는 말을 해버리는 것도. 이런 건 진짜 자신이 아니라고 소리치고 있는 상대가 실은 진짜 자신이라고. 아무리 불합리하고 마음에 안 들어도 가짜 자신 따위 이 세상 어디에도 없는 거야. 가령 슈퍼히어로 때문에 속을 끓인 악당들이 쌍둥이를 고용해 나쁜 짓을 시키는 거라면 이해가 되지만 그런 것도 아니잖아."

꽤나 긴 말을 너무나도 술술 말하기에 그 사실에 놀라 나도 모르게 아다치를 쳐다보고 있었다. 그녀의, 새삼 다시 보니 의외로 큰 입이 닫혔어도 난 한동안 말이 나오지 않았다. 간신히 고개를 저었다.

"그런 거 말하기 나름이야. 바라지 않던 자신을, 진짜 자신이 아니라고 생각하는 건 틀린 게 아냐. 사실 그걸 무방비하게 받아들이는 것보다도 능숙한 표현으로 부정하는 편이 훨씬 나은 거라고 생각해."

불투명한 그녀의 본심을 조금이라도 들여다볼 수 있는 게 아닌가 싶어 반론했지만 아무래도 잘 안 된 모양이다. 아다치의 표정은 차가웠다. 따분한 영화를 억지로 보면서 자리를 박차고 일어설 타이밍을 계산하고 있는 것 같았다.

"알고 있어."

그녀는 스마트폰의 화면을 튕긴다.

"진짜 자신은 실은 새로운 자신을 가리키는 거라는 건 알고 있어. 좀 더 멋지게 변하고 싶은데 지금의 자신을 부정하는 것도 싫으니까 그런 말을 쓰는 거잖아. 그렇다면 진짜 자신을 찾는 거랑 마녀를 찾는 건 분명 같은 일이야. 노력해서 자신을 바꾸면 그건 좋은 일이고, 편하게 자신을 바꾼다고 해도 그게 나쁘다는 건 전혀 설득력이 없어. 옛날에는 살을 찢고 피를 흘리며 수술했던 병을 지금은 레이저로 안전하게 고칠 수 있어. 그럼 레이저를 이용하면 돼. 이건 그런 얘기잖아."

대략적인 얘기를 다 하니 그녀는 방긋 웃으며 '좋아.' 하며 스마트폰을 쥔 손으로 주먹을 불끈 쥐며 승리를 확신한 포즈를 취했다. 그 바람에 보인 모니터에는 애플리케이션 게임의 화면이 비치고 있었다. 능숙하게 스테이지를 클리어한 모양이다. 쿨했던 표정은 그저 게임에 집중하고 있어서 그랬던 것뿐일지도 모른다.

그녀는 스마트폰을 토트백에 집어넣고는 날 보며 고개를

갸웃거렸다.

"그런데 무슨 얘기 하고 있었지?"

"진짜 자신에 관한 고찰?"

"뭐야, 그런 거야 어찌 되든 상관없는 거잖아. 약간 옆길
로 샜을 뿐이라고. 우리에게는 좀 더 중요한 본론이 있었던
것 같은데."

"마녀를 만났다는 사람이 내건 조건?"

"그래, 그거. 또 한 사람을 더 찾으라니, 그건 곤란하잖아.
누구나 쉽게 마녀를 만날 수 있는 것도 아니고."

"네 홈페이지에 눈에 띄는 정보는 없어?"

"현재로서는 없어. 하지만 메일을 보낸 사람은 대부분 마
녀를 찾고 있을 테니 한 명 정도는 더 찾을 수 있을지도 모
르지."

역시. 확실히 그녀가 받은 메일은 그냥 그대로 마녀에 대
해 흥미를 가지고 있는 사람들의 리스트가 된다.

"그쪽을 조사할 거라면 아다치, 너한테 맡기는 수밖에 없
겠다."

"일단 해보겠지만. 그 괴상한 홈페이지를 진심으로 상대
해주려나. 넌 어떻게 할 거야?"

"난 아무것도 안 해. 하지만 네가 거짓말만 잘 해주면 굉
장히 도움이 될 것 같아."

"거짓말?"

"8월 31일, 난 마녀를 만나기 위해 집을 나왔어."

진짜네, 하고 아다치는 심술궂은 미소를 지었다.

"역시 나, 진짜 마녀였던 것 같아."

나도 웃는다. 의도적으로 공범자의 미소를 만들었다.

"그렇다고 하면 다른 한 명, 마녀를 만난 누군가는 나야."

그렇다고는 해도 실은 그녀가 거짓말을 할 필요 따위 없다.

*

여름이 끝날 무렵에 마녀와 얘기했다.

8월 28일 밤 침대에 드러누워 문고본 페이지를 넘기고 있을 때 내 스마트폰이 진동했다. 모니터에 표시되어 있는 게 모르는 번호였기 때문에 그냥 무시할까 망설였지만 짐작 가는 사람이 있어 결국 전화를 받았다. 상대는 '마녀예요.'라고 자신을 밝혔다.

목소리를 들어보니 나와 그리 다르지 않은 나이대의 여자아이인 것 같았다. 낮고 거친 목소리로 그녀는 말했다.

"당신은 버리고 싶은가요? 아니면 줍고 싶은가요?"

주워? 라고 난 다시 물었다.

소문으로는 빼기 마녀는 그 이름 그대로 인격을 빼어갈 뿐으로 뭔가를 준다는 그런 얘기는 들어보지 못했다.

"저는, 줍는 것도 가능한가요?"

마녀는 다시 한 번 말한다.

"줍고 싶으신가요? 버리고 싶으신가요?"

질문에는 대답해 주지 않을 모양이다. 포기하고 난 대답했다.

"버리는 쪽입니다."

"그런가요."

그녀의 목소리는 최소한 감정적은 아니었다. 하지만 그 평온한 말투는 약간의 안도감을 포함하고 있는 것처럼도 들려 나도 왠지 모르게 안심이 됐다. 만약 줍는 걸 원하고 있다면 그녀는 어떤 목소리를 냈을까?

"당신이 버리고 싶은 건 뭔가요?"

그렇게 물어 대답하지 않았다.

대답은 물론 정해져 있다. 하지만 그걸 말로 제대로 표현하는 게 어렵다. 결국 난 되물었다.

"정말로 당신이 마녀인가요?"

"믿지 못하겠나요?"

"좀처럼 믿을 수 있는 말이 아니라서요."

"하지만 당신은 마녀를 찾고 있잖아요."

"네."

"믿지도 못하면서 찾고 있었다는 건가요?"

"아뇨. 그건——."

또다시 말문이 막혔다.

이때 난 굉장히 동요하고 있었다고 생각한다.

이미 아다치의 홈페이지에 메일을 보냈기 때문에 자신을 마녀라고 하는 인물한테서 연락이 있을 거라는 것도 조금은 고려하고 있었고, 전화를 받은 것도 그 이유다.

하지만 상대에게 말했던 건 분명 메일 어드레스뿐이라서 어떻게 나에게 전화를 걸 수 있었는지는 알 수 없었다. 구글에서 얼마 전에 만든 메일 어드레스를 이용해 전화번호를 알아낼 수 있는 걸까.

"거의 믿지는 않아도 그래도 마녀에게 흥미가 있었습니다."

가까스로 그렇게 대답했다.

"마녀라는 건 뭔가요? 어떤 마법을 쓸 수 있는 거죠?"

그녀는 주저 없는 말투로 대답했다.

"마녀라는 건 나쁜 사람입니다. 태어났을 때부터 정해져 있는 거죠. 굉장히 자기 멋대로고 쾌락주의로 말도 안 되는 소원도 들어주죠. 마법을 사용해 자신의 기쁨만을 추구하는 자입니다."

"그런데도 당신은 마법을 사용해 남을 돕는 건가요?"

"도와요?"

"왜냐면 그렇잖아요? 당신은 필요 없는 인격을 제거해주니까요."

"당신은 그렇게 보고 있군요."

"사실은 다른 건가요?"

"글쎄요. 사실이라는 건 뭘까요."

그때 전화기 너머의 마녀는 웃었을지도 모른다. 웃는 목소리가 들린 건 아니지만 왠지 말의 파편에서 그런 뉘앙스를 느꼈다.

"그럼 나나쿠사. 당신이 버리고 싶은 걸 가르쳐주세요."

라고 마녀는 말했다.

사실 상대가 내 이름을 안다는 건 불가능했다. 메일에는 가짜 이름을 사용했다. 하지만 그녀가 내 이름을 불렀다는 사실에 이상하게도 위화감은 없었다.

"내가 버리고 싶은 건——."

간신히 말을 정리해 난 대답했다.

*

전화를 끊고 나는 잠을 잤다.

꿈속에서 마녀를 만난 것 같다. 그녀의 얼굴을 보면서 뭔가 얘기한 건 아닐까. 하지만 눈을 떴을 때 기억나는 건 '마녀를 만났다'라는 인상만으로 구체적인 내용은 까먹었다.

마법에 걸렸던 나는 분명 몇 가지 점에서 변했다고 생각한다.

예를 들면 난 오랫동안 나 자신을 네거티브한 인간이라고 생각하며 살아왔다. 비관주의라는 말을 안 건 아마도 초등학교 3학년인가, 4학년 때. 확실하게는 기억하지 못하지만 그때 이미 난 비관주의자 언저리에 걸친 인간이라고 생각했다. 뭘 해도 실패를 전제로 생각했고, 타인을 믿기보다는 의심하는 것이 편했다. 자신의 가치 같은 것도 잘 알지 못했다.

하지만 마법에 걸린 나의 마음은 변해 명랑한 낙관주의자가 됐던 것이다——그렇다고 해도 쉽게 알 수 있는 변화는 아니다. 지금도 난 실패하는 것만 생각하고 있고 별로 친하지 않은 인간은 기본적으로 의심하고 있다. 자신의 가치라는 것도 알 리 없다. 그런 걸 확신하고 있는 고등학교 1학년생이 있다고 한다면 친구는 될 수 없을 거라고 생각한다.

그래도 지금의 나는 더는 자신을 비관주의자라고 부를 마음은 없다. 나 자신의 성격이 변했다기보다는 다른 시각을 손에 넣었다고 생각한다. 잿빛 비구름은 마음을 우울하게 만든다. 하지만 그 구름 뒤쪽은 언제든 태양빛이 비쳐 순백으로 빛나고 있다. 비구름 뒤쪽을 가끔 의식하게 됐다. 다시 말해 부정적인 내 안에도 긍정적인 일면이 있다는 사실을 다소는 인정할 수 있게 된 것이다.

나한테서 마녀가 가져간 것은 비관주의적인 내가 아니다. 그런 건 중요한 문제가 아니다. 마녀의 마법에 부탁한 건 보다 본질적인 내 문제를 해결하기 위한 것으로, 비관주의에 대한 인식의 변화는 그 부산물에 지나지 않는다.

내가 버린 걸 단적으로 표현한다면 그건 신앙이었다.

3

9월 25일 방과 후에 일단 집으로 돌아온 나는 가방을 두고 바로 또 집을 나섰다.

불과 몇 분 거리에 있는 공원을 향해 걸었다.

그 공원을 가는 건 왠지 이상하게 쑥스러웠다. 초등학교 때부터 고등학교에 들어간 지금도 여전히 공원은 내 통학로 한편에 계속 존재하고 있지만, 최근 몇 년간은 그 옆을 지나치기만 할 뿐으로 가끔씩 공원에 들어가도 그건 지름길로 공원을 가로지르는 게 목적이었다. 내가 마지막으로 공원을 가기 위해 집을 나선 건 벌써 2년도 더 됐다.

그날처럼 오늘도 마나베와 만날 약속을 했다.

나는 지난달에 이 공원에서 마나베와 재회했지만 그녀의 질문에 제대로 대답할 수 없어서, 한 달을 기다려달라고 말했다. 그로부터 딱 한 달이 지났다.

난 공원에 들어가 벤치 가장자리에 앉았다. 하늘은 맑게 개어 있다. 9월 초에는 비가 자주 내렸지만 그 반동인지 최근 1주일은 강수 확률이 20퍼센트 이하를 유지하고 있었다.

저녁으로 접어든 시간에도 여전히 파란 하늘이 보이는 공원에서는 소년이 혼자 축구공으로 리프팅 연습을 하고 있을 뿐이었다. 선명한 빨간색 티셔츠를 입은 초등학교 2학년이나 3학년 정도로 보이는 어린 소년이다. 나에게 등을 향하고 있기에 얼굴은 안 보인다.

난 머릿속으로 리프팅 횟수를 세며 시간을 보냈다. 처음에는 87회로, 다음에는 딱 70회였다. 세 번째에서 90회를 넘었다. 하지만 93번째에서 균형을 잃고 그 뒤 크게 뻗은 발로 다시 한 번 더 볼을 찼지만 결국 100번에는 도달하지 못했다. 그 아이가 굴러간 공을 줍기 위해 갈 때 처음으로 그의 옆얼굴이 보였다. 소년은 두꺼운 눈썹을 기분 나쁜 듯이 찡그리고 있었다.

난 그제야 리프팅을 세는 걸 멈췄다.

굴러간 공을 주운 그는 스테이지를 향하는 연주자처럼 가습을 당당히 펴고 공원 한복판으로 돌아와 또다시 리프팅을 시작했다. 그네도 미끄럼틀도 나도, 모두 소년을 주목하고 있었지만 그는 그런 시선을 눈치채지 못한 모양이었다.

볼은 부드럽게 떨어졌다 올라간다. 집중하는 소년의 모습은 공원과 잘 어울린다. 그대로 한 장의 사진으로 담아 방 벽에 걸어 둔다면 매일 아침이 조금이라도 상쾌해질지도 모르겠다.

몇 번 더 도전을 하고는 끝마쳤을 때 그는 '좋아.'라고 중얼거렸다. 대지에 깊게 나이프를 찔러 넣는 듯한 절실한 목소리였다. 소년은 공을 주워 스테이지를 내려갔고 그런 다음 나와 주인공을 잃은 한적한 공원만이 남겨졌다.

마나베 유우가 나타난 건 약속 시간이 되기 5분 전이었다.

그녀는 공원 입구에서 바로 날 알아챈 듯했다. 종종걸음으로 빠르게 다가온다.

"방금 전까지 저기에서 남자아이가 리프팅 연습을 했어."

라며 난 말을 꺼냈다.

"어쩌면 난 그 아이가 태어나 처음 100번이 넘은 리프팅에 성공한 걸 본 유일한 목격자가 된 걸지도 몰라. 얘기도 안 해봤으니 사실인지는 알 수 없지만 그래도 왠지 그런 기분이 들어."

마나베는 어이없다는 표정으로 고개를 갸웃거렸다. 어째

서 내가 그런 얘기를 시작한 건지 이해할 수 없었던 것이리라. 내 입장에서 보면 의미 따위 없었다. 그저 그녀의 얼굴을 봤을 때 그 소년의 얘기를 하고 싶어졌을 뿐이다.

"그거 운이 좋았네."

라고 마나베는 말했다. 그런 다음 살짝 미소 지었다.

"아무도 못 본 것보다는 너 하나라도 본 게 좋은 거 아닐까."

"그래. 나중에 그가 유명한 축구 선수가 되면 난 역사적인 목격자로 남을지도 몰라."

"유명한 축구 선수가 못 되면 역사적이지 않다는 거야?"

"글쎄. 집에 가면 역사의 의미를 조사해볼게."

마나베는 고개를 끄덕이며 내 옆에 앉았다.

"난 와우고를 조사했어."

"의미를 알아냈어?"

"대충 알아냈어. 재미있었어."

"그거 다행이다."

"응."

고개를 끄덕이고는 마나베는 한동안 침묵했다.

나는 그 옆얼굴을 힐끔 훔쳐보면서 그녀의 심정을 상상한다. 물론 상상만으로 알아낼 수 있는 건 아니지만 그래도 생각하지 않을 수 없다.

우리는 2년 전에 이 공원에서 작별을 고하고 딱 한 달 전에 재회했다.

*

그날 공원에 갔던 것에 큰 의미 같은 건 없었다.

심심풀이로 인터넷을 뒤지던 난 전에 도서관에서 읽고 마음에 들었던 하드커버 책이 문고판으로도 나왔다는 사실을 알게 되어 서점으로 가기 위해 에어컨이 빵빵한 방을 나왔다. 그렇다고는 해도 바로 다시 읽고 싶은 건 아니었다. 굳이 말한다면 그냥 집을 나서는 게 목적이었다.

도중에 공원을 가로질러 가기로 했다. 그렇게 하는 편이 아주 조금이긴 하지만 지름길인 것이다. 만약 여름 햇살이 그렇게 강하지 않았다면 공원으로 들어가지 않고 그냥 도로를 걸었을지도 모른다.

공원으로 들어가자마자 벤치에 마나베 유우가 앉아 있다는 사실을 알아차렸다. 그녀의 올곧은 눈동자가 날 보고 있었기에 당연히 바로 알아차릴 수밖에 없었다.

"나나쿠사."

그녀는 내 이름을 불렀다.

굉장히 놀랐던 걸 기억하고 있다. 마나베는 멀리 이사 가서 분명 이 마을에 있을 리 없었다. 게다가 그냥 직감이었지만 두 번 다시는 그녀와 만나지 않을 것 같았다.

내가 다가가자 마나베는 웃는다.

"봐. 역시 만날 수 있었잖아."

뭐가 역시라는 건지 모르겠는데, 라고 말할 수 있었다면 편했을 것이다.

하지만 난 그녀가 하는 말의 의미를 알고 있었다.

2년 전 마나베 유우는 말했던 것이다.

──약속하자, 나나쿠사.

당장이라도 울 것 같은 얼굴로 그녀에게 어울리지 않는 순진한 표정으로, 하지만 역시 똑바로 날 쳐다보며.

──우리는 다시 또 이곳에서 만나는 거야.

난 그 말을 긍정하지 않았다. 가능하다면 그녀와는 두 번 다시 만나고 싶지 않다고까지 생각하고 있었다. 그녀를 싫어했던 게 아니다. 반대다. 내 입장에서는 마나베 유우가 너무 깨끗해 보여서 내 자신이 뿌듯한 기분이 들었고, 그래서 그녀가 변해 가는 모습을 보고 싶지 않았던 것이다.

각오를 다지며 난 미소를 짓는다.

"오랜만. 잘 지냈어?"

"응. 굉장히 건강하게. 넌?"

"나도 큰 병에 걸리지는 않았어. 1학기에 기침이 멈추지 않았는데 가벼운 감기라고 생각해서 그냥 놔뒀더니 한 달이나 낫질 않아서 좀 애먹었지. 하지만 병원에 갔더니 놀랄 만큼 간단하게 나았어."

"병원에는 빨리 가는 게 좋아."

"머리로는 알고 있지만 말이야."

옆에 앉아도 돼? 하고 난 물었다. 마나베는 물론이라고 대답했다. 이게 내 벤치도 아니고, 나나쿠사는 정말 만나고 싶었어.

옆에 앉자 그녀가 살짝 등을 곧게 폈다. 공원을 둘러보면서 모든 게 다 나이를 먹었다는 사실을 깨달았다. 내가 초등학생 때에 새로 칠해졌던 미끄럼틀의 페인트가 벗겨지기 시작하고 있다. 철망으로 된 쓰레기통은 꽤나 녹이 슬었다. 모래도 왠지 기억보다도 더 하얘진 것 같다.

"왜 여기에?"

"다시 이사 왔어. 아버지가 본사 근무로 돌아오게 돼서."

"두 번 다시 만날 수 없을 것 같은 말투였는데."

"그렇지 않아. 다시 또 만나자고 말했잖아."

"하지만 그건 굉장히 어려운 일 같았거든."

"난 어른이 되면 어떻게든 그렇게 될 거라고 생각했는데. 하지만 2년 만에 돌아올 줄은 생각 못 했어."

"언제 여기로 왔어?"

"오늘 아침에. 오자마자 이 교복을 받으러 갔고, 점심을 먹고 여기로 왔어."

그녀의 옷은 물론 이미 신경 쓰고 있었다. 흔한 세일러 교복이지만 가슴에 학교 배지가 있다.

"그 교복."

"응?"

"우리 고등학교 교복이야."

마나베는 미소 짓는다.

"그래? 왠지 그럴 것 같긴 했어."

그녀가 같은 고등학교로 전학 왔다는 사실에는 어떤 운명 같은 걸 느끼지 않을 수 없었다. 하지만 생각해 보면 자연스러운 결과였을지도 모른다. 나와 그녀의 공부 실력은 그리 다르지 않았고, 그렇다면 고등학교 선택지도 당연히 비슷하다. 이쪽으로 이사 왔다는 것도 마찬가지다. 아버지 회사의 이동으로 이 마을을 떠났던 거라면, 또다시 이동에 의해 돌아오는 것도 가능할 것이다.

공원 입구에서 세일러 교복을 입은 마나베를 발견했을 때에는 왠지 말도 안 되는 극적인 일이 벌어지고 있는 것 같은 기분이 들었지만 실제로는 그 정도는 아니었을지도 모른다. 세상에 있는 흔하디흔한 우연 중 하나일지도 모른다.

마나베의 모습은 2년 전과는 아무것도 달라지지 않았다.

똑바로 날 쳐다보며 망설임 없는 목소리로 얘기했다. 그 시선은 빛이 나아가는 것과 마찬가지로 순수한 직선이었고 그 목소리는 작아도 굉장히 확실하게 들렸다.

마나베의 눈을 보고 있으면 난 이전처럼 왠지 모르게 부유하는 듯한 기분이 들었다. 모든 별이 사라져버린 우주를 바라보고 있는 것 같았다. 그곳은 끝없이 맑고, 아무런 소음도 없이 쓸쓸하다. 하지만 무엇보다도 깨끗해 보인다.

나는 한참을 마나베와 눈을 마주하고 있다는 사실에 정체 모를 죄책감 같은 걸 느끼고는 아주 살짝 시선을 떨어뜨렸다. 그녀의 목덜미에는 땀이 배어 있다.

"덥지 않아?"

"더워. 주머니에 초콜릿을 넣어 두면 바로 녹을 것 같아."

"그럼 이렇게 그늘도 없는 벤치에 앉아 있으면 안 되잖아. 일사병 걸린다고."

"그래도 난 이곳으로 오지 않을 수 없었어."

내가 눈을 피하긴 했지만 아직 그녀의 눈동자가 날 보고 있다는 걸 알 수 있었다.

마나베는 말했다.

"기억해? 난 나나쿠사를 만나면 네가 웃은 이유를 가르쳐 달라고 할 생각이었어."

용케 기억하고 있다.

2년 전 마나베가 이사한다는 얘기를 했을 때 아무래도 난 웃은 모양이다. 내 표정 따위 하나하나 마음에 담아 두지 않았지만 마나베는 내가 웃었다고 한다.

내 웃는 얼굴은 마나베에게 약간 상처를 준 것 같다.

하긴, 친구에게 오랜 이별을 말하는데 상대가 웃는다면 나도 조금은 슬픈 기분이 들지도 모르겠다. 뭔가 네거티브한 상상을 해버릴지도 모른다. 물론 난 웃어야만 했던 건 아니었다. 혹시라도 웃어버렸다면 거짓말로라도 듣기 좋은 말로 대충 얼버무렸어야 했던 것이다.

하지만 2년 전의 난 그렇게 할 수 없었다.

지금도 여전히 입 밖으로 어떤 말을 꺼내야 할지 혼란스럽다.

마나베는 말했다.

"교복을 입었더니 이 공원에서 머릿속이 복잡해졌어. 아무리 더워도 여기 오지 않을 수 없었어. 널 만날 수 있을 것 같았거든. 전화를 걸어도 됐겠지만 그건 아니라는 생각이 들었어. 그래서 무작정 기다렸더니 정말로 네가 왔어."

"우연이야. 정말 우연히 들른 것뿐이야."

"그런 건 이유가 어찌 됐든 상관없어. 우연인지, 그렇지 않은지도. 난 계속 네가 웃었던 이유를 알고 싶었어. 생각하면 생각할수록 그 사실이 중요하다고 생각했어. 방에서 종이박스의 내용물이나 꺼내 옮길 때가 아니게 된 거야."

"어째서?"

"응?"

"어째서 넌 내가 웃은 이유가 신경 쓰인 거지?"

"내가 제일 후회하고 있는 거니까."

그녀가 후회라는 말을 썼다는 게 이상했다. 그건 마나베 유우에게는 어울리지 않는 말처럼 느껴졌다. 난 그녀의 모든 것을 긍정하고 있었던 건 아니지만 그래도 그녀는 뭐 하나 후회하지 않았으면 했다. 그리고 그건 그녀의 모든 것을 긍정하고 있다는 것과 거의 같은 뜻이었다.

마나베 유우는, 내가 아닌 똑바로 앞을 계속 바라본다.

"이사한다는 말을 하고 네가 웃었을 때 난 영문도 모른 채 슬퍼졌어. 아니, 슬퍼졌다는 건 틀릴지도 몰라. 두려워졌다는 게 가까울지도 모르겠다. 난 네가 제일 친한 친구라고 생각했거든. 넌 날 있는 그대로 전부 받아주고 있다고 생각했으니까. 분명 굉장히 자연스럽게. 너무나도 자연스럽게 그렇게 받아들이고 있었기 때문에 나중에 천천히 생각해 봐야겠다고 생각할 정도로 난 이유를 알 수 없었어. 하지만 네가 웃는 걸 보고 굉장히 두려워졌어. 이해돼?"

"이해할 것 같아."

난 끄덕인다.

"간단히 말해 넌 배신당했다고 생각한 거야. 마치 내가 너랑 헤어지는 걸 기뻐하고 있는 것처럼 보였을 테니까 말이야."

"아냐."

마나베는 고개를 저었다. 그녀의 섬세한 머릿결이 감정적으로 흔들린다.

"그런 마음도 있었을지 몰라. 하지만 정말 중요한 건 난 너한테 얼마나 많은 폐를 끼치고 있었을까, 하는 거였어. 아마도 네 입장에서 본 난 굉장히 유치하고 제멋대로인 인간이었을 거라고 생각해."

말을 그럴듯하게 꾸민 것만 빼면 그 말대로다. 마나베 유우는 유치하고 제멋대로다.

하지만 그 표현만으로는 뉘앙스가 정확하지 않다.

가령 바람의 흐름은 자유로워 보일지도 모른다. 그걸 제멋대로라고 부르는 게 가능할지도 모른다. 하지만 실은 바람은 기압의 변화에 따라 정해진 루트를 따라 불고 있다. 바람 자체에 자유로운 의지는 없다. 마나베 유우는 바람 같다. 부분을 떼어 내면 제멋대로인 것처럼 보이지만 실은 극히 단단하고 객관적인 룰을 기본으로 움직이고 있다.

하지만 그 뉘앙스의 차이를 그녀에게 설명하는 게 어렵고, 이제 와서 새삼스럽게 자세히 설명해야만 하는 건지도 판단할 수 없었다. 그리고 덧붙여 말한다면 그녀에게 자신이 제멋대로라는 자각이 있다는 사실에 놀랐기에 난 할 말을 잃었다.

그사이에 마나베 유우는 말했다.

"분명 난 제멋대로이긴 하지만 그래도 내가 선택한 것의 의미는 알고 있다고 생각했어. 상처는 아프다는 걸 알고 있다고 생각했지. 누군가를 상처 입히고 있는 건 아닌지 알고 있다고 생각했어. 말로는 잘 표현하지 못하겠지만 그게 내 프라이드였어. 하지만 있잖아, 나나쿠사. 난 널 상처 입힌 적은 단 한 번도 없다고 생각했어. 그게 큰 착각이었다면 난 지금까지 모든 걸 다 잘못 생각해왔던 걸지도 몰라."

"그래서 두려워진 거야?"

그녀는 끄덕였다.

난 가볍게 한숨을 내쉰다.

──마나베 유우가 얼마나 폐를 끼치는 존재인지 자각하고 있을 리 없잖아.

그것만은 확신할 수 있다.

분명 마나베는 그녀 나름대로는 냉정하고 객관적인 것이리라. 그렇게 하는 걸 강하게 자신에게 적용하고 있는 것이겠지.

하지만 전제부터 틀렸다. 분명 그녀에게는 세계가 현실보다 훨씬 더 깨끗하게 보이고 있다. 훨씬 올바른 것으로 보이고 있다. 애초에 인풋이 다르기 때문에 정확한 결론을 도출해낼 수 없다.

나에게는 그런 그녀의 오해가 자랑스러웠다.

이 비틀린 현실에 대해 그녀는 너무나도 올곧았고, 그 어긋남이야말로 언제까지든 지켜지길 바랐다.

"있잖아, 나나쿠사."

앞을 보는 채로 그녀는 또다시 나에게 말을 건다.

"난 네가 웃은 이유를 꼭 알아야만 한다고 생각해. 그 이유를 듣고 난 반드시 변해야겠다고 생각했어. 잘못된 건 바로잡을 필요가 있잖아. 그러니까 부탁이야. 가르쳐주면 좋겠어."

난 온몸에서 핏기가 사라지는 걸 느끼고 있었다. 손발과 목덜미 언저리가 마비된 것처럼 차가웠다. 사라진 핏기는 심장으로 모였고, 그것만으로도 묘하게 뜨겁고 욱신거리며 아프다. 그건 2년 전 마나베가 느낀 공포와 동질의 것일지도 모른다.

지금 눈앞에서 마나베는 변하려 하고 있는 것이다. 스스로 그걸 원하고 있는 거다. 내가 멋대로 원하고 있던, 가장 다치지 않았으면 하는 그녀의 부분이 나 때문에 다치려 하는 것이다.

어쩌면 그건 당연한 변화일지도 모른다. 겨우 현실을 받아들여 그녀는 아주 조금 어른이 되려 하고 있는 걸지도 모른다. 그렇다고 해도 난 그걸 절대 허락할 수 없다.

이 상황을 극복하는 건 분명 그리 어렵지 않을 거라 생각한다.

2년 전 내가 웃었던 이유 따위 이제는 기억나지도 않지만 적당한 거짓말로 그녀를 안심하게 만드는 건 분명 가능할 것이다. 그렇게 해야만 한다는 건 알고 있었다. 실은 2년 전 난 거짓말을 능숙하게 했어야만 했던 것이다.

지금 내 역할은 그거 하나다.

그녀 안에 자란 부정을 다시 한 번 조심스럽게 부정하는 것뿐이다.

어떻게 얘기하면 그게 가능한 건지 대충 알고 있다. 말로 둘러대는 건 잘한다. 진실 같은 건 무가치하다고 믿으며 남이 듣기 좋은 말만 잘 선택해야만 했다.

그런데도 어째서일까.

2년 전과 마찬가지로 난 그걸 제대로 입 밖으로 낼 수 없었다.

마나베는 더는 말하지 않았다. 가만히 내 대답을 기다리고 있다.

당황한 난 시간을 들여 고개를 저었다.

"난 모르겠는데."

왜 웃었는지, 아무리 생각해도 기억 안 난다고.

그럴싸한 거짓말 대신 난 그녀의 옆얼굴을 쳐다보았다.

"네가 돌아온다는 거 몰랐어. 굉장히 놀랐어. 그래서 머리가 제대로 안 돌아가는 것 같아. 부탁이니 잠깐 좀 기다려줄래?"

"좋아. 얼마나 기다리면 돼?"

"한 달."

그 시간에 의미는 없었다.

한 달 동안 아무 고민해서 아무 대답도 할 수 없다면 다시 한 번 사과하겠다고 생각했다.

그녀는 끄덕이고는 그제야 다시 날 본다.

"알았어. 그럼 한 달 후에 이곳에서."

"응. 그때까지 잘 생각해 둘게."

이런 식으로 우리는 재회했다.

＊

그로부터 한 달이 지났다.

우리는 약속대로 또다시 공원에서 만났다.

"가르쳐줘."

그녀는 말했다.

"어째서 넌 웃었던 거지?"

난 여전히 내가 웃었던 이유를 모른다. 특별히 알고 싶다고도 생각하지 않았다. 그리 중요한 문제가 아니었다.

하지만 한 달 전과는 분명하게 다른 점이 있다. 2년 전과는 전혀 다른 점이 있다. 평소처럼 똑바로, 하지만 아주 조금 불안하게 앞을 바라보는 그녀의 옆얼굴에도 더는 내 가슴은 이상하게 술렁대지 않았다.

——저기, 마나베. 난 마법에 걸려 성장했어.

짧게 정리하면 마치 재미있는 동화 같지? 마녀가 나한테서 필요 없는 걸 빼내줬거든.

그래서 지금은 대답할 수 있어.

"네가 폐가 된다고 생각한 적 단 한 번도 없어. 혹시라도 네가 그런 걸 걱정하고 있었다면 완전히 오해야."

말은 부드럽게 나왔다.

너무나도 거침없이 쏟아버리면 왠지 리얼리티가 없는 것 같아 보여 난 심호흡을 했다. 그녀는 역시 정면을 보고 있었다. 계속 하늘마저 뛰어넘을 정도로 먼 곳을 쳐다보고 있는 것처럼 보였다.

고민하면서 말하는 척을 하며 천천히 말을 이었다.

"그때 웃었던 건 그냥 좀 강한 척하고 싶었을 뿐이야. 네가 이사를 간다는 게 슬펐어. 정말 스스로도 의외일 정도로. 하지만 네 앞에서 울 수도 없고, 게다가 내가 고집을 피운다고 해서 해결될 일은 아니라는 것도 알고 있었어. 그래서 무리해서 웃을 수밖에 없었어."

물론 지어낸 이야기다.

하지만 말로 설명하다 보니 마치 그게 진실이었던 것 같은 기분이 든다.

"마나베, 넌 너무 슬퍼서 웃어버린 적 있어?"

그녀는 고개를 저었다.

"아마 없을걸. 지금까지의 일들을 전부 다 기억하는 건 아니지만 말이야."

"응. 넌 그런 일로 웃지는 않을 것 같아."

분명 정말로.

그녀는 그런 식으로 거짓말을 하거나, 그 거짓말을 스스로도 믿으려고 하거나 하지 않을 것이다. 그건 굉장히 멋지다.

"넌 변하지 않아도 돼. 항상 자연스럽게 진짜 자신을 드러내면서 살면 돼."

——진짜 자신 같은 표현, 그런 건 싫은데.

라고 아다치가 말했다.

그 마음은 잘 안다. 하지만 말 같은 건 단순한 루트로 편리하게 쓸 수 있다면 그걸로 족하다. 좋고 싫음으로 나눠 일부러 자유롭지 못하게 될 필요는 없다.

"다시 널 만나게 돼서 기뻐. 전처럼 앞으로도 친하게 지내자."

난 그렇게 정리했다.

그런 다음 그녀의 눈치를 살폈다.

분명 이 정도로 그녀는 납득할 거라고 생각했지만 어쩌면 조금 더 다른 접근이 필요할지도 모른다.

한참을 잠자코 있던 그녀는 한 번 크게 끄덕이고는, 그런 다음 나를 보았다.

"자상하게 설명해줘서 고마워."

"아냐."

"그때 우리는 어떤 식으로 함께 지냈지?"

"과연 어땠을까."

이번 질문에는 진실만으로 대답하는 것도 가능했을지 모른다. 분명 잊을 수도 없지만 말로 하는 게 어려워서 난 평범하게 대답했다.

"그런 건 아무것도 생각 안 해도 된다고 생각해. 자연스럽게 행동하다 보면 분명 그때처럼 지낼 수 있을 거야."

"그렇게 되면 좋겠지만."

마나베는 고개를 갸웃거렸다.

"하지만 나나쿠사, 인상이 조금 변했는데?"

"그래?"

"응. 지난달에 만났을 때는 못 알아봤지만 역시 좀 분위기가 달라진 것 같아."

"정작 난 잘 모르겠는데. 뭐가 달라졌어?"

"뭐라고 할까. 말로는 잘 표현할 수 없지만 약간 또렷해졌어."

난 과장스럽게 얼굴을 찡그렸다.

"그럼 지금까지의 난 흐리멍덩했다는 거야? 유령처럼?"

"유령을 본 적은 없어. 하지만 그거려나. 안개가 걷힌 것처럼 시야가 좋아진 것 같은 그런 느낌."

역시, 하고 난 마음속으로 끄덕였다.

마녀가 인격의 일부를 빼갔기 때문에 난 전보다는 분명 아주 조금은 단순한 인간이 됐을 것이다. 아마도 마나베는 그 사실을 지적하고 있는 거겠지.

"네가 볼 때 그 변화는 좋은 거야?"

"잘은 모르겠지만 그래도 역시 2년 전이랑 같지는 않다는 느낌이 들어."

"사실 그리 변한 건 없다고 생각하는데. 혹시라도 전이랑 달라졌다 해도 분명 우리는 사이좋게 지낼 수 있을 거야."

그녀는 진지한 표정으로 끄덕였다.

"응. 그렇게 되도록 노력하고 싶어."

난 미소를 지었다. 가능하다면 그녀의 비밀에 대해 묻고 싶었다. 대체 어째서 마나베 유우는 마녀를 찾고 있는 걸까? 그 이유를 알고 싶었다.

하지만 그런 건 중요한 게 아닐지도 모른다.

——진정한 자신을 찾는 것도 마녀를 찾는 것도 분명 같은 거겠지.

라고 아다치는 말했다.

난 그럴지도 모른다고 생각했다.

마나베에게 전했어야만 하는 말을 전할 수 있게 된 건 기쁘다. 그리고 자연스럽게 그렇게 할 수 있었던 건 물론 마녀 덕분이다. 나에게 마법을 부정할 이유 따위 없다.

"너랑 같은 반이 안 돼서 좀 아쉬웠어."

변함없이 진지한 표정으로 마나베는 그렇게 말했다.

4

그녀와 공원에서 얘기를 나눈 날 밤 따분한 꿈을 꿨다.

난 굉장히 조용한 산속 긴 계단 중간에 서 있었다. 밤이라 산의 어둠은 깊었고, 계단에는 듬성듬성 전등이 켜져 있었지만 위에도 아래에도 뭐가 있는지 알 수 없었다.

머릿속은 맑았다. 꿈을 꿀 때 있을 법한 몽롱함 같은 게 없어 잠들 때까지 생각했던 것마저 상세하게 떠오른다.

난 그 계단을 올라가야만 하는지 내려가야만 하는지 한동안 망설이고 있었다. 꿈속이기에 그 어느 쪽을 선택해도 그리 큰 차이는 없을 거라는 생각도 든다. 난 쉽게 잠드는 편이 아니라서 이상하게 눈이 떠지면 다시 잠이 들 때까지 꽤나 고생할지도 모른다는 생각이 들어서 그편이 걱정됐다.

난 결국 이유도 없이 계단을 내려가는 쪽을 선택했다.

한 계단, 한 계단 높이도 폭도 같은 간격의 계단을 내려가보니 주위의 풍경은 다르지 않다. 어쩌면 같은 장소를 계속 걷고 있는 걸지도 모른다. 그렇다면 그것도 괜찮다. 하지만 신발 바닥이 계단을 밟는 감각은 묘하게 리얼했다.

그런 식으로 계속 내려가는데 곧 발소리가 들려왔다.

커다란 소리는 아니었지만 이 계단은 너무도 조용해서 굉장히 잘 들렸다.

어두운 밤, 산속에서 들린 발소리는 이상했다. 하지만 기분이 나쁘기만 할 뿐으로 공포와는 뭔가 다른 것이었다. 그 발소리는 계단을 올라오는 것 같다.

난 발을 멈췄다.

곧 계단 아래에서 모습을 드러낸 인물을 보고는 얼굴을 찡그렸다. 그곳에 있는 건 나였다. 내가 따분해 보이는 표정으로 한 계단씩 계단을 올라왔다.

내 눈앞에서 내가 발을 멈춘다.

그런 다음 내 얼굴을 한참을 관찰하고, 시선을 떨어뜨리고는 한숨을 내쉬었다.

나 자신의 표정을 객관적으로 보는 건 처음이었지만, 기분이 상당히 나빴다. 옆에서 본 나는 적어도 착한 사람처럼은 안 보였다. 뭐든 다 안다는 듯이, 뭐든 다 재미없다는 듯이 내려다보는 표정으로, 친구가 되고 싶은 마음은 안 든다.

이쪽 얼굴도 보지 않고 눈앞의 나는 말했다.

"가능하다면 위의 상황을 가르쳐줄 수 없을까?"

난 고개를 저었다.

"한참 계단이 이어져 있어. 거기부터 위는 몰라. 정신을 차리고 보니 계단 중간에 나 혼자 서 있었어. 올라가는 것도 오래 걸릴 것 같아 내려왔어."

"그렇군. 넌 여기가 어디라고 생각해?"

"꿈속이겠지."

"좀 더 깊게 생각해봐."

"쓸데없는 꿈이야. 만약 꿈이란 것에 의미가 있다면 자기혐오의 표현일지도 몰라. 네 얼굴을 보면서 다소는 싹싹하게 굴어야겠다고 생각했거든."

눈앞의 난 또다시 한숨을 내쉬었다.

"뭐, 네 입장에서 보면 그러려나."

"넌 아니야?"

"난 이곳의 의미를 조금 더 알고 있어."

"뭐? 듣고 싶어."

"네가 신경 쓸 게 아냐. 이런 식으로 한 인간이 두 명으로 갈라져 있지만 딱히 상대에게 관심 따위 없잖아?"

"글쎄."

눈앞의 난 따분하다는 듯이 웃었다.

"서로 자기 좋을 대로 살아가는 수밖에 없어. 난 뭘 목표로 해도 실패만 하지만 그래도 옳다고 생각하는 걸 선택해 갈 수밖에 없으니까."

"그래. 맞아."

내가 끄덕이자 눈앞의 난 다시 계단을 오르기 시작했다. 내 옆을 스쳐 지나 작별인사도 없이 계속 걸었다.

나도 뒤돌아보지 않았다. 다시 혼자서 계단을 내려갔다.

그뿐인 따분한 꿈이었다.

2화, 시계와 같은 속도로 걷다

1

10월이 시작되고 바로 찾아온 일요일에 처음 이용한 역에서 버스를 탔다. 크림색 차체에 부드러운 푸른색의 라인이 들어간 버스는 우리 마을을 달리는 것과 같은 디자인이었다. 하지만 종점에 있는 정류소의 이름들은 뭐 하나 들어본 적이 없었다.

노선의 번호도 발차 시간도 아다치한테서 받은 메일을 통해 지시받은 것이다. 내가 버스에 타고 보니 그녀는 뒤에서 두 번째 좌석 창가에 자리를 잡고는 책을 펼치고 있었다. 책은 특별히 다른 커버로 싸지는 않았다. 표지를 확인해보니 그건 아마도 시집인 모양이다.

그녀 옆에 앉아 물었다.

"시를 좋아해?"

"글쎄."

아다치는 귀찮다는 듯이 고개를 갸웃거렸다.

"잘 몰라서 읽어 볼까 싶어서. 북오프에서 싸게 100엔에 팔기도 했고."

"그렇구나. 감상은?"

"나쁘지 않은 정도? 하지만 시집은 좀 모순이야."

"뭐가?"

"시라는 건 모을 수 있는 게 아닌 것 같아. 한 권의 책에 모은다는 게 왠지 좀 부자연스러워. 실은 말이야, 페이지를 찢어서 그냥 내키는 대로 주운 거 하나를 읽는 게 더 좋은 거 아닌가 싶어."

난 상당히 시적인 감상이라고 말했다.

아다치는 마땅치 않은 듯 코웃음을 칠 뿐이었다.

아다치가 다시 책의 페이지를 넘겼기에 나도 거기에서 입을 다물었다. 버스는 무거운 차체를 흔들면서 언덕 위를 올라갔다. 다시 내려간다는 걸 알고 있어도 오르지 않으면 안 되는 언덕이라는 게 있다. 버스도 시적이라고 말할 수도 있겠다는 생각은 했지만 물론 그냥 억지에 불과하다.

이제부터 아키야마라는 사람을 만날 예정이다.

나이는 우리보다 한 살 정도 위 같다. 성별조차 알 수 없지만 아다치는 아마도 남성일 거라고 예상하고 있었다.

아키야마 씨는 마녀를 만났다는 인물이다.

아다치는 이미 한 달 정도 전에 그──남자인지 아닌지는 모르지만 일단 그라고 해두자──와 메일로 연락을 취했다고 한다. 아키야마 씨는 마녀를 만난 사람을 찾고 있고 그 역할을 내가 하는 걸로 되어 있다.

어떤 식으로 마녀를 만났는지, 마녀와 무슨 대화를 나눴는지. 그런 세세한 에피소드는 나한테 맡긴다고 아다치는 말했다. 난 거짓 없이 내 경험을 말할 생각이다. 그건 분명 아키야마 씨가 기대하는 내용은 아닐 테지만 나로서는 어쩔 수 없는 일이다.

옆에서 아다치가 책을 덮었다.

"내가 버리고 싶은 거 알고 싶어?"

난 그녀를 쳐다본다. 그녀도 날 보며 미소 짓는다.

"그게, 처음에 만났을 때 그런 걸 나한테 물었잖아."

난 고개를 저었다.

"말하고 싶지 않으면 안 해도 돼. 꼭 알고 싶은 건 아니니까."

"하지만 나만 네가 버리고 싶은 걸 알고 있는 건 역시 좀 불공평하다는 생각도 들어. 게다가 네 옛날 얘기를 많이 듣기도 했고."

"모든 게 다 공평해야만 한다고 생각하지는 않아. 네 덕분에 오늘은 아키야마 씨를 만날 수 있잖아. 길게 내 얘기를 하는 건 기분 좋은 일은 아니지만 그래도 충분히 그럴 가치는 있었어."

"그렇다면 다행이지만."

그렇게 중얼거린 아다치는 어딘지 모르게 불만스러워 보였다.

"네가 무슨 생각을 하는지 잘 몰라. 대충 사람 보는 눈은 있는 편이라고 내 멋대로 생각하고 있긴 하지만. 고양이파인지 개파인지 예상해서 틀린 적 없거든. 굉장하지 않아?"

"그거 굉장한데. 난 어느 쪽으로 보여?"

"둘 다 아니라고 할까. 하지만 어느 한쪽을 말하면 그냥 맞았어, 라고 대답할 것 같아."

맞지? 라며 그녀는 고개를 기울였다.

상당히 분하다. 굳이 말한다면 난 개를 좋아한다. 하지만 고양이파라는 말을 들었다 해도 끄덕일 생각이었다는 건 맞았다. 일상 대화에 있어 진실이라는 게 중요하다고는 생각하지 않는다.

"맞아."

하며 난 웃었다.

아다치는 안경 브리지를 가볍게 누르고는 그대로 오른손을 입가에 댔다.

"잘 보이는 이 눈으로 본 바로는 넌 날 믿고 있지 않는 것 같아."

"그렇지 않아. 그냥 내가 좀 붙임성이 없어서 널 의심하고 있는 것처럼 느끼고 있는 것 같은데?"

"항상 방긋 웃고 있잖아. 하지만 뭐, 딱히 그게 불만인 건 아니지만 이건 상당히 특수한 일이라서."

"넌 남들이 널 잘 믿는 편이야?"

"그보다는 대부분의 사람은 특별한 이유 없이 다른 사람을 의심하지는 않는다고 생각해. 딱히 성선설 얘기를 하는 게 아니라, 계속 의심하는 건 피곤하잖아? 만난 지 한 달이나 지났고, 그동안에 만나기도 하고 메일을 주고받는 동안에 아무래도 집중력이 떨어져서 일단 믿는 걸로 해둘 것 같거든."

"맞아. 난 널 의심하는 게 아냐. 정말로. 물론 처음 만났을 때에는 경계하고 있었지만 지금은 같이 마녀를 찾고 있는 동료라고 생각하고 있어."

"네 말은 완벽한 진심은 아닌 것 같아."

아다치는 즐거운 듯이 깔깔대며 웃었다.

"믿지 않고 있다는 건 말이야, 내가 아무리 심하게 배신한다 해도 왠지 넌 조금도 놀라지 않을 것 같은 기분이 든다는 거야. 화내기는커녕 약간 좀 기분이 나빠지는 그런 것도 없는 거 아닐까."

"배신이라니, 어떤 식으로?"

"뭐랄까. 가령 버스에서 내렸더니 내 친구들이 우르르 몰려와 널 에워싸고는 칼로 위협한다거나 해서 있는 돈을 몽땅 빼앗거나 뭐 그런 거."

"그런 짓을 당하면 나도 당연히 기분 나빠질 거라 생각하는데."

경찰에 가서 사정을 설명하는 건 귀찮을 것 같다. 귀찮은 일은 대부분 뭐가 됐든 다 싫다.

아다치는 손에 들고 있던 책으로 내 얼굴을 부채질했다.

"뭐가 어찌 됐든, 이제 네가 날 좀 믿어줬으면 해."

"막연하게 그렇게 말하니까 좀 곤란한데. 내가 어떻게 하면 되는 거지?"

"그럼 좋아. 딱 세 가지 네 질문에 뭐가 됐든 솔직하게 대답해줄게. 그럼 믿음이 갈 만한 질문을 해봐."

"갑자기는 안 떠올라."

그럼 생각해봐, 하며 그녀는 웃었다.

"뭐든 다 괜찮대도. 잘 때 뭘 입고 자는지도 좋아."

"그럼 첫 번째는 그걸로 하자."

"그건 상당히 부끄러운 얘기인데."

"그래? 관심이 생기네."

"중학교 때의 체육복이야. 진한 녹색으로 가슴에 내 성이 자수로 놓여 있어."

"꽤 잘 어울릴 것 같아."

"그거, 나 놀리는 거지?"

"그렇지 않아. 남자 고등학생이 정말 귀엽다고 생각하는 건 학교 지정 체육복이 잘 어울리는 여자아이야. 공주풍 원피스도 러블리한 목걸이도 대적이 안 되지."

"그렇다면 좋지만."

아다치는 여전히 납득이 되지 않는 분위기로 얼굴을 찡그려 보였다.

"두 번째는?"

그녀가 재촉해 난 생각했다.

다음 질문은 바로 떠올랐다.

"넌 어째서 내가 널 믿었으면 하는 거지?"

"어째서냐고 물으니 당황스럽네. 같이 마녀를 찾고 있으니까 의심을 받는 것보다는 기분이 좋은 거 아냐?"

"그렇군."

쉽게는 믿을 수 없었지만 의심할 근거도 없는 대답이다.

"그럼 세 번째."

난 아다치를 쳐다보았다.

아쉽게도 사람 보는 눈에는 그다지 자신이 없지만 그래도 진지해 보일 수 있도록 뚫어지게 그 표정을 관찰했다.

"넌 정말 마녀가 있다고 생각해?"

일반적으로 생각해 고등학생이 마녀의 실재를 믿을 리 없는 것이다.

곤란한 듯 눈썹을 찡그리면서 웃던 아다치는 대답했다.

"잘은 모르겠지만. 그래도 있었으면 해."

그렇구나, 하고 난 끄덕였다.

아다치는 모든 질문에 솔직하게 대답한 걸까.

물론 난 알 수 없는 일이다.

아키야마 씨가 약속 장소로 지정한 건 정말 작은 도서관이었다. 겉으로 보기에는 그냥 일반 가정집이랑 별반 다르지 않다. 그나마 공적인 시설다운 건 훤히 들여다보이는 유리문과 그곳에 붙어 있는 포스터 정도다.

"여기에서 만날 예정이야."

아다치는 입구 옆 벤치를 가리켰다. 벤치 옆에는 자동판매기가 설치되어 있다.

"약속 시간까지 아직 10분 정도 남아 있어. 잠깐 기다려줄래?"

"넌?"

"아키야마 씨는 일단 너랑 둘이서 얘기하고 싶다고 했어. 난 안에서 시간 때우고 있을게."

"알았어. 그렇게 해."

"그럼 잘 해봐."

아다치는 도서관 안으로 들어갔다.

벤치에 앉은 난 딱히 할 일도 없어 한참을 유리문에 붙어 있는 포스터를 쳐다보며 시간을 보냈다. 포스터의 종류는 다양하다. 자선 바자회 개최를 알리는 것, 안전벨트의 필요성을 알려주는 것, 고래의 비밀전 안내. 불조심 포스터는 아마도 중학생 콩쿠르에서 최우수상을 받은 작품 같다. 새까만 배경에 불타는 집이 그려진 그 포스터는 화재의 무서움이 스트레이트하게 표현되어 있다.

난 포스터에 쓰여 있는 모든 글자를 꼼꼼히 다 읽었다. 참가할 생각도 없는 이벤트의 날짜와 시간까지 완전히 외우게 돼버렸을 때쯤 발소리가 들렸다.

한 소녀가 이쪽으로 다가오고 있다. 나와 그리 다르지 않은 또래의 키가 큰 소녀. 왼쪽 눈 밑에 작은 사마귀가 있는데, 그것 때문인지 아주 약간 슬퍼 보이는 인상을 준다.

——이 아이가 아키야마 씨인가?

하지만 소녀는 나한테는 시선조차 주지 않고 벤치 앞을 통과해 자동판매기 앞에 섰다. 동전을 넣고는 노려보는 듯한 눈으로 상품을 쳐다보더니 아이스 밀크티 버튼을 눌렀다. 캔이 묵직한 소리를 내며 떨어진다.

난 그녀를 가만히 쳐다보고 있었다. 왠지 눈을 피할 타이밍을 놓쳐버린 것이다. 그녀는 아이스 밀크티를 쥐고는 나에게 등을 돌렸다.

그때.

"네가 나나쿠사 군이냐?"

날 부르는 소리가 들려 뒤돌아보았다.

5미터 정도 떨어진 곳에 한 청년이 서 있다. 타이트한 검정 진을 입고, 심플한 하얀 와이셔츠를 입은 청년이다. 상당히 마르고 팔다리가 길다. 그의 체형은 전에 텔레비전에서 봤던 발레댄서를 떠올리게 했다.

난 벤치에서 일어섰다.

"아키야마 씨인가요?"

"응. 일부러 이런 곳까지 오게 해서 미안."

"아니에요."

아키야마 씨는 방금 전에 소녀가 떠난 자동판매기 앞에 선다.

"뭐 마실래?"

"제 건 제가 뽑을게요."

"됐어. 불러낸 건 나잖아. ──있잖아, 이런 대화는 시간 낭비라는 생각 안 해?"

확실히 그 말이 맞다. 게다가 연상에게는 순순히 얻어먹는 편이 예의라는 생각도 든다.

"그럼 아이스커피로."

"보통과 설탕 조금, 블랙이 있어."

"설탕 조금으로 부탁드립니다."

아키야마 씨는 일단 설탕이 조금 들어간 아이스커피의 버튼을 누르고, 다음으로 미닛메이드 오렌지주스의 버튼을 눌렀다. 난 그한테서 캔 커피를 받고는 '고맙습니다.' 하고 머리를 숙였다.

나란히 벤치에 앉았다.

"어째서 도서관이죠?"

라고 물어봤다.

만나는 장소로 일반적이라고는 생각할 수 없었기 때문이다.

"우리 집에서 가깝고 조용하고 사람들이 오지 않아. 봐, 지나가는 사람도 거의 없잖아."

정말 방금 전의 소녀를 빼면 통행인은 찾아볼 수 없다.

아키야마 씨는 오렌지주스를 한 모금 마신 뒤 날 보며 살짝 미소 지었다.

"만나서 반가워. 네 얘기를 듣고 싶어."

"기대한 대답을 해드릴 수 있다면 좋겠지만 별로 자신이 없네요."

"마녀를 만났잖아?"

"정확하게는 전화로 얘기했을 뿐입니다. 그날 밤 꿈속에서 만났던 걸지도 몰라요. 하지만 확실히는 기억 못 합니다."

"꿈?"

"왠지 모르게 그런 기분이 들었어요. 정말 그냥 평범한 꿈이었을 뿐 실제 마녀는 관계가 없을지도 모르지만요."

"나도 전화였어. 꿈을 꾼 기억은 없고."

그는 인상을 찡그리고 2초나 3초 정도 뭔가 생각에 잠긴 것 같았다. 하지만 답이 나오는 문제가 아니라고 판단한 건지, 다시 날 쳐다본다.

"그래서 그녀는 너한테 마법을 걸었어?"

"네. 아마도요."

마녀는 주문조차 외우지 않았다.

난 버리고 싶은 걸 말하고 마녀는 알겠습니다, 라고 대답했다. 그뿐이었다. 그녀는 속삭이는 듯한 목소리로 '잘 자요.'라고 말하고는 전화를 끊었다.

그녀의 말처럼 난 잤다. 꿈속에서 마녀를 만나고 아주 조금 더 얘기를 한 것 같은 기분도 든다. 하지만 잠에서 깼을 때 그 대부분은 잊었다. 마녀의 얼굴도. 그 꿈이 특별한 경험이었는지, 그냥 흔하디흔한 꿈이었는지도 지금은 판단이

서질 않는다.

그래도 다음 날 아침 눈을 뜬 난 분명 변해 있었다. 겉모습은 똑같아도 조심스럽게 갈아 낸 것처럼 촉감이 달라져 있었다.

아키야마 씨는 고개를 갸웃거렸다.

"마녀와는 어떤 얘기를 했지?"

"많은 얘기를 하지는 않았어요. 마녀에 대해서 좀 들었습니다."

"마녀는 뭐래?"

"마녀는 악당이라고 말했습니다."

그 말은 확실하게 기억하고 있다.

──태어났을 때부터 그렇게 정해져 있죠. 굉장히 제멋대로이고 쾌락주의자로 아무리 말도 안 되는 소원이라 해도 전부 들어주죠. 마법을 사용해 자신의 기쁨만을 추구한답니다.

그건 내가 갖고 있는 빼기 마녀의 이미지와는 다르다. 타인의 결점을 제거해주는 그녀는 좀 더 선량한 다른 뭔가로 보인다.

"나한테는 그런 얘기는 안 해줬는데. 뭘 버리고 싶은지 물어봐서 그것에 대해 답했을 뿐이었어."

처음 질문은 같았네요, 라고 대답하려 했지만 위화감이

있다.

"마녀의 말을 정확하게 기억하고 계시나요?"

오렌지주스를 마시고 있던 그는 캔을 입에서 떼고는 왼손 손가락 끝으로 관자놀이 주위를 눌렀다.

"당신이 버리고 싶은 건 뭔가요? 였나. 꽤 오래전 일이라 확실하게는 기억 안 나지만 말이야. 분명 대충 그런 느낌이었던 것 같아."

"정말요? 제일 먼저 물은 건 이거 아니었나요?"

그의 눈을 보며 마녀의 말을 반복한다.

──당신은 버리고 싶은가요? 아니면 줍고 싶은가요?

아키야마는 곧바로 부정했다.

"아니. 주워?"

"저한테는 분명 그렇게 물어봤습니다."

틀림없다. 줍는다는 말이 그때까지 들었던 마녀의 소문과는 모순되어서 인상에 남아 있다.

아키야마 씨는 자신의 윤곽을 더듬듯이 왼손으로 뺨을 만졌다.

"아주 흥미로운데. 마녀의 변덕인 건지, 아니면 상대에 따라 질문을 바꾸는 건가?"

"여러 명의 마녀가 있을 가능성도 있죠."

"어쩌면 우리 중 누군가가 거짓말을 하고 있거나. 실은 마녀와 얘기한 적도 없으면서 대충 얘기를 지어내고 있는 걸지도 모르지."

"제 얘기가 거짓말이라고 하면 소문에도 없는 에피소드를 추가할 이유가 있을까요?"

"물론 그렇지. 설득력 있어."

아키야마 씨가 지적한 건 나도 생각하고 있던 것이다. 그가 거짓말을 하고 있을 가능성도 의심할 수 있었고, 물론 내가 의심받을 거라는 것도 알고 있었다.

"하나, 확인할 방법이 있습니다."

"뭐? 어떻게?"

"마녀한테서 걸려온 전화번호요. 기억 못 하세요?"

난 마녀의 전화번호를 바로 연락처에 저장했다. 딱히 어떻게 쓰겠다는 생각은 없었지만 통화 이력을 지워버리는 것보다 훨씬 자연스러운 행동이라고 생각한다.

"번호?"

아키야마 씨는 의아해하는 표정으로 내 얼굴을 들여다본다.

"넌 마녀의 전화번호를 알고 있는 거야?"

"그거야 전화가 왔었으니까요."

"난 발신자 표시 제한이었어. 나랑 넌 완전히 취급이 달랐던 것 같은데."

전화를 걸어봤냐고 아키야마 씨가 물었다.

난 끄덕인다. 물론 몇 번 시험해봤다.

"안 받았어요. 하지만 발신음은 제대로 들렸으니까 여전히 쓰고 있는 번호인 건 분명해요."

"그렇군."

아키야마 씨는 고개를 끄덕였다.

"그 번호를 지금 여기에서 말할 수 있어?"

"네. 연락처를 확인하면."

"알았어. 널 믿지."

이 모든 게 거짓이라면 넌 정말 꽤나 용의주도한 거겠지, 라고 아키야마 씨는 말했다.

난 고개를 갸웃거리며 그의 옆얼굴을 쳐다본다.

"아키야마 씨는 어떠세요?"

"뭐가 어때?"

"마녀와 얘기했다는 걸 증명할 방법은 있으세요?"

"딱히 떠오르지는 않아. 하지만 가령 상황증거 같은 거라면 제시할 수 있을지도 몰라."

"예를 들면?"

"난 그 전화번호를 알고 싶다고는 생각 안 했어."

"어째서요?"

그건 이상한 얘기였다.

그가 사실을 말하고 있든 거짓말을 하고 있든 그걸 떠나서다. 지금도 여전히 마녀의 정보를 찾고 있다면 어찌 됐든 그는 분명 마녀의 번호를 원할 테니까.

"넌 뭔가 착각하고 있는 것 같아."

아키야마 씨는 왠지 수줍은 듯 웃으며 머리를 긁적였다 .

"난 마녀를 찾고 있는 게 아냐. 나와 마찬가지로 자신의 일부가 빠져나간 누군가와 만나 얘기하고 싶었을 뿐이야. 봐, 이런 화제로 열을 올릴 수 있는 상대는 딱히 없잖아?"

어이가 없었다.

상상도 해보지 않았지만 확실히 그럴지도 모르겠다. 신기한 경험을 했다면 그 추억을 공유할 수 있는 누군가를 찾는다는 것도 이상하지는 않다. 하지만 난 절대 공감할 수 없는 이유다.

아키야마 씨는 곤란한 듯이 인상을 찡그렸다.

"그런 표정 짓지 마. 누군가에게 물어보고 싶었어. 자신의 일부가 빠져나간 사실을 후회하고 있지는 않은지."

난 캔 커피에 입을 대고는 머릿속에서 그의 말을 반복했다.

후회.

그것도 생각하지 못했던 말 중 하나다.

진심을 말하면 내 생각은 분명 아다치와 비슷할 것이다.

──나, 진짜의 나처럼 돌려 말하는 거 싫어해.

라고 그녀는 말했다. 그럼 대체 어디에 가짜인 자신이 있
존재하는 걸까.

나도 그리 다르지 않다. 난 나다운 것에 그다지 흥미가 없
다. 마침 운이 좋아 자신을 바꿀 수 있다면 그저 편리할 뿐,
후회 따위 하지 않는다.

아키야마 씨는 자신의 일부를 버렸다는 걸 후회하고 있는
걸까. 후회할 정도로 자신이 자신이라는 사실을 소중하게
생각하고 있다는 건가.

그는 살짝 미소를 지으며 딱히 슬픈 것 같지도 않은 말투
로 말한다.

"난 초등학생 때 토마토를 전혀 먹을 수 없었어."

"토마토."

"가지랑 친구지. 알고 있지?"

"아뇨. 특별히 비슷하지 않은데요."

"나도 그렇게 생각해. 어쨌든 난 옛날에 어이없게도 토마
토가 아주 싫었어. 하지만 지금은 문제없이 먹을 수 있어.
그건 특별히 마법을 썼기 때문이 아냐. 마녀에게 부탁해 토
마토를 싫어하는 자신을 없앤 게 아냐. 마법 따위 없어도 사
람은 변해."

난 끄덕였다.

"그 말이 맞다고 생각해요."

"그렇다면 빼기 마녀에 대해서 이것저것 고민할 필요 따위 없을지도 몰라. 마법으로 토마토를 좋아하게 되는 거나 굉장히 맛있는 토마토 요리를 먹고 좋아하게 되는 거나 같은 걸지도 몰라. 하지만 어째서일까. 난 최근 마녀만 생각하고 있어."

이번에는 고개를 저었다.

"스스로 변하는 것과 마녀가 가져가는 건 역시 다른 거라고 생각해요."

"그럴지도. 하지만 어떻게 다른 건데?"

"말의 의미를 그대로 받아들인다면 자신이 변할 경우에는 총량은 변하지 않지만 가져간다면 분명 줄 겁니다. 토마토를 싫어하는 자신이 없어져도, 토마토를 좋아하는 자신이 생기는 건 아니라고 생각하거든요. 계속 없애다 보면 그러는 사이 텅 비어버릴지도 모르죠."

"마녀가 가져가서 난 뭔가가 비게 된 건가."

"글쎄요. 생각하기 나름일 거라 생각합니다. 아키야마 씨가 줄었다고 생각한다면 준 거겠죠."

난 또다시 캔 커피에 입을 대고는 계속 생각했다.

의외이지만 지금만은 그의 질문에 진심으로 대답하고 싶어졌다. 생각 외로 나에게도 흥미로운 얘기였을지도 모른다.

"혹은 이런 식으로 생각할 수도 있습니다. 마법이란 게 좀 더 현실적인 이유로 자신이 변한다는 사실에 후회는 따른다, 고. 분명 아키야마 씨의 경우에는 굉장히 중요한 아키야마 씨의 일부를 마녀가 가져간 거잖아요?"

"중요하지. 긍정적인 의미인지 부정적인 의미인지는 별개로."

"일부러 마녀 같은 비현실적인 것을 찾을 정도로 중요했다?"

"응. 그렇게 되는 거지."

"마법 같은 것과는 관계없이 자신의 중요한 포인트가 변한다면 그건 후회로 이어지는 걸지도 몰라요. 가령 예를 들어 계속 품고 있던 꿈을 버린다면, 그로 인해 새로운 행복을 손에 넣었다 해도 가끔씩 후회하는 건 자연스럽다고 생각합니다."

"그렇군."

아키야마 씨는 끄덕였다.

"어느 쪽이든 그럴지도 모르지. 난 내 변화에 자연스러운 후회를 느끼고 있고, 변하지 않고 가져갔다는 걸로 인해 부족한 부분이 생겨난 걸지도 몰라. 그렇게 생각하니 정말 느낌이 오네."

"대체 뭐가 부족해진 건가요?"

"간단하게 정리해 버리면 그건 이유겠지."

이유, 라고 난 반복했다.

아키야마 씨는 말을 계속 이었다.

"내가 변하기 위해서는 분명 어떤 이유가 필요했던 거야. 만약 꿈을 버렸다고 하면 그녀를 행복하게 해주고 싶다거나 부모님이 병에 걸렸다거나 하는 거 말이야. 하지만 마녀는 그저 가져갔을 뿐 나에게 이유는 주지 않았어."

"그런가요?"

난 고개를 갸웃거렸다.

"최소한 아키야마 씨가 마녀를 찾기 시작한 이유는 분명 있을 텐데요."

실제로 가져간 건 마녀라 해도 먼저 아키야마 씨의 일부를 버리고 싶다고 생각한 건 분명 아키야마 씨 자신이었을 것이다.

"확실히 그래. 그렇다면 난 마녀에게 괜히 엉뚱한 화풀이를 하고 있는 걸지도 모르겠군."

엉뚱한 화풀이. 그 말에는 설득력이 있었다. 쉽게 수긍할 수 있는 표현으로 이해하기도 쉽다. 너무나 이해하기 쉬워서 아키야마 씨의 진심은 아닐 것 같다는 기분이 들었다. 새빨간 거짓말은 아니라고 해도 깊은 곳에 있는 본질까지는 닿지 않는 말처럼 느껴졌다.

그는 오렌지주스를 마셨다. 그런 다음 일어나 텅 빈 캔을 자동판매기 옆 쓰레기통에 버렸다.

"난 변하고 싶었어. 하지만 동시에 변하고 싶지 않았어. 둘 다 진심이야. 마녀는 이유를 주지 않았지만 대신 변명은 준 걸지도 모르지. 그때 마녀한테서 전화가 오지 않았다면, 하고 나도 모르게 생각하게 돼."

그는 다시 내 옆자리에 앉았다.

난 아직 반 정도 남아 있는 캔 커피를 기울인다. 그런 다음 꽤 망설였지만 결국 그 질문을 입에 담았다.

"아키야마 씨는 뭘 버린 건가요?"

그는 그 사실에 대해 말하고 싶어 하는 것처럼 느껴졌기 때문이다.

이상한 일이다. 마치 거꾸로 보니 완전히 다른 것처럼 보이는 일러스트 같다. 마녀를 만나고 싶었다는 누군가에게 같은 질문을 한다면 그건 싫어하는 자신에 대해 묻고 있다는 게 된다. 하지만 지금의 질문은 과거 좋아했던 자신에 대해 묻는 그런 거였다.

"난 굉장히 겁쟁이였어."

라고 그는 말한다.

"누군가 나에 대해 안다는 게 왠지 좀 두려웠어. 굉장히 두려워서, 그래서 거짓말만 했어. 지금도 물론 거짓말은 해. 하지만 굳이 말한다면 진실을 잘 말하게 됐어. 그 커다란 공포도 이제 더는 찾아볼 수 없어."

"그 변화의, 어떤 부분을 후회한다는 건가요?"

"이전의 내가 품고 있던 공포는 올바른 것이지 않았을까 하는 기분이 들어. 이런 식으로 나에 대해 줄줄 말하고도 아무렇지 않은 게 정말 너무도 이상한 일 아닌가 싶어. 게다가 거짓말만 하던 그때가 더, 훨씬 많이 진실도 말했던 걸지도 몰라."

그는 고개를 숙이고는 될 대로 되란 식으로 말했다.

"요즘은 아무리 진실을 말해도 조금도 진심으로 말하고 있다는 기분이 안 들어. 왠지 너무 경박해. 어쩌면 난 정직한 사람으로 있고 싶어서 거짓말을 했던 걸지도 모르겠어."

마치 모순 그 자체인 것 같은 그의 말, 하지만 나에게는 자연스럽게 들렸다. 저녁 무렵 강변의 휘파람 소리처럼 아무런 위화감도 없었다.

난 끄덕였다.

"이해됩니다."

평소에는 잘 하지 않는 말이다. 타인의 심정에 대해 이해가 된다는 그런 간단한 말을 쓰고 싶지 않았다. 하지만 그가 굉장히 상처 받은 것 같았기 때문에 고개를 끄덕이지 않을 수 없었다.

"저도 분명 진실을 말할 때일수록 거짓말을 하는 거라고 생각해요."

아키야마 씨는 웃었다.

힘없는 미소였지만 그건 강한 척한다기보다는 날 위로하는 것처럼 보였다.

"그렇다면 넌 나와 아주 비슷한 걸지도 모르겠군."

난 끄덕였다.

"네. 그럴지도 모르죠."

하지만 실은 나와 이 사람은 완전히 다른 게 아닐까.

그가 거짓말을 버린 탓에 본심마저 마모되어 버렸다고 한다면 난 본심을 지키기 위해 그 본심을 버렸던 것이다.

*

얼마 지나지 않아 도서관에서 아다치가 나왔다.

우리는 아키야마 씨에게 마녀에 대해 물었지만 특별한 정보는 얻지 못했다.

당시의 그는 마녀를 찾기 위해 인터넷에 올라온 내용을 모조리 읽고, 동시에 그런 소문을 잘 아는 지인한테서 얘기를 들었다. 하지만 구체적인 단서를 찾는 것보다 먼저 마녀한테서 전화가 걸려왔다.

마녀는 버리고 싶은 것에 대해 물었고, 아키야마 씨는 그걸 대답했다. 결국 아키야마 씨 쪽이 마녀한테 발견된 형태다. 우리가 먼저 마녀를 찾아내는 방법은 알 수 없다.

그렇다고는 해도 아키야마 씨를 만난 게 전혀 무의미하지는 않았다. 나와 그는 다른 점이 있었다. 예를 들면 마녀가 나에게는 전화번호를 알려주고, 그에게는 알려주지 않았다는 사실에는 어떤 의미가 있을지도 모른다.

아다치에게는 전화번호에 대해서 말하지 않았다. 마녀한테서 전화가 왔다는 사실 자체를 비밀로 하고 있기 때문에 당연한 얘기다.

난 마녀와 얘기한 사실을 그녀에게 숨긴 건 아니었다. 하지만 그 사실을 알려주면 여러 가지로 일이 귀찮아진다. 내가 이미 자신의 일부를 버렸다는 걸 알게 되면, 그럼에도 불구하고 마녀를 계속 찾고 있는 이유가 신경 쓰일 것이다. 하지만 마나베 유우에 대해서 아다치에게 말할 생각은 없다. 누구에게든 마나베에 대해서는 말하고 싶지 않다.

집으로 오는 버스 안에서 아다치가 투덜대듯 중얼거렸다.

"결국 헛수고였네."

약간의 죄책감을 느끼면서 난 끄덕였다.

그녀는 창문 밖을 쳐다보면서 고개를 갸웃거렸다.

"그 사람은 전에 버린 걸 다시 줍고 싶다는 건가?"

"글쎄. 난 잘 모르겠어."

"그런 게 가능하다고 생각해?"

"그것도 모르겠어."

하지만 가능한 걸지도 모른다. 마녀는 나에게 이렇게 물었으니까.

──당신은 버리고 싶은가요? 아니면 줍고 싶은가요?

만약 아키야마 씨가 마녀를 향해 '줍고 싶다'고 말한다면 그는 과거에 버린 걸 되찾을 수 있을지도 모른다.

"저기. 우리가 마녀를 찾으면 아키야마 씨한테도 가르쳐줄까?"

"흐음. 괜한 참견일 것 같기도 한데."

과거에 버렸던 자신을 되찾으면 그건 그것대로 후회하게 될 것이다. 후회 없는 선택 같은 건 내 머리로는 쉽게 상상할 수 없다. 아키야마 씨는 지금처럼 아주 조금만 과거의 자신을 동경하면서, 아주 조금만 마녀에게 엉뚱한 화풀이를 하면서 그래도 평범하게 살아가는 게 최선이지 않을까. 거짓말이 아닌 말로 진심이 아닌 자신을 이야기하면서. 나에게는 그건 굉장히 흔한 삶의 방식처럼 느껴졌다.

버스 때문에 흔들리면서 아다치는 웃었다.

"별로 안 내켜 하는 것 같네."

"글쎄. 이런 얘기는 중간에 끼어들 때마다 후회하게 될 것 같아서."

"하지만 분명 그 사람은 다시 한 번 선택을 하는 게 좋을 것 같아. 너무나도 이상한 홈페이지에 메일을 보낼 정도로 고민하고 있으니까 말이야."

"네가 만든 홈페이지잖아."

"응. 만든 사람이 하는 말이니까 틀림없어."

"그렇군."

정말 마녀를 찾을 수 있다면 아키야마 씨한테 그 사실을 말해줘도 좋을지 모르겠다. 난 그의 연락처를 모르지만 아다치라면 분명 알고 있을 것이다.

"넌 아키야마 씨 일에 상당히 개입하고 싶어 하는 것 같은데?"

지금까지의 인상과는 약간 다르다. 그녀는 좀 더 드라이한 게 아닐까 생각하고 있었다. 아키야마 씨는 단순한 정보원 중 하나라고 취급해 가치가 없다고 판단하면 바로 버릴 것 같은 인상이었다.

"그거야……."

아다치는 감상적인 표정으로 창밖을 쳐다보고 있다.

"난 마녀를 부정하고 싶지는 않으니까. 마녀를 만나 그 사실을 후회하고 있다는 사람을 찾게 되면 어떻게든 도와주고 싶다고."

그렇군, 하며 나는 다시 한 번, 이번에는 마음속으로 중얼거렸다.

2

아무래도 마녀를 만날 수 있는 구체적인 방법 같은 건 존재하지 않는 것 같다.

마녀 쪽에서 일방적으로 연락이 오기를 기다리는 수밖에 방법이 없다. 반대로 '이렇게 하면 마녀를 만날 수 있다'는 얘기는 대부분이 거짓말이라 생각해도 된다.

그런 사실을 난 마나베에게 메일로 전했다.

──정말 조심해. 넌 사람을 너무 믿는 면이 있으니까 말이야.

이 메일을 보낸 게 아키야마 씨를 만난 최대의 성과라고 말해도 좋다.

그 정도로 마녀의 수색은 진전이 없는 채로 시간만 지나고 있었다. 난 몇 번인가 마녀에게 전화를 걸어봤지만 역시 통화가 되는 일은 없었다. 일상은 지체 없이 진행되어 정신을 차리고 보니 체육제와 문화제가 일주일 후로 다가와 있었다.

"나나쿠사 군, 잠깐 좀 괜찮아?"

그런 말을 들었을 때 난 교실 바닥에 쭈그리고 앉아 종이상자를 붙이고 있었다. 반의 제출물이 핀홀식 플라네타륨(천체 투영관)으로 정해져 그걸 상영하기 위한 돔을 만들고 있었던 것이다.

테이프를 붙이던 손을 멈추고 얼굴을 들자 본 적 있는 여자아이가 서 있었다. 초등학교부터 고등학교까지 같은 학교를 다니는 몇 안 되는 학생 중 하나다. 하지만 마지막으로 같은 반이 됐던 건 초등학교 4학년인가 5학년 때로 특별히 친하지는 않다. 성은 분명 요시노였던 것 같은데 이름은 약간 자신이 없다. 그보다도 초등학생 때 부르던 별명이 더 인상에 남아 있었다.

"왜?"

"마나베하고는 여전히 사이 좋아?"

그렇군. 그녀와 관련된 일이라면 요시노가 나에게 말을 건 것도 납득이 된다. 분명 세상에서 마나베가 일으킨 문제를 제일 많이 중재한 건 나일 것이다. 상장 한 장조차 받을 수 없는 기록이긴 하지만 약간은 자랑스럽다.

"마나베가 무슨 잘못이라도 한 거야?"

"같은 반이 됐어. 깜짝 놀랐어."

"나도 이 고등학교에 마나베가 다닌다는 걸 알았을 때 놀랐어."

그래서? 라고 말하며 난 다음 말을 재촉했다.

요시노는 미간에 주름을 잡고는 곤란한 듯이 웃었다.

"중요한 건 아니지만 말이야."

그녀는 천천히 단어를 고르면서 대충 다음과 같은 말을 했다.

지금은 학교 전체가 문화제 준비에 한창으로 물론 마나베가 소속되어 있는 2반도 예외는 아니다. 2반은 귀신의 집을 하기로 되어 있고, 대략적인 밑그림은 몇 개생각하고 있지만 너무 신경을 많이 쓴 건지 준비는 좀 늦어졌다고 한다. 그래서 반 아이들은 하교 시간을 넘어서까지 계속 열심히 준비를 하는 것 같다.

하지만 마나베 유우는 아니라고 했다. 매일은 아니지만 그래도 빈번하게 용건이 있다며 그냥 집에 가버린다고 한다.

"이유를 물어봐도 가르쳐주질 않아. 그래서 좀 다툼이 계속되는 것 같아."

마나베가 자주 일으키는 문제의 패턴 중 하나다. 그녀는 집단행동에 익숙하지 않다. 분명 작업을 쉰다는 것만이 문제가 아니라, 몇 가지 사소한 스트레스가 출구를 찾아낸 것이리라. 대부분의 인간관계는 금속 피로처럼 계속적으로 부하가 걸리면 망가지는 것이다.

"딱히 마나베 씨를 추궁하는 건 아니지만."

요시노는 인상을 찡그리고는 미소를 지었다. 마음 따뜻한 엄마 고양이가 제일 말썽꾸러기 새끼 고양이를 지켜보는 듯한 상당히 매력적인 표정이었다.

"부 활동 과제물이 힘들어서 자기 반 일은 별로 못 도와주는 애도 있어. 그래서 이유만 알면 불만이 꽤 줄어들 거라 생각해. 혹시 무슨 얘기 못 들었어?"

난 생각했다.

물론 마나베가 작업을 안 하는 이유 따위 모른다. 하지만 적당한 이유를 꾸며내서 나중에 입을 맞추는 편이 효율적이지 않을까 하는 생각도 했다. 한편으로는 당황해 얘기를 진행하는 것보다 시간을 두고 적당한 변명을 생각하는 쪽이 나중에 문제가 적을 거라고도 생각했다. 애초에 사정을 알고 보면 거짓말을 하지 않더라도 진짜 사정만으로도 괜찮은 변명이 가능할지도 모른다.

결국 난 고개를 끄덕였다.

"응. 못 들었어."

"그래?"

"조만간 얘기를 해볼게. 마나베는 원래 바보처럼 성실한 애니까 말이야. 아무 이유 없이 일을 쉬지는 않을 거야."

"응, 알고 있어. 하지만 얘기를 안 해주니 불만으로 생각하는 애들 심정도 이해가 돼."

"그러게. 마나베는 무슨 생각을 하는지 잘 모를 때가 있어. 옛날부터 커뮤니케이션이 서툴잖아. 제멋대로인 데다 그 사실을 자각하지도 못하고 말이야. 상식도 없고."

마나베의 험담을 하는 건 익숙하다.

그녀를 두둔하는 나조차도 불만이 이렇게 많으니, 가능한 그녀의 문제점을 지적해 두고 있는 편이다. 물론 그렇게 한다고 그녀를 둘러싼 상황이 좋게 변한 적은 없지만, 더 악화되는 건 피하고 싶다.

"뭐라도 알아내게 되면 연락할게."

라고 말해서 난 이야기를 정리할 생각이었다.

하지만 요시노는 고개를 저었다.

"내가 얘기해볼게. 옛날부터 마나베 씨와는 친구가 되고 싶었으니까."

그건 고마운 일이다. 마나베 유우의 성격을 알면서, 그래도 다가가고 싶다는 반 친구는 좀처럼 없다.

순수한 호기심으로 '어째서?'라고 묻는다.

요시노는 웃었다.

"예전에 마나베 씨가 우리 집 창문을 깬 적이 있었잖아.

초등학교 때."

난 끄덕였다. 그 사실은 아주 잘 기억하고 있다.

요시노가 여름방학 자유공작으로 만든 저금통을 같은 반 남자아이가 망가뜨려 버렸다. 그 소년이 너무 심한 말을 해서 요시노는 뛰쳐나가 버렸던 것이다. 아마도 울면서. 그걸 보고 있던 마나베는 사과 한 마디라도 들려주려고 남자아이를 데리고 그녀의 집까지 쳐들어갔다. 하지만 초인종을 눌러도 요시노는 집에서 나오지 않았다. 그래서 마나베는 창문을 깨고 집 안으로 들어갔다.

난 쓴웃음을 짓는다. 지금 생각해도 너무나도 엉망진창으로 자연스럽게 웃음이 나온다.

"아주 큰일이었잖아."

"큰일이라기보다 놀랐지. 이유를 알 수 없었으니까."

"만약 내가 네 입장이었다면 마나베를 싫어하게 됐을 것 같아. 쓸데없는 짓을 했다는 게 내 솔직한 감상이야."

"응. 실은 나도 한동안은 그렇게 생각했어."

요시노는 아주 약간 심술궂어 보이는 미소를 지었다.

"기억해보면 토야 군의 풀이 죽은 얼굴이 재미있어서 나도 모르게 웃게 돼. 그대로 방에 처박혀 있었다면 아마도 큰 문제를 일으키지 않고 지나갔을 거라고 생각해. 분명 흔히 있을 법한 좀 기분 나쁜 추억이 됐을 거야. 하지만 마나베 씨 덕분에 지금은 웃으며 얘기할 수 있는 에피소드가 됐어."

난 어깨를 으쓱해 보인다.

"그걸 우스갯소리로 말할 수 있는 건 네가 좋은 사람이라서야."

나쁘게 받아들였다면 얼마든지 나쁘게 생각할 수 있는 에피소드다.

요시노는 고개를 저었다.

"글쎄. 마나베 씨는 모두 알고 있었던 거 아닐까. 평범한 사람이라면 눈앞의 문제 때문에 발목 잡히는데, 좀 더 멀리 내다봐 5년 후에 그 일이 어떻게 보일지, 그런 것까지 알고 있었던 거 아닐까."

"너무 오버하는 것 같은데. 그녀는 표정이 심각해서 자주 오해를 받긴 하지만 그 정도로 냉정하지는 않아."

"나도 마나베 씨가 정말로 그렇게 생각했다고는 보지 않아. 하지만 좀 더 동물적인 직관으로 감정의 가치 같은 걸 알고 있었다고나 할까. 그런 거 있잖아, 냉정하게 판단했다고 생각했는데 나중에 좀 애매한 경우 없었어? 난 자주 있는데."

"물론 있지. 나도 자주 있어."

"그렇지? 그럴 때에 마나베 씨가 깬 창문을 떠올리면 왠지 좀 웃을 수 있어."

그럴지도 모르겠군, 하고 난 끄덕였다.

"하지만 나라면 창문은 안 깼어."

"응. 나도."

그녀는 즐거운 듯이 웃었다.

"마나베 씨가 되고 싶은 건 아니지만 친구가 되고 싶어. 마나베 씨가 창문을 깨면 옆에서 사과하는 역할을 하고 싶어."

난 과장스럽게 얼굴을 찡그려 보였다.

"난 몇 번 경험한 적이 있긴 한데 그다지 즐거운 일은 아니야."

"그러려나. 나, 사과는 꽤 잘하는데."

"아주 멋진 특기네. 평화적이고, 분명 앞으로 취직에도 유리할 거야."

이예~, 라고 말하며 그녀는 피스 사인을 나에게 보냈다.

이예~, 라고 대답하며 나도 피스 사인을 그녀에게 보냈다.

이 대화에서 가장 인상적인 건 역시 '요시노는 좋은 사람이다'라는 것이었다. 모든 사람들이 다 요시노 같다면 분명 마나베도 살기 쉬울 테지만, 하지만 현실적으로 그녀는 반의 문제가 되고 있다.

마나베가 문화제 준비를 돕지 않는다는 건 꽤 민폐다.

반 친구들에게 약간 미움을 받는 정도라면 그냥 놔둬도 된다. 그런 일이 문제가 아니다. 본래라면 마나베 유우에게 있어 반에서 배당받은 작업의 우선순위라는 건 분명 상당히 높을 것이다. 내키지 않는다거나 친구와 놀고 싶다거나, 컨디션이 좀 나쁘다거나. 그 정도 이유로 쉴 리는 없다.

그렇다고는 해도 내가 알고 있는 건 2년 전까지의 마나베다. 2년 사이에 그녀의 사고가 크게 변해 버렸을 가능성도 있고, 그렇다면 딱히 상관없다.

문제인 건 마나베 유우가 2년 전과 같은 가치관인 채로, 반의 작업보다도 우선해야만 하는 뭔가를 안고 있는 경우다. 대체 어떤 이유가 있어서 그녀는 반의 작업을 쉬는 걸까? 그 이유를 주위에는 비밀로 한 채로.

아무리 생각해도 답이 나올 문제가 아니다.

추측 가능한 단서는 아무래도 한 가지밖에 없다.

마나베가 마녀를 찾고 있는 이유를 물었을 때에도 그녀는 말했다.

——비밀이야.

그녀가 문화제 준비를 쉬는 이유와 마녀를 찾는 이유는 연결되어 있는 게 아닐까.

뭐가 어찌 됐든 마나베 유우의 비밀은 분명 평범할 리 없다.

3

하고 싶은 말이 있어. 언제 만날 수 있을까?

──급해?

나름대로. 가능하다면 빠른 편이 좋겠어.

──그렇다면 오늘 밤 8시 정도라면 괜찮아.

알았어. 그 공원에서 어때?

──응. 혹시 늦게 되면 연락할게.

이런 대화로 난 마나베 유우를 불러냈다.

그리고 오후 8시가 되기 조금 전에 공원으로 향했다. 밤공기를 들이마시니 생각보다 차가워서 겨울이 다가오고 있다는 사실을 깨달았다. 불과 어제까지만 해도 여름이었던 것 같은데. 시간은 의외로 빨리 지나간다. 가끔씩 날 버려두고 가는 것 같다.

마나베는 먼저 공원에 와 있었다. 허리를 꼿꼿이 세운 채 벤치에 앉아 있었다. 가로등의 동그란 빛이 밤의 한구석을 잘라내었고, 그녀의 교복이 그 불빛에 겨우 걸려 있었다.

그녀는 내 모습을 발견하고는 벤치에서 일어섰다.

"무슨 일 있었어?"

난 대답하지 않고 마나베를 향해 걸어간다. 그런 다음 고개를 기울였다.

"춥지 않아?"

"그러고 보니 약간 추운가."

"밤까지 교복인 채로는 감기에 걸려. 조심하는 게 좋겠어."

"알았어. 고마워."

난 벤치에 앉았다.

마나베도 옆에 앉아, '그런데 왜?'라며 이야기를 재촉했다.

"너희 반에 요시노라는 아이가 있잖아. 초등학교 때부터 같은 학교였는데, 알지?"

"물론."

"그녀와 얘기를 좀 나눴어. 너에 대해서."

"그렇구나."

"문화제 준비를 쉬고 뭘 하러 다녀?"

마나베는 입을 다물었다.

진지한 표정으로 날 지그시 쳐다본다.

그녀는 이런 식으로 생각에 잠긴다. 살짝 눈을 피해주면 좋을 텐데. 곤란한 표정을 지어주면 좋을 텐데. 그녀의 눈동자는 역시 똑바로 날 노려보고 있는 것처럼 보였다.

난 실은 그녀의 눈길을 피하고 싶었다. 하늘을 올려다보며 달이라도 찾고 싶었다. 하지만 지금은 나도 똑바로 그녀의 눈을 쳐다본다. 공원 앞길에 자동차 한 대가 지나가고, 들리는 소리라고는 그 자동차의 엔진 소리 정도다.

이윽고 마나베가 입을 열었다.

"난 가능하다면 대답하고 싶지 않아. 하지만 그래도 꼭 얘기하는 게 낫겠다고 네가 말한다면 최대한 말하도록 해볼게."

상당히 복잡한 대답이다.

"다시 말해 누군가에게 허락을 받지 않으면 사정을 설명할 수 없다는 얘기야?"

"그것도 있어."

난 '그것도 있어.'라고 반복한다. 그것도 있고, 다른 이유도 있다.

마나베는 끄덕였다.

"비밀로 하기로 약속했기 때문에 내가 멋대로 말해버릴 수는 없거든. 게다가 내 자신의 의사로도 가능하다면 대답하고 싶지 않아. 무슨 말인지 알겠지?"

"알아. 그래도 내가 말해야만 한다고 말한다면 넌 최대한 말할 수 있도록 노력하겠지."

"응. 네 말이 맞아."

이번에는 내가 입을 다물게 됐다.

정체를 알 수 없는 누군가와의 약속 같은 건 나에게는 별로 중요하지 않은 얘기지만, 마나베 자신도 비밀로 하고 싶다면 그걸 무리하게 들을 생각은 없다. 가능하다면 마나베의 의사를 존중하고 싶다.

——아니. 실은 묻고 싶어.

마음속으로는 예의 없게 그녀의 비밀에 거침없이 다가가고 싶다. 그게 내 솔직한 감정이지만 그런데도 한편에서는 이성이 그녀의 의지를 존중하라고 말한다. 그리고 난 주저없이 이성 쪽을 선택하려 한다. 감정보다도 이성적으로 행동해야만 한다고 호소하는 건 이성이려나? 감정이려나? 난 굉장히 감정적으로 이성에 따르려 하는 걸지도 모른다.

결국 난 유리창은 깨지 못한다.

이예~. 피스.

난 고개를 저었다.

"네가 말하고 싶지 않다면 굳이 말하라고는 하지 않을게."

"그래."

"하지만 가능하다면 그 상대에게 비밀을 말할 허락 정도는 받아줬으면 해."

"다시 말해 만약의 경우를 대비해, 라는 뜻?"

"응. 맞아."

난 끄덕였지만 마음속으로는 전혀 다른 걸 생각하고 있었다. 누구에게도 말할 수 없는 비밀이라는 건 약간 위험한 느낌이 든다. 상대가 절대 비밀이라고 말한다면 경계하는 편이 좋을지도 모른다.

"네가 그렇게 하고 싶다고 생각할 때까지 말할 필요는 없어. 하지만 허락을 받았는지, 받지 못했는지만은 가능하면 나에게 알려줬으면 해."

마나베 유우는 수긍하고 있다고 생각했다.

그녀의 가치관으로든 이론으로든 룰로든. 그걸 뭐라 부르든 상관없이 마나베 유우가 저항을 느끼는 부분은 제대로 잘 피해 제안했다고 생각했다.

하지만 그녀는 고개를 저었다.

"잠시 생각하게 해줘."

영문을 알 수 없어 난 미간을 찡그렸다.

"대체 뭘 생각하는 거야?"

"너한테는 말할 수 없어. 실은 계속 생각하고 있던 거였는데, 하지만 답이 나오질 않아서. 뭘 선택해도 모순인 것보다는 복잡한 문제가 있고, 그것 때문에 너한테 제대로 말할 수 없는 거야. 있잖아, 너라면 내가 무슨 말을 하는 건지 알지?"

"몰라."

마나베 유우가 옳아 보인 적도, 틀려 보인 적도 몇 번이고 있었지만 과거 이 정도로 이해가 안 됐던 적은 없다.

"잘은 모르겠지만 고민하고 있다면 얘기해봐. 이래 봬도 최소한 너보다는 복잡한 걸 생각해 왔다는 자신감은 있으니까."

고마워, 하고 마나베는 끄덕였다.

"하지만 너한테는 상담할 수 없어."

"나한테는 상담 못 해?"

"세상 그 누구에게도 상담할 마음은 없지만, 너한테만은 절대 못 해."

"그 이유도 아마 비밀이겠지."

"응."

난 한숨을 내쉬었다.

그런 다음 고개를 저으며 물었다.

"넌 자신의 일부를 버리기 위해 마녀를 찾고 있는 거지?"

"글쎄."

마나베는 내 시선을 피했다.

정면을 바라보고는, 그런 다음 그녀답지 않게 하늘을 올려다봤다.

"응. 그러려나. 아마 그런 것 같아."

기억 속의 그녀는 늘 앞만 보고 있다. 아래를 보는 경우도 없지만 마찬가지로 위를 올려다보는 경우도 없다.

하늘을 올려다본 그녀가 기억과는 아주 약간 달라, 그래서 왠지 좀 기분이 나빴다.

※

마나베와는 공원을 나와 헤어졌다.

그녀가 반에서 너무 미움을 받지 않게 뭔가 구체적인 대책을 준비할 생각이었지만 그 사실을 떠올린 건 잘 가라는 인사를 한 후였다. 뭐, 됐다. 다음에 도와줄 방법도 있을 것이다. 문화제 준비가 문제의 중심이 되어 있다면 그게 대충 끝난 뒤 움직이는 편이 물의를 일으키지 않고 끝내는 방법일 수도 있다.

그런 걸 생각하면서 5분도 채 걸리지 않는 집으로 가는 길을 걸었다.

도중에 그만 뭔가에 걸려 넘어져 손바닥에서 약간 피가 났다. 난 그 사실에 상당히 놀라 혼란스러웠다. 아무것도 아닌 포장된 아스팔트를 걸으면서 도대체 넘어질 필요가 있는 걸까? 일어나 발밑을 확인해도 눈에 띄는 굴곡은 찾아볼 수 없다. 이유를 모르겠다.

무릎에 묻은 흙먼지를 거칠게 털고는 한숨을 쉰다.

그런 다음 어쩔 수 없이 인정한다.

마나베 유우에게는 나 나름대로 애정을 쏟고 있다는 마음이었고, 다소나마 그녀의 신뢰를 얻고 있다는 자신감도 있었다.

——너한테만은 상담할 수 없어.

라고 그녀는 말했다.

그건 생각지도 못한 방향에서의 충격이었고, 그 충격은 내가 자각하고 있는 것 이상으로 내 감정을 뒤흔들고 있는 것 같다.

——그렇구나. 난 이런 식으로 쇼크를 받는구나.

라고 남의 일처럼 마음속으로 중얼거렸지만, 그러면서도 그 정도로는 내 혼란이 남의 일이 되지 않아 제대로 된 생각을 할 수 없었던 것이다.

4

10월 중순에는 체육제와 문화제가 있고, 월말에는 중간고사가 있다. 자동적으로 흘러오는 그것들을 하나씩 뛰어넘자 월말이 눈앞으로 다가와 있었다.

그리고 29일 밤에 또다시 계단 꿈을 꿨다.

정신을 차리고 보니 난 깊은 어둠에 듬성듬성 가로등이 서 있는 산속의 무균실처럼 조용한 계단에 서 있었다.

한숨을 쉬고 난 계단을 오르기 시작했다. 또 하나의 자신이라는 존재를 가능하면 만나고 싶지 않았던 것이다. 게다가 지난번에는 내려갔기에 이번에는 오른다는 게 자연스러운 것 같은 기분이 들었다.

계단을 오르는 것과 내려가는 것에 커다란 차이가 있었던 건 아니다. 역시 밤은 어둡고 계단은 조용하다. 하지만 내려갈 때에는 높이도 폭도 완전 똑같은 사이즈로 늘어서 있던 계단이 올라갈 때에는 상당히 뒤죽박죽으로 되어 있었다.

낮고 폭이 넓은 계단이 있는가 하면 높고 폭이 좁은 계단이 있다. 계단 그 자체가 기울어져 있는 계단이 있고, 5미터 정도 언덕길이 이어지는 경우도 있다. 무개성한 계단보다는 걷는 게 재미있다고 말할 수도 있다. 하지만 엄청난 피로가 발에 축적되기 시작하자 난 뭘 하고 있는 거지, 라는 생각이 들었다. 어째서 꿈속에서까지 피곤해야만 하는 걸까?

시계도 없어 정확한 시간은 알 수 없지만 상당히 계단을 올라왔다고 생각한다. 30분 정도는 계속 걸었던 건 아닐까.

주위가 갑자기 밝아진 것 같아 난 발치로 향하고 있던 시선을 들었다.

계단에 한 소녀가 서 있다.

그녀의 등 뒤의 하늘은 방금 전까지와는 완전히 달라져 있다. 맨 꼭대기 가까이에 휘황찬란하게 반짝이는 달이 있고, 주위에 가는 구름 그림자가 떠 있다. 달에서는 다소 거리가 떨어져 흩어져 있던 별들이 밤하늘을 찌를 듯이 빛을 발한다. 왜 이렇게 밝은 하늘이지. 천체에 비춰진 밤은 파도를 잃은 바다처럼 맑게 갠 군청색으로 보였다.

소녀는 노려보는 듯한 눈빛으로 날 내려다보았다.

처음 보는 교복을 입은 소녀다.

평균보다는 키가 크고, 피부는 달빛처럼 하얗다. 왼쪽 눈 밑에 작은 검은 사마귀가 있는데, 그게 왠지 다친 것처럼 보인다. 하얀 피부와 새까만 머리카락의 대비는 마나베 유우와 상당히 비슷하다. 하지만 전체적인 인상은 완전히 다르다. 마나베 유우는 예리하게 갈린 칼날 같아 베이지 않을까 걱정이 된다. 이 소녀는 눈의 결정처럼 곧 녹아버리는 거 아닌가 싶어 슬퍼진다. 머릿속으로 나란히 놓고 보며 난 쓴웃음을 지었다. 역시 이 두 사람에게 그리 큰 차이는 없을지도 모른다.

난 소녀에게 말을 걸었다.

"전에 만난 적 있어?"

소녀의 절실한 표정을 본 적이 있는 것 같은 기분이 들어서였다. 하지만 어디에서 봤는지 확실히는 떠오르지 않는다.

소녀는 아무 대답도 하지 않았다.

난 계단을 더 올라와 소녀가 있는 곳에서 세 계단 정도 아래까지 다가갔다.

"여기는 대체 어디인 거지? 꿈에 의미가 있다고는 생각하지 않지만 그래도 왠지 이 계단은 특별한 장소가 아닌가 싶은데."

소녀는 오랫동안 힘없이 절실한 눈동자로 날 보고 있었다.

곧 고개를 기울이며 소녀는 말했다.

"주우러 왔나요?"

그 목소리는 일반적으로 귀엽다고 말하는 그런 종류의 것이 아니었다. 살짝 낮고, 왠지 모르게 껄끄러운, 강제로 밀어내는 듯한 목소리다. 하지만 왜일까, 난 그녀의 목소리에 애착을 느꼈다. 버려져 비를 맞고 있는 새끼 강아지 같은 목소리다.

"주워?"

라고 난 되물었다.

그녀는 내 뒤쪽 낮은 장소를 가리킨다.

뒤돌아보니, 지상의 거리가 보였다. 산기슭에 작은 마을이 있고, 그곳에서부터 전원인지, 어두워서 잘은 모르겠지만 가옥이 적은 지대가 있다. 그 앞의 해안가에 아주 조금 더 큰 마을이 있다.

해안에는 등대가 세워져 있다. 등대는 부연 빛을 바다를 향해 쏘고 있다. 소녀가 가리키고 있는 건 그 등대가 아닐까 싶었다.

난 다시 소녀를 쳐다보았다.

"등대에서 뭔가를 주울 수 있는 거야?"

소녀는 대답하지 않는다. 왠지 금방이라도 울 것 같은 눈동자로 날 쳐다볼 뿐이다.

이게 나의 꿈이라면——틀림없이 나의 꿈일 테지만, 그렇다면 '줍는다'라는 말은 특별한 의미를 갖는 것처럼 느껴졌다.

"마녀한테 들었어. 당신은 버리고 싶나요? 아니면 줍고 싶나요? 그 질문하고 관계가 있는 거야?"

소녀는 끄덕였다. 그 단순한 동작 하나에도 세심한 주의를 기울이는 것처럼 천천히.

그런 다음 말했다.

"당신한테는 버린 걸 주울 권리가 있어요."

내가 버린 것.

이제 필요 없다고 생각해 잘라버린 나의 일부분.

그렇구나, 하며 한숨을 내쉰다. 그럴 생각은 전혀 없었지만 마녀에게 인격의 일부분을 제거당했다는 사실을 마음속 깊은 곳에서는 후회하고 있는 걸까. 나도 아키야마 씨처럼. 그래서 이런 꿈을 꾸고 있는 걸까. 그건 왠지 굉장히 바보 같은 일인 것처럼 느껴졌다.

"주울 생각은 없어. 그건 버리는 게 자연스러운 거였어."

소녀는 다음 말을 재촉하듯이 고개를 갸웃거렸다.

난 단어를 고르면서 말을 잇는다.

"시간이 지날 때마다 상황은 변해. 나도 같은 속도로 계속 걸어야만 하는 거지. 그렇게 하면 신발 바닥이 닳아 없어져. 여러 가지가 나이를 먹어가. 그렇지?"

그 공원을 떠올린다. 페인트는 벗겨지고, 철은 녹슬었다. 현실에 있기 때문에 그 운명에서는 도망칠 수 없다.

소녀는 끄덕였다. 그런 다음 정말 작은 목소리로 '아마도.' 라고 덧붙였다.

나도 끄덕인다.

"그건 닳아서 구멍이 뚫린 신발 같은 거야. 물론 애착은 있지. 하지만 그 상태로는 걸을 수 없어. 그래서 버릴 수밖에 없어."

시계와 같은 속도로 계속 걷기 위해서는 어쩔 수 없는 일이다.

소녀는 상처를 입기 쉬워 보이는 절실한 표정으로 날 쳐다보고 있었다. 정말 짧은 단어를 중간에 끊어질 것처럼 입에 담았다.

"당신은 뭘 버리고 싶나요?"

"글쎄. 말로 하기에는 좀 어려운데."

우두커니 서서 얘기를 하고 있자니, 이 계단은 약간 추워서 난 손끝을 비볐다.

꿈속에서도 왠지 부끄러워서 고개를 숙이고 아주 조금 마나베 유우의 이야기를 했다. 하지만 소녀는 마나베 유우에 관한 이야기라고는 알 수 없을 거라 생각한다. 그게 그녀의 이야기라는 걸 알 수 있는 건 분명 세상에서 나 혼자일 거라 생각한다.

"내가 버린 건 정말 대충 말해버린다면 하나의 신앙이야."

정말 너무 대충 둘러댔지만 그래도 달리 다른 말이 떠오르지 않았다.

나의 신앙.

"밤하늘에 작은 별이 떠 있어. 그건 꽤 멀리 있기 때문에 힘없이 빛나고 있는 것처럼 보여. 하지만 난 그 별이 실은 굉장히 크다는 걸 알고 있어. 태양보다도 훨씬 많은 에너지로 꽉 찬, 우주에서도 비슷한 걸 쉽게 찾아볼 수 없을 정도로 밝은 별이야."

소녀는 입을 다물고는 가만히 내 얘기를 들었다. 내가 할 말을 못 찾자 동정하듯이 아주 살짝 끄덕여준다.

"난 이 별의 반짝임을 사랑하고 있었고 믿고 있었어. 하지만 약간 사정이 생겨서 믿는 쪽을 버리기로 했어. 사정을 설명하는 건 꽤나 어렵지. 하지만 굳이 말로 한다면 신앙이라는 건 평범한 것으로밖에 돌릴 수 없는 거라 생각해. 최소한 난 그랬어. 믿는 대상이 변해 버린다는 사실을 난 용서할 수 없어서. 하지만 용서할 수 없는 게 문제인 거라고 생각했기 때문에 버리기로 했어."

말하면서 난 쓴웃음을 지었다.

꿈속에서 지금 무슨 소릴 하고 있는 걸까. 이름도 모르는 소녀를 상대로. 하지만 현실에서는 그 누구에게도 말할 수 없는 일이고, 어딘가에서 말하고 싶은 일이기도 했을지 모른다. 왕의 비밀을 몰라도 깊은 구멍에는 의미가 있다.

"신앙을 버렸더니 사랑만 남았어. 하지만 그건 사랑이 아닐지도 몰라. 조금 다른 말이 어울릴지도 몰라. 난 그걸 뭐라고 불러야 좋을지 모르겠지만."

이 얘기의 결론은 나에게도 의외인 것이었다.

불과 몇 초 전까지 생각한 적도 없었던 사실을 난 입 밖으로 말했다.

"신앙을 잃은 난 어쩌면 사랑받고 싶어졌는지도 몰라."

밤하늘 너머 멀리멀리, 고상하게 잘 갈려진 그 별이 날 봐

주길 원하게 된 걸지도 모른다. 그런 말도 안 되는 행복을 꿈꿔버렸기 때문에 난 자신을 비관주의자라고 부를 수 없게 된 걸지도 모른다.

이 변화는 상상하는 것만으로도 두렵다. 나에게 있어서 세계의 본연의 상태가 완전히 달라져버린 것 같아서. 그래서 꿈의 밖으로는 가지고 나갈 수 없다.

소녀는 고개를 끄덕였지만 역시 아무런 대답도 하지 않았다.

3화, 먼 곳의 오래된 말

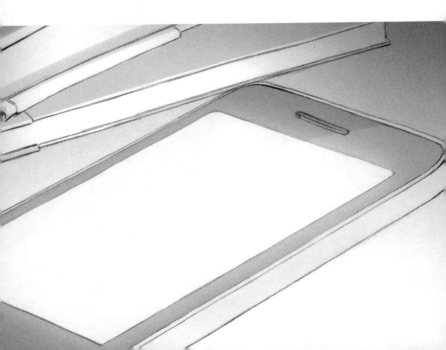

1

어째서 난 아직도 마녀의 소문을 쫓고 있는 걸까?

처음 그것은 의무감 같은 것이었다.

삐기 마녀라는 건 노골적으로 이상하고 마나베 유우의 안전을 확보하기 위해 먼저 조사해 버리려 했을 뿐인 동기였다. 하지만 곧 마녀한테서 전화가 걸려와 그 소문이 사실이라는 걸 알게 됐다.

내가 정말 신경이 쓰였던 건 마나베가 마녀를 찾고 있는 동기다. 그녀가 자신을 버리려 하고 있다는 건 좀처럼 납득하기가 어려운 일이었다. 좀 더 말한다면 감정적으로 받아들일 수 없는 일이었다. 한편으로는 그걸 받아들여야만 하는 것이라는 것도 알고 있었다. 그녀한테서 메일이 도착한 8월의 밤도 난 같은 걸 생각하고 있었기에 대답은 싱겁게 찾아냈다.

그래서 마녀가 건 전화를 받은 난 나의 일부를 버렸다. 직접적으로 말하자면 마나베 유우를 향한 감정의 일부를 난 버렸다.

그 뒤 두 달 정도 조사를 진행해 막연하게 이해하게 된 건 마녀를 찾아낸다는 건 상당히 어려운 일이라는 것. 그리고 최소한 내가 아는 범위에서는 마녀에 대해 조사한다고 해도 위험하지는 않을 것 같다는 것.

그래서 난 마녀에 대한 조사를 그만뒀어도 됐다.

좀 더 현실적인 몇 가지 문제에 진지하게 몰두해도 됐다.

하지만 11월에 들어서도 난 여전히 마녀를 쫓고 있었다. 어쩌면 현실도피의 하나일지도 모른다. 어쩌면.

난 다시 한 번 더 마녀와 얘기를 하고 싶었던 걸까.

어째서. 버린 자신의 일부를 다시 줍기 위해서?

정말 어처구니없다.

*

와우고라는 책이 있다.

하지만 난 그 책을 읽은 적이 없다. 민속학에 흥미가 있다면 누구든 한 번쯤은 들어봤을 만한 타이틀인데도 실제로 읽었다는 사람은 아직 보질 못했다. 막연하게 내용만 알려져 있는 그런 책이다.

내용은 타이틀 그대로 와우에 대한 고찰 같다. 와우라는 건 카타츠무리(カタツムリ 蝸牛. 달팽이_옮긴이)로 지방에 따라 다양한 이름으로 불린다. 교토를 시작으로 한 킨키(近畿) 지방에서는 덴덴 벌레, 그리고 약간 떨어진 지역에서는 마이마이, 칸도우(關東)와 시코쿠(四國)까지 가면 카타츠무리──같은 식으로. 다시 말해 와우고라는 건 말의 전파에 관한 해설서인 것이다.

과거 말은 교토에서 태어나 시간이 흐르면 동심원 모양으로 지방으로 퍼졌다. 그 특징이 아주 잘 나타나는 건 교토에서 보면 정반대에 있는 토호쿠(東北)와 큐슈(九州) 두 지역에 츠부리(ツブリ 머리통)라는 말이 남아 있다는 사실이다.

난 와우고라는 걸 코바야시라는 사람을 통해 알게 됐다.

"오래된 말은 먼 곳에 남아 있지."

라고 그는 말했다.

코바야시 씨는 우리 고등학교 3학년으로 올 여름까지 역사연구회의 회장을 맡고 있었다. 하지만 역사보다 민속학에 관심이 있어 와우고도 실제로 잘 안다고 한다. 난 빼기 마녀에 대해 조사하기 위해 코바야시 씨에게 상담을 하고 있었다. 도시전설 종류를 다루는 학문은 민속학일 거라고 생각했던 것이다.

나와 코바야시 씨는 학교 건물 중 북쪽 건물 4층에 있는 교실에서 얼굴을 마주하고 있었다. 평소에는 지구과학 수업에 사용되고 있는 교실로, 방과 후에는 역사연구회 부실이 된다. 어째서 지구과학 교실을 역사연구회가 쓰고 있는 걸까. 왠지 그 두 가지에는 연관성이 없어 보이는 것처럼 느껴졌지만 그렇다고는 해도 과연 어떤 교실이 역사연구회의 부실로 가장 적당하냐고 묻는다면 딱히 대답할 수 없으니 지구과학 정도가 가장 적당할지도 모르겠다.

"빼기 마녀에 대해 나도 간단히 조사해봤어."

라고 코바야시 씨는 말했다.

그는 창가 파이프 의자 중 하나에 등받이를 안고 가랑이를 벌리고 뒤쪽을 향해 앉았다. 난 그의 정면 쪽 자리에 앉아 있었다.

"어땠나요?"

"상당히 흥미로워. 그냥 단순히 도시전설 중 하나로 치부하기에는 상당히 부자연스럽고 위화감이 있어."

"뭐가 위화감이 드는 건데요?"

"그건 일단 도시전설 그 자체에 대한 설명이 필요해.

이해돼? 도시전설을 정의하지 않으면 비정상적인 부분에 대해 지적하는 것도 불가능해. 수박이 채소인지 과일인지를 논의하기 위해서는 일단 채소와 과일의 정의가 필요한 것처럼."

"네. 잘 알고 있어요."

"일단 도시전설에 대한 정의인데 이걸 잘 모르겠어. 애초에 도시전설이라는 말이 생겨난 건 꽤 최근이야. 일본에서 사용하게 된 건 1990년대부터이려나. 정확하게는 88년에 번역된 책에서 처음 나왔다고 하지. 어찌됐든 확실하게 문제 해결이 될 만큼의 시간은 지나지 않았어."

그렇군요, 하고 난 끄덕인다.

"일단 도시전설의 역사에 대해서는 지금은 생각하지 않는 걸로 해둘까요? 그 말이 저와 선배와의 사이에서 어떤 의미로 사용되는지만 확실하게 해두면 그럼 얘기를 진행시킬 수 있을 거라고 생각합니다."

"맞아. 사실 말의 의미 같은 건 현실에 맞춰 정의하는 방법을 바꿔 가는 게 학문으로서도 일반적인 사고니까 말이야. 그럼 지금은 내가 도시전설을 정의해 둘게. 단적으로 말해 도시전설이라는 건 어떤 경향을 갖는 소문이야. 무슨 말인지 알겠지?"

"마치 현실처럼 얘기하는 픽션, 인가요?"

"굉장히 좋은 점을 지적했어. 부분적인 걸 예를 들어도 좋겠지. 그 경향이라는 건 말이야, 현실의 일부에 의존하는 걸로 리얼리티를 담보로 하고 있다는 게 돼. 가령 넌 디즈니랜드의 도시전설을 들은 적 있어?"

"몇 개는요."

"디즈니랜드는 누구나가 알고 있는 현실이야. 도시전설이라는 건 그런 현실을 끌어들이는 걸로 리얼리티를 갖고 있는 거지. 그래서 사람들이 재미있어하며 소문을 내. 기업이라면 하나 정도 도시전설의 소재가 되고 있어. 혹은 실제로 세간을 떠들썩하게 만든 사건 같은 것도 소재가 되기 쉬워. 반대로 말하면 현실을 기반으로 두지 않은 도시전설에는 리얼리티가 없어 소문으로 퍼지지 않아. 성립하지 못하고 사라져버리는 거야."

"그런가요?"

난 고개를 갸웃거렸다.

"흔히 듣는 무서운 얘기 같은 건 처음부터 마지막까지 현실의 기업과 사건도 등장하지 않는 게 더 많은 것 같은데요."

"애초에 호러와 도시전설은 혼동하면 안 돼. 그렇다고는 해도 결국 잘 알려져 있는 호러 종류도 역시 어딘가에 현실

을 기반으로 하고 있지. 물론 방식은 제각각이야. 사회문제
에서 파생된 것도 있고, 현실의 지명을 무대로 증명하는 것
도 있지. 혹은 누구나가 밤길에 느끼는 약간의 공포심을 소
재로 한 것도 있어."

"밤길이 나오면 현실의 일부다, 라고 말해버리면 뭐든 다
해당되잖아요. 그게 분류로 기능을 하고 있는 건가요?"

코바야시 씨는 즐거운 듯이 웃으며 끄덕였다.

"물론 기능하고 있지. 빼기 마녀의 특수성을 설명하기 위
해서 말이야. 다시 말해 호러는 설득력을 갖기 쉬워. 사람은
대부분 같은 걸 무섭다고 느끼거든. 공포심 그 자체가 리얼
리티를 담보한다고도 말할 수 있지. 하지만 빼기 마녀는 호
러가 아냐."

난 입을 다문다.

확실히 그 말대로다. 그 소문에 공포를 느끼는 요소는 없
다.

코바야시 씨는 말을 계속했다.

"물론 현실의 기업도 사건도 반영되고 있지 않아. 즉 빼기
마녀에게는 리얼리티가 손톱만큼도 없어. 본래 그 소문은
나에게는 도시전설보다는 주문에 가까운 것처럼 느껴져. 지
우개에 좋아하는 사람의 이니셜을 써 두면 서로 사랑이 이
뤄진다는 그런 얘기처럼 말이야."

"그렇군요. 확실히 약간 이상하긴 하지만 자신을 바꾸는 주문 같은 걸지도 모르겠네요."

"하지만 말이야, 주문으로서도 이상해. 이해돼?"

"수순이 존재하지 않는다는 건가요?"

"맞아. 주문이라는 건 실제로 해보려는 마음이 들어야만 의미가 있는 것이거든. 방법이 확실하지 않으면 누군가에게 전할 마음도 들지 않지."

"그 말은 즉, 도시전설로서도 주문으로서도 빼기 마녀의 소문은 불완전하다, 라는 건가요?"

"응. 가령 새로운 도시전설을 만들어 퍼뜨리자, 같은 실험을 한다면 나 같으면 그 소문을 다시 만들겠어. 그런 소문이 퍼질 이유가 없지. 이렇게 정보가 흔한 사회에서 바로 매몰되어 사라질 뿐이야."

"하지만 빼기 마녀의 소문은 사라지지 않았어요. 분명 엄청나게 메이저하지는 않지만 지금도 인터넷을 검색하면 새로운 정보를 찾을 수 있어요."

"그게 제일 흥미로운 포인트지."

코바야시 씨는 과장스럽게 미간에 주름을 잡았다.

"물론 이유는 몇 개 생각해볼 수 있지. 내가 알아채지 못했을 뿐으로 빼기 마녀에게는 약간의 리얼리티가 내포되어 있을지도 몰라. 리얼리티 같은 게 아니라 해도 구전으로 전해질 법한 요소가 있는 걸지도 모르지. 그 나름대로 많은 사람들이 의도적으로 유행시키려 반복해 써 넣는 걸지도 모르고. 어쩌면 터무니없는 얘기지만 소문이 정말 진실일지도 몰라."

"터무니없나요?"

라고 난 물었다.

"그런 황당무계한 얘기가 진실이라고 생각하는 거야?"

코바야시 씨는 얼굴을 찡그렸다. 담배 연기를 싫어하는 개 같은 표정이었다.

난 빼기 마녀의 소문이 진실이라고 알고 있다. 하지만 마녀한테서 전화를 받았다는 그런 얘기를 진지한 표정으로 해서는 안 된다는 상식 또한 가지고 있다. 나에 대해 말하자면 언제든 상식인으로 행동할 수 있는 정도인 것이다.

그래서 난 화제를 바꾼다.

"거짓말이라면 소문이 되지 않고, 진실이라면 소문이 된다는 것도 잘 이해가 안 돼요. 듣는 입장에서 보면 구별이 가질 않잖아요."

"글쎄."

코바야시 씨는 물러나 팔짱을 끼었다.

"난 그렇게는 생각하지 않아. 완전히 같은 얘기도 진실인지 거짓인지로 소문의 전파라는 건 다른 것 같거든. 개인이 진실을 의심할 만한 능력을 가지고 있는 건지 난 모르겠어. 하지만 보다 커다란 사회가 되면 진실과 거짓을 구별하는 힘을 가지고 있는 거 아닌가 하고 생각해."

아무래도 그건 코바야시 씨에게는 상당히 중요한 사고방식 같았다. 그 때문에 한동안 화제에서 크게 벗어나게 됐다. 코바야시 씨는 대학에 들어가면 꼭 해보고 싶다는 연구의 개요를 설명하고, 난 열심히 맞장구를 쳤다.

얘기로 듣는 것만이라면 정말 흥미로운 내용이었다. 코바야시 씨는 자신이 할 장래의 연구를 집단에 있어 정보의 자정작용, 이라 부르고 있었다. 어떤 조건을 만족시킨 집단은 거짓말을 스스로 바로잡고, 만족시키지 못한 집단은 거짓말이 보다 진하게 침전되어 간다. 그릇된 상식으로 정착한다. 이걸 수치화하는 걸로 다양한 집단의 건전도를 측정할 수 있다는 게 코바야시 씨의 사고방식의 대략적인 내용이었다.

그 얘기에서 내가 가장 관심을 가졌던 건 거짓말을 자정하는 집단을 건전하다고 코바야시 씨가 단언한 점이었다. 그건 분명 굉장히 자연스러운 사고방식으로 나도 그렇게 판단하지만, 한편으로 모든 거짓말을 밝혀내는 집단은 정말로 건전한 걸까, 하는 식의 생각이 나도 모르게 들었다. 그러는 사이에 태양이 고도를 낮췄다. 가을은 해가 빨리 진다.

"그러고 보니——."

여담이 대충 끝났을 때 길고 가는 한숨을 내쉬며 코바야시 씨가 말했다.

"만약 마녀가 실재한다고 하면 그녀는 우리와 그리 다르지 않은 곳에서 살고 있을지도 몰라."

"어째서요?"

"마녀의 소문에 대해서 가장 발언이 많은 게 요코하마시 같으니까. 게다가 소문의 발생원도 아무래도 요코하마시 같아."

코바야시 씨는 몸을 틀어 테이블에 올려 뒀던 가방에서 클리어파일을 꺼냈다. 게시판 페이지를 프린트해 온 것 같다.

"내가 찾은 것 중에서 가장 오래된 빼기 마녀에 관한 기록은 이거야."

텍스트에는 날짜가 쓰여 있었다. 그건 지금으로부터 약 7년 전으로 되어 있었다.

이런 글이다.

저는 마녀예요.

그렇다고는 해도 하늘을 날 수 있다거나 고양이와 얘기할 수 있는 건 아닙니다.

아뇨, 정확하게는 어떤 장소에서는 하늘을 날 수 있고, 고

양이와도 얘기할 수 있지만 평소에는 둘 다 불가능합니다.

제가 쓸 수 있는 마법은 딱 두 가지입니다. 하지만 둘 다 아직 써본 적은 없습니다. 게다가 한편으로는 굉장히 효과가 미미해서 지금은 쓰지 않는 게 나을 것 같습니다. 모두 설명하고자 하면 굉장히 길어져 버립니다. 또한 지금 시점에서 그쪽 마법은 중요하지 않습니다.

중요한 건 다른 한편으로 전 사람의 감정을 제거할 수가 있습니다.

화를 잘 내는 마음이라든가 쉽게 포기하는 마음이라든가 그런 것 말입니다.

당신 안에 싫어하는 마음이 있다면 전 그걸 제거해 드리겠습니다. 아픔도 없고 기분도 분명 나쁘지 않을 겁니다. 시험해본 적은 없지만 분명요.

만약 버리고 싶은 마음을 가지고 있다면 절 만나러 와주세요.

누군가가 와준다면 전 굉장히 기쁠 겁니다.

토요일 점심에는 매주 기다리고 있겠습니다.

장소는 카나가와현 요코하마시의——.

그다음을 읽고 난 숨이 막혔다.

자신을 마녀라 하는 누군가가 약속 장소로 지정하고 있던 건 잘 알고 있는 초등학교의 교정이었다. 이 글을 썼던 7년 전, 난 그 초등학교에 다니고 있었다.

모든 게 우연인 걸까? 물론 우연이라고 생각하는 게 자연스럽다. 그런데도 감정을 제대로 처리할 수 없었다. 왠지 모르게 이 링크에는 의미가 있는 것처럼 느껴져 견딜 수 없었다.

"그런데 입부는 결정했냐?"

라고 코바야시 씨가 말했다.

"내년 봄까지는 생각할 시간을 주세요."

라고 난 대답하고 겨우 웃었다.

내가 다니던 초등학교 교정에 마녀가 있었다는 건가.

2

11월 14일 토요일에 난 초등학교를 방문하기로 했다.

그곳에 마녀가 있다고 생각한 건 아니지만 역시 코바야시 씨가 보여줬던 7년 전 게시판의 글은 마음에 걸렸다.

초등학교의 정문은 꽉 닫혀 있었다. 난 뒤쪽 부지 주위를 빙글 돌아가 뒷문을 통해 운동장으로 들어왔다. 운동장에서는 소년 야구 클럽이 연습을 하고 있어서 고무공이 금속제 배트에 맞는 소리가 반복적으로 들렸다.

7년 전. 난 아직 초등학교 3학년생이었다.

솔직히 그 무렵 일은 거의 아무것도 기억 못 한다. 담임선생님과 자주 같이 놀던 친구들이라면 기억해낼 수 있다. 하지만 예를 들면 마나베 유우에 관한 일은 떠오르지 않는다. 그녀가 같은 반이었다는 것조차 기억 못 한다. 내가 마나베와 행동을 같이하게 된 건 4학년 때부터다.

저학년이 들어가는 학교 건물 앞에 설치됐던 철봉에 손을 대고는 너무나도 낮아서 난 웃었다. 그렇다, 그 시절 난 철봉 거꾸로 오르기를 좋아했다. 손바닥에서 쇠 냄새가 나는 게 왠지 좋았다. 반에서도 철봉을 잘하는 편으로, 그 사실이 사소한 자랑이었다.

지금도 거꾸로 오르기를 할 수 있을까 하는 생각이 갑자기 들었다.

이렇게 낮은 철봉에서 거꾸로 오르기를 하면 머리를 부딪치지는 않을까. 실패하면 야구 클럽의 아이들이 비웃지는 않을까. 양쪽 다 그 시절에는 생각도 못 했던 일이다. 제대로 실감할 수는 없지만 거꾸로 오르기가 일상의 일부였던 시절이 나에게는 있다. 그 시절의 날, 난 버렸다고 말할 수 있을까.

배트가 볼을 치는 날카로운 소리가 들렸다. 아이들의 얼굴이 일제히 하늘을 올려다보았다. 그동안에 난 가볍게 숨을 들이마시고는 멈추고 지면을 발로 찼다. 자연스럽게 오른발이 높게 올라가고, 왼발이 그걸 쫓아간다. 시야 위에서 등 뒤의 학교 건물이 떨어져 내려오고 지면이 부웅 날아오른다. 그 순간 난 떠올렸다. 분명 여자아이에게 거꾸로 오르는 법을 가르쳐줬던 것이다. 그건 누구였더라? 마나베는 아니었다.

내 몸은 철봉 위에서 완전히 정지해 있었다. 높이높이 올라갔던 타구를 우익수가 겨우 쫓아가 뛰어올라 캐치했다.

지면에 두 발을 대고 철봉에서 손을 뗀다. 그런 다음 주머니 안의 스마트폰을 꺼내서는 마녀의 번호로 전화를 걸어보았다. 변함없이 신호음은 들리지만 상대가 받을 기미는 없다. 난 포기하고 전화를 끊었다. 직후에 뒤에서 누군가 이름을 불렀다.

"나나쿠사 군."

뒤돌아본다. 그곳에 서 있던 건 요시노였다. 빨간 체크 롱 스커트에 검정 고양이 일러스트가 그려진 후드티를 입고 있다. 그녀의 사복을 보는 건 분명 이번이 처음일지도 모른다. 상당히 신선하다.

"이런 곳에서 뭐 해?"

라고 그녀는 물었다.

난 고개를 갸웃거렸다.

"특별한 이유는 없어. 오랜만에 초등학교 교정을 보고 싶어서."

"그렇구나."

"넌? 마법을 걸 상대를 찾으러 왔어?"

"뭐?"

나도 모르게 웃었다.

이름을 불렀을 때 정말로 마녀가 나타난 건가 싶었던 것이다. 하지만 요시노는 전혀 마녀처럼은 안 보였다. 평범한 고등학교 1학년생으로 보였다.

"농담이야."

응, 하며 요시노는 신음했다.

"무슨 소리인지 잘 모르겠어."

"나만 알 수 있는 농담이야."

"그럼 난 어떻게 하면 되는 건데?"

"불쾌한 것처럼 행동하면 돼. 그런 다음 내가 사과하면 너 그러운 마음으로 용서해주면 굉장히 기쁘겠어."

"딱히 사과할 만한 일은 아니라고 생각하는데. 하지만 용서하는 건 내 특기지."

우리는 철봉 앞에 나란히 서서 소년 야구팀의 배팅 연습을 바라보고 있었다. 요시노의 남동생이 이 팀 소속이고, 그녀는 동생이 깜빡한 물건을 갖다 주러 왔다고 한다. 소년 야구팀의 연습 풍경은 그저 바라보고 있기에는 아주 딱이었다. 악의 같은 게 하나도 없는 평화로운 세계로 보였다.

"마나베 씨의 친구가 되는 건 상당히 어려워."

라고 요시노는 말했다.

그녀는 점심시간에는 마나베에게 같이 밥을 먹자 하고 쉬는 시간 같은 때에도 가능한 말을 걸려고 노력하고 있다고 한다. 물론 마나베는 이유가 없는 한 그런 제안을 거절하지는 않는다. 대화에도 성실하게 응했다. 하지만 그녀의 태도는 시간이 쌓여도 변하지 않았다. 한 달 동안 매일 얼굴을 본 상대와 오늘 처음 만난 상대를 완전히 똑같이 취급한다.

"마나베의 친구가 되는 건 간단해."

라고 난 말한다.

"그냥 그 마음을 말하면 돼. 친구가 되고 싶다고 말해."

"거절당하지 않을까?"

"그렇지 않아. 자신 있어. 내 방에 있는 걸 전부 걸어도 좋아. 거기에 더해 주머니 속 지갑과 스마트폰을 걸어도 좋아. 넌 네가 쓰던 지우개를 걸어도 돼."

"하지만 그래서 마나베 씨가 그러자 하면 어떻게 되는 건데?"

"너희는 친구가 되는 거지."

"그거 말고는?"

"아무것도 변하지 않아."

요시노는 살짝 애교 있게 미소 지었다.

"그게 친구인 건가."

"최소한 마나베는 그것만으로도 친구라고 생각할 거야."

"마나베 씨는 쿨하구나."

"때로는 잔혹하지. 난 그녀와 얘기하면서 사전에서 잔혹이란 말의 의미를 찾아본 적이 있어."

"그것도 농담?"

"과연 그럴까. 정말 조사해본 적은 있어. 그때의 심정까지는 기억 안 나지만 말이야."

요시노는 가볍게 뛰어올라 철봉에 대고 있던 두 손으로 몸을 지탱했다.

"롱스커트라서 돌아도 괜찮으려나?"

"글쎄. 시험해보지?"

"관둘래."

그녀는 그대로 공중에 띄운 두 발을 모으고는 대롱대롱 매달렸다.

"하지만 나나쿠사 군은 다르네."

"당연하지. 스커트를 입은 적은 한 번도 없어."

"그게 아니라. 마나베 씨한테 친구가 되자고 말한 적 없을 거 아냐."

"아마도. 초등학생 때 기억은 이미 상당히 흐릿하지만 말이야."

요시노는 철봉을 포기하고 두 발을 지면에 댔다. 타자박스에 들어간 키 작은 소년이 태양을 올려다보는 듯한 풀스윙으로 헛스윙을 한다.

"옛날부터 마나베 씨의 친구는 나나쿠사 군밖에 없었던 것 같아. 옆에서 봐도 잘 알 수 있었어. 나나쿠사 군한테만은 마나베 씨가 진심으로 말하는 것 같았어."

"기분 탓이야. 진심이 아닌 마나베를 난 본 적이 없어. 누구한테든 말이지."

"그렇긴 하지만 그게 아니라. 그게 있잖아, 진심에도 여러 가지가 있는 거잖아."

"뭐, 대충."

"마나베 씨는 거짓말은 안 하지만 그래도 말해야만 하는 것과 그렇지 않은 걸 굉장히 엄밀하게 구별하고 있는 것 같아. 자신의 역할을 확실하게 생각하고 있다고 해야 되나. 난 말이야, 그런 역할을 잊고 말할 수 있는 게 친구라고 생각해. 분명 마나베 씨에게는 역할을 잊을 수 있는 상대는 나나쿠사 군밖에 없는 거야."

확실히 마나베 유우는 정말 자신에게 역할을 부여하고 있는 것 같다. 어디까지 자각적인 건지는 모르겠다. 거의 무의식 아닌가 싶었지만, 금욕적으로 하나의 캐릭터를 계속 연기하고 있는 것 같다.

"마나베는 언제든 히어로니까."

라고 난 말했다.

"분명 그렇지 않을 거야."

라고 요시노는 대꾸했다.

"마나베 씨가 창문을 깨고 얼마 지나서인가. 나, 그녀와 얘기한 적이 있어. 마치 히어로 같은 생각을 하고 있구나, 하고 말했어."

"그래서?"

"마나베 씨는 고개를 저었어. 부정할 때조차 자신만만했어. 그렇지 않아, 라고 말했지."

"그녀는 자신의 일에 자각이 없어."

"아니. 아마도 그 반대일 거야. 자신이 뭘 하면 좋을지 늘 정말 곰곰이 생각하는 거 아닐까. 아마도 초등학생이라고는 생각할 수 없을 정도로 냉정하게."

요시노는 내 얼굴을 뚫어지게 봤다.

입가는 살짝 미소를 짓고 있었지만 그래도 눈동자에서는 감정을 읽을 수 없었다.

"내 역할은 큰 소리로 히어로를 부르는 거야, 라고 마나베 씨가 말했어."

뭐야, 그게.

난 오랫동안 마나베 유우를 믿고 받들었는데. 나에게 있어 히어로로 계속 남아 있는 그녀를 지키고 싶었는데. 그녀는 처음부터 히어로일 생각 따위 전혀 없었다는 건가. 단지 자각이 없었을 뿐이라면 그건 내가 바라던 점이지만, 의도적으로 다른 입장에 서고 싶었다는 건가.

"분명 마나베 씨에게 있어 히어로는 계속 나나쿠사 군이었어. 이건 본인에게 들은 건 아니지만, 그래도 나나쿠사 군이 도와준다는 걸 알고 있기에 마나베 씨는 큰 소리로 부르는 게 아닐까. 여기 문제가 생겼어요, 라고 전하는 것에 언제든 온 힘을 다한 거지."

요시노는 다정하게 미소를 짓고 있다.

마치 내가 기뻐할 거라 생각하는 것처럼 웃고 있다.

하지만 그럴 리 없다. 너무 제멋대로잖아. 소리치고 싶어서 미칠 것 같았다. 그런 건 마나베 유우가 아냐. 나의 마나베 유우가 아냐.

그건 내가 분명 버렸던 나의 목소리이려나.

마나베 유우를 멋대로 정의 내리고 싶은 어린애 같은 내 목소리이려나.

아직 그 파편이 내 안에 남아 있는 건가 싶어 쓴웃음을 지었다. 나도 모르게 그만 마녀를 향해 투덜댔다. 좀 더 제대로 제거해 달라고. 아니면 마지막 한 조각은 자신의 손으로 버리라는 건가.

왠지 한심해서 깊게 숨을 들이마신다. 가슴 속의 공기를 한껏 토해 낸다.

"분명 그렇지 않아. 마나베에게 히어로가 있다 해도 그건 내가 아냐."

"과연 그럴까. 난 승률이 높은 예상이라고 생각하는데. 아껴 둔 푸딩 정도는 걸어도 좋아. 고급 제과점의 좀 비싼 걸로."

"푸딩은 좋아해. 하지만 도박에서 너무 이기는 건 좀 무서운데. 내가 좀 소심하거든."

"내가 이길 거라 생각하는데."

"아니. 내가 이겨."

"그래? 너무 가까워서 눈치 못 채는, 그런 거 아닐까."

"마나베는 나한테도 비밀이라고 말했어."

만약 그녀가 큰 소리로 불러야만 하는 누군가가 있다 해도.

그녀의 문제를 깔끔하게 정리해주는 히어로가 있다 해도 그건 분명 특정한 누군가는 아닐 것이다. 사회의 희생 같은 걸 믿고 있는 것이리라. 적어도 나는 말이 안 된다.

"그녀가 뭔가 문제를 껴안고 있다는 건 틀림없어. 분명 그녀에게 있어서는 상당히 중요한 문제일 거야."

단언할 수 있다. 그렇지 않으면 마나베가 반 작업을 팽개치고 혼자서 집에 가는 그런 일은 없을 것이다.

"그녀가 날 믿고 있는 거라면 맨 먼저 사정을 알려주지 않았을까. 하지만 나한테는 상담할 수 없는 일 같았어."

"정말로? 믿기지 않아."

"정말이야. 실제로 사정을 물었더니 분명 그렇게 대답했어."

"그래서 나나쿠사 군은 어떻게 했어?"

"그걸로 끝이지. 마나베가 비밀이라고 말한다면 그걸 강제로 캐묻거나 하지는 않아."

"어째서?"

요시노는 얼굴을 찡그렸다. 왠지 불쾌해 보이기도 했다.

"마나베 씨의 사정을 알고 싶지 않은 거야?"

"관심은 있지. 하지만 타인의 비밀을 어떻게든 알아내고 싶지는 않아. 난 비밀을 지키는 건 꽤 잘하지만, 캐내는 건 잘 못하거든."

"그건 굉장히 나나쿠사 군답긴 하지만, 그래도."

요시노가 입을 다물었고 그 공백을 메우듯이 아주 맑은 소리가 들렸다.

소년이 휘두른 배트에 맞은 하얀 공이 똑바로 위로 높이

높이 날아오른다. 포수가 마스크를 벗고 불안한 표정으로 얼굴을 들었다. 야수와 벤치, 타자까지 한 발짝도 움직이지 않고 공중의 한 점을 쳐다보고 있었다.

옆에서 요시노가 짧게 한숨을 내쉬었다.

난 특대 캐처 플라이에 온 신경을 뺏겼지만 그녀가 철봉을 한 바퀴 돌았다는 게 기적으로 느껴졌다. 긴 스커트가 커다란 새가 날개를 파닥거리는 소리를 냈다.

포수가 딱 두 발 뒤로 가서 낙하한 볼을 잡는다.

난 요시노를 쳐다보았다. 그녀는 아무렇지도 않은 표정으로 두 발을 지면에 대고 말했다.

"왠지 말이야, 나나쿠사 군은 무리하고 있는 거 아닌가 싶어. 상대의 비밀을 중요하게 여긴다는 건 굉장히 나나쿠사 군다운 얘기지만 그래도 마나베 씨한테만은 그렇지 않았으니까 말이야. 내 입장에서 보면 나나쿠사 군이랑 마나베 씨는 거의 마찬가지야. 마나베 씨가 진심으로 얘기하는 건 나나쿠사 군 하나이고, 나나쿠사 군이 진심으로 말하는 건 마나베 씨 하나. 두 사람 모두 서로에게만은 제멋대로 구는 그런 느낌이 계속 부러웠어."

마나베와 마찬가지라는 말을 들은 건 처음이다.

너무 심한 말이다. 난 웃었다. 난 마나베 옆에서 계속 상식인으로 남아 있을 생각이었는데.

"받아들이기에 따라서는 상당한 욕인데."

"하지만 나나쿠사 군은 그런 식으로는 받아들이지 않잖아."

"과연. 그래도 나와 마나베는 완전히 다르다고 생각하는데."

부분적으로는 그녀가 말하는 대로일지도 모른다.

이전의 나라면 마나베가 비밀이라고 말했다 해도, 나에게만은 상담할 수 없다고 해도, 그런 건 웃으며 흘려 넘겼을지도 모른다. 또 뭔가 이상한 일에 집착하고 있구나, 라고 생각할 뿐으로 뒤에서 몰래 그녀의 비밀을 조사했을지도 모른다.

난 가늘고 긴 한숨을 내뱉었다.

"하지만 말이야, 몰래몰래 조사하고 있다는 사실이 밝혀지면 화를 낼지도 모르잖아?"

"그렇게 되면 내가 함께 사과해줄게."

"용서해줄까?"

"그 마나베 씨가 사과하는데, 용서해주지 않을 리 없잖아."

푸딩을 걸고, 라고 요시노는 말했다.

난 조용히 고개를 저었다. 진다는 걸 알고 있는 도박은 하고 싶지 않다. 게다가 난 역시 마나베의 비밀을 몰래 파헤쳐

버리겠다는 생각은 들지 않았다. 마나베를 그런 식으로 특별시하는 난 이미 버린 것이다.

하지만 마녀는 제거할 뿐이고, 대신 뭔가를 주지는 않는다.

분명 난 그 공백에 멈춰 서 있는 걸까. 공백을 채우는 피스를 원해 엉뚱한 화풀이처럼 마녀를 쫓고 있는 걸까.

하나를 버린 난 다음의 날 획득하지 않으면 안 된다.

마법이 아닌 현실에서 그걸 찾아야만 한다.

*

그날 밤 늦은 시간에 스마트폰이 울렸다.

이제 그만 자려고 침대에 들어가 불을 껐을 때였다.

매너모드의 진동이 책상을 울리는 소리가 단속적으로 들렸다. 그건 뭔가 작은 생물의 비명 같기도 했다.

사람 사귀는 일에 적극적이지 않은 나의 스마트폰에도 메일과 짧은 메시지 같은 건 종종 오지만, 전화가 걸려 오는 경우는 거의 없다. 난 침대에서 일어나 책상 구석에 놓인 스탠드의 스위치를 켠다. 발신자의 이름은 모니터에 표시되어 있다. 마녀한테서다.

난 회신 버튼을 눌렀다.

스마트폰을 귀에 대면서 책상 의자에 앉는다.

"안녕하세요."

라고 마녀가 말했다.

안녕하세요, 라고 난 대답했다.

"대체 무슨 일이죠? 이런 시간에."

"방해됐나요?"

"아뇨. 그냥 좀 놀라서. 몇 번을 걸어도 그쪽은 전화를 안 받았으니까요."

"그렇게 쉽게 마녀랑 얘기를 나눌 수 있는 것도 문제잖아요. 기분에 따라 가끔 통화가 되는 정도가 딱 좋은 것 같지 않나요?"

"착신 이력을 남겨 두면 그날 안에 연락이 있는 게 저에게는 아주 딱 좋아요. 상대가 누구든 말이죠."

전화 건너편에서 마녀는 웃는 것 같았다.

난 몰래 작게 한숨을 내쉬었다. 정말 너무나도 쉽게 마녀와 얘기한다는 것도 좀 위화감이 들긴 한다. 난 본론을 꺼냈다.

"몇 가지 알려줬으면 하는 게 있어요. 지난달 아키야마 씨라는 사람을 만나——."

내 말을 마녀는 끊었다.

"당신의 질문에 대답할 생각은 없습니다. 오늘 밤은 내키지 않으니까요. 마녀라는 건 원래 변덕쟁이랍니다."

"그럼 어째서 전화를 건 거죠?"

"당신한테 묻고 싶은 게 있어서요. 딱 한 가지만요."

"얼마든지 물으세요. 대답할 수 있는 거라면 뭐든 대답할
테니까요. 당신에게는 감사하고 있습니다."

"그거 다행이네요."

마녀는 또다시 웃었다.

"질문은 마나베 유우에 대해서입니다."

"마나베?"

"제가 마나베 유우한테 전화를 걸어야만 할까요?"

그건 또 뭐야.

어째서 그런 걸 나한테 묻는 거지. 도무지 대답할 수 없는
일을.

긴장인지 화가 난 건지 내 눈꺼풀이 떨리는 게 느껴졌다.
하지만 마녀의 목소리는 즐거워 보였다.

"질문은 그거 하나입니다. 어서 대답해주세요."

난 스마트폰을 꽈악 쥐었다.

"그런 건 대답할 수 없습니다."

"어째서죠?"

"마나베의 인격은 마나베 것입니다. 그걸 버리든 버리지
않든 제가 마음대로 결정해도 되는 건 아니니까요."

"오해하고 있는 것 같군요. 전 그저 그녀에게 전화를 걸지 말지를 묻는 것뿐입니다. 최종적으로 판단을 내리는 건 그녀 자신이죠."

그렇다고 해서.

어째서 내가——.

아니.

"그렇다면 거세요."

나의 일부는 마녀에게 전화를 걸지 말라고 말하고 있다. 마나베 유우가 자신의 일부를 버리는 그런 일이 있어서는 안 된다고 소리치고 있다. 오래된 목소리다. 지금은 이미 굉장히 멀리에 있는 목소리다.

"괜찮아요?"

라고 마녀는 말했다.

"네."

난 끄덕였다.

"당신은 착하군요. 굉장히 착한 마녀예요."

전화기 너머에서 마녀는 침묵했다. 난 마녀의 표정을 보고 싶었다. 하지만 볼 수는 없기에 말을 이었다.

"다만 인격을 제거하는 것만은 하지 마세요. 당신은 거기까지 해주려 하고 있는 거겠죠."

나는 새로운 날 획득하지 않으면 안 된다. 확실한 현실 속에서 손으로 만질 수 있을 정도의 리얼리티를 가진 나를 획득하지 않으면 안 되는 것이다.

분명 그녀의 질문이 그 단서가 된다. 마녀가 마나베에게 전화를 거는 것을 나에게 선택하게 해줬기에, 그래서 앞으로 나아갈 길이 있다.

오랜 침묵 후에 마녀는 말했다.

"아뇨. 전 제멋대로인 악당 마녀입니다."

그리고 갑자기 전화를 끊었다. 난 왠지 아직 그녀와 통화가 되고 있는 것 같아 상대가 없는 스마트폰을 향해 안녕히 주무세요, 라고 말했다.

3

마나베 유우는 변함없이 비밀이라는 사정에 쫓기고 있는 듯했다.

다음 날──11월 15일 일요일. 그녀와 메일을 교환하고 오후 7시에 역 앞에서 만날 약속을 잡았다. 난 엄마에게 저녁은 필요 없다고 말하고는 집을 나왔다.

마나베와는 맥도날드에 들어갔다. 늘 가는 공원을 선택하지 않은 건 최근에는 밤이 되면 상당히 춥기 때문이라는 이유 말고는 없었다. 나름대로 심각한 얘기를 할 생각이었기에 약간 차분한 가게를 골랐어야만 했을지도 모른다.

하지만 한편으로는 상대가 마나베이니, 장소 따위 상관없다고 안심하는 마음도 있었다. 방과 후의 교실이든, 조용한 카페든, 그 공원이든. 맥도날드에서 베이컨 양상추 버거를 먹은 뒤 프라이드 포테이토를 먹으며 얘기해도 그녀는 마찬가지로 진지하게 내 얘기를 들어줄 거라는 걸 알고 있었다.

실제로 프라이드 포테이토를 먹으면서 난 말했다.

"마녀한테서 전화가 왔어."

마나베는 필레오 피쉬를 먹으려던 손을 멈추고 뒷발로 일어선 족제비처럼 놀란 표정으로 날 봤다.

"나나쿠사한테?"

"응."

"어째서?"

"실은 전에도 한 번 마녀한테서 전화가 왔던 적이 있었어. 그때 번호로 몇 번을 다시 걸었더니 그쪽에서 전화가 왔어. 어젯밤에 말이야."

"그렇구나."

마나베는 이번에야말로 필레오 피쉬를 베어 물며 끄덕였다.

"왠지 나나쿠사라면 쉽게 마녀를 찾아내지 않을까 하는 느낌이 들었어."

"먹으면서 말하는 건 매너가 아니지."

마나베는 끄덕이며 필레오 피쉬를 손에 들었다. 오물오물 입을 움직이는 그녀를 향해 계속 말한다.

"딱히 내가 마녀를 찾은 건 아냐. 찾기 시작하자마자 그쪽에서 연락이 있었어. 마녀는 너도 알고 있었어."

곧 음식을 삼키고는 마나베는 말했다.

"어째서지? 마녀를 조사하면 그쪽에 전해지게 되어 있는 건가?"

"분명 이상하긴 하지만 그런 건 그냥 받아들일 수밖에 없지 않을까. 누가 뭐라 해도 상대는 마녀니까 말이야."

"알았어. 마녀는 마녀에 대해 조사하고 있는 사람을 알고 있어. 그리고 나에게는 연락하지 않고 나나쿠사에게는 연락했어. 판단 기준은 뭘까?"

"글쎄. 뽑기일지도 모르고 출석번호 순서일지도 모르지. 뭐가 어찌 됐든 마녀는 나에게 질문했어. 마나베에게 전화를 걸어야만 하는지. 솔직히 상당히 고민했지만 거세요, 라고 대답했어."

"의문만 느끼는데."

마나베는 예쁘장한 눈썹을 찡그리며 미간에 주름을 잡았다.

"마녀란 그런 상담을 하는 존재야? 마치 네 친구 같지 않아?"

"사실 잘 모르겠어. 하지만 마녀는 나에게 신경을 쓰고 있는 거 아닌가 하는 생각은 들었어."

"무슨 소리야?"

약간 얘기가 길어질 것 같았기 때문에 난 마나베에게 필레오 피쉬를 다 먹도록 재촉했다.

"지난달 아키야마라는 사람을 만났어. 전에 마녀에게 부탁해 인격의 일부를 제거당한 사람이지. 하지만 아키야마 씨는 마녀를 만났던 사실을 후회하고 있었어. 마녀가 잘못한 게 아냐. 이 부분의 뉘앙스는 상당히 어렵지만 말이야. 자신을 버리든 버리지 않든 그 사람은 결국 후회하게 되어 있다고 생각해. 넌 잘 이해가 안 될지도 모르지만 뭘 고르든 후회하는 일이라는 게 있거든."

마나베는 필레오 피쉬를 먹던 손을 멈추고는 화장실에 다녀와서 곧장 똑바로 내 눈동자를 들여다보고 있었다. 내가 말을 일단락 짓자 그녀는 끄덕였다.

"조금은 이해해. 뭘 선택해도라는 말은 좀 지나치다고 생각하지만 말이야. 하지만 눈에 보이는 그 어떤 걸 선택해도 후회하는 문제는 분명히 있다고 생각해."

"너한테도 그런 게 있어?"

"있어. 굉장히 곤란하지."

난 끄덕인다. 맞아. 굉장히 곤란해.

"아키야마 씨의 문제는 버린 자신의 대신을 제대로 찾을 수 없었다는 거 아니었을까. 가령 굉장히 게으른 사람이 바로 게으른 인격을 버렸다 치자. 그 사람은 이제 좀처럼 게으름을 피울 수 없어. 하지만 그뿐이라면 아마도 부족할 거야. 목표라든가, 목적이라든가, 의무감이라든가, 정의감이라든가, 뭐든 상관없지만 버린 부분을 메울 새로운 뭔가를 준비해 두지 않으면 그 공백에 당황하게 되는 거야."

"그건 부서진 톱니바퀴를 빼도 결국은 제대로 움직이지 않는다는 뜻? 새로운 톱니바퀴를 끼워 넣지 않으면 제대로 수리가 되지 않는 거랑 같은 거야?"

"대충 그런 거라고 생각해. 그래서 이제부터가 중요한 건데……."

"응."

"8월 말에 나도 내 일부를 버렸어. 하지만 그 공백은 여전히 채워지지 않았어."

부서진 톱니바퀴를 빼낸 채 방치당했고, 여전히 새로운 톱니바퀴는 손에 넣지 못했다.

마나베는 한참을 내 얼굴을 뚫어지게 보고 있었다.

그 눈동자는 왠지 지금까지와는 달랐다. 평소와 마찬가지로 똑바르고, 평소와 마찬가지로 아무런 감정도 읽을 수 없었지만 굉장히 위화감이 들었다. 평소보다도 힘이 없다. 여름 햇살과 겨울 햇살은 역시 다른 것처럼 뭔가 그녀가 그늘져 보였다.

그 변화에 정신이 팔려 난 말을 계속할 수 없었다.

곧 그녀는 천천히 말했다.

"그럼 너한테 버려야만 하는 점이 있었다는 거야?"

난 인상을 찡그렸다.

"그거야 버리고 싶은 자신 같은 건 얼마든지 있지. 내가 무슨 생각으로 그런 자신을 버렸는지 자세하게 설명할 수도 있어. 꽤나 부끄러운 일이지만 그래도 괜찮아."

듣고 싶어? 하고 난 묻는다.

마나베는 끄덕였다.

"듣고 싶어. 굉장히."

"네가 마녀를 만나고 싶은 이유는 비밀인데도."

"그래. 그건 좀 교활하긴 하지만 그래도 그렇게 생각해. 나나쿠사가 비밀이라고 말한다면 난 묻지 않을게."

그녀의 표정이 너무나도 진지해서 난 그만 웃고 말았다.

새삼스럽게 무슨 소릴 하는 거지. 마나베 유우는 언제든 교활하다. 사전에 실려 있는 교활함과는 다르다. 도덕 수업에서 배우는 것과도 다르다. 본인에게 자각이 없다는 것도 알고 있다. 그녀는 교활한 약아빠짐을 손톱만큼도 갖고 있지 않다는 점이 교활하다.

마나베는 교활한 채로 괜찮은 것이다.

"말할게. 반쯤은 그걸 위해 널 만나러 왔으니까."

"그럼 가르쳐줘. 나나쿠사는 뭘 버린 거야?"

"간단히 말해버리면 마나베. 내가 버린 건 너에 대한 집착이야."

어제까지는 이런 얘기를 할 생각은 없었다. 초등학교 철봉 앞에서 요시노와 얘기를 하고, 그런 다음 마녀의 전화를 받았다. 그래서 처음으로 마나베에게 밝히겠다는 마음이 들었다. 난 그녀와의 관계성의 일부를 버리고, 그 대신을 아직 손에 넣지 못했다. 두 달 반 동안 공백 상태로 정체되어 있었다. 나에게는 이 소녀와의 새로운 관계성을 구축할 필요가 있다.

"난 지금까지 너에게 여러 가지 거짓말을 해왔어. 대부분은 작은 거짓말이긴 하지만 그중에는 큰 거짓말도 있었을지도 몰라. 이제 와서는 잘 모르겠어. 난 너에게 거짓말을 한다는 사실에 정말 조금의 저항도 없었어. 네가 원하는 말이라면. 혹은 네가 상처 받지 않고 끝날 말이라면. 혹은 조금이라도 네가 살기 쉬워지는 말이라면. 난 주저 없이 거짓말을 했어."

──어쩌면 난 정직한 사람으로 있고 싶어서 거짓말을 했

던 걸지도 몰라.

라고 아키야마 씨는 말했다.

지금은 나도 완전히 같은 심정이다. 분명 초등학교 때부터 마나베에 대한 순수한 감정에 정직해지기 위해서 몇 가지 거짓말을 해왔다고 생각한다.

"내가 너에게 거짓말을 제대로 할 수 없었던 건 딱 두 번뿐이야. 2년 전 네가 없어졌던 날. 그 뒤 8월에 너랑 재회한 날. 질문은 둘 다 마찬가지였어."

마나베는 또다시 그 질문을 반복했다.

"어째서 넌 웃었던 거야?"

난 고개를 저었다.

"그런 거, 마나베가 신경 쓸 필요 따위 없었어. 어차피 나조차도 그 답을 알 수 없었던 거니까. 나쁜 건 나야. 가능한 빨리 적당한 거짓말을 둘러대 얼버무려야만 했어. 너에게 2년간이나 쓸데없는 의문을 갖게 해서는 안 됐어. 어째서 난 그 질문에만 거짓말을 하지 못했던 걸까? 생각해보면 대답은 간단했어."

왜 웃었던 건지는 여전히 떠오르지 않는다.

하지만 거짓말을 할 수 없었던 이유는 단 하룻밤 만에 찾았다.

"난 애초에 네가 그런 질문을 하게 만든 사실을 용서할 수

없었어. 또 네가 그런 걸 물었을 때 조심성 없게 웃은 날 용
서할 수 없었어."

그래서 그때만은 마나베에게 진심이고 싶었던 거라고 생
각한다. 인스턴트한 거짓말은 편리하고 나도 모르게 그만
의지해 버리게 되지만, 그 질문에만은 솔직하고 싶었던 거
라고 생각한다.

마나베는 깊은 눈동자로 빨아들일 것처럼 내 얼굴을 보고
있다.

"어째서 용서할 수 없었어?"

"왜냐면."

나는 뭔가를 얼버무리기 위해 피식 웃었다.

"그 질문을 했을 때 넌 마치 상처 입은 것 같았어. 지금까
지를 반성하고 변하려 하는 것 같았지. 오랫동안 계속 내가
두려워했던 건 그거였어. 네가 상처 입고 변해 버리는 거였
다고."

마나베에게는 그럴 계획 따위 없었을 것이다.

나마저도 이해할 수 없었다. 나중에 다시 생각해볼 때까
지는.

하지만 마나베 유우의 질문은 똑바로 내 약점을 찌르고
있었다. 날 제일 상처 입히는 질문이었다.

눈앞에서 마나베는 인상을 찡그린다.

"변하는 건 안 되는 거야?"

"안 될 이유는 없지. 사람은 그걸 성장이라고 불러."

본래 그건 정상적인 일이다. 생각할 필요도 없이 알 수 있는 일이다.

그래서 이것은 참회다. 아주 조금만 표현을 바꾼다면 난 마나베 유우가 당연하게 성장한다는 사실을 받아들일 수 없었다. 그건 명백하게 비틀어져 있었고, 어리석고 부끄러운 일이었기 때문이다.

"그래서 난 그 감정을 버렸어."

그녀를 향한 그릇된 신앙을 버렸다. 하지만 난 여전히 그 대신을 획득하지 못했다.

마나베 유우는 오랫동안 침묵하고 있었다. 내 말을 곱씹고 있는 거라 생각했다. 그런 다음 그녀는 쟁반 위의 필레오 피쉬를 집어 입으로 가져갔다. 확실하게 씹은 다음 삼키고, 오렌지주스를 쭉 마시고는 그제야 말했다.

"어쨌든 난 너에게 감사하고 있어."

"그래."

"꽤 옛날부터 알고 있었고 2년 전 너랑 헤어진 다음에 좀 더 잘 알게 됐어. 난 모든 면에서 너에게 도움을 받고 있던 거야. 태양과 지면, 공기와 마찬가지일 정도로. 몇 번이나 고맙다고 말했던 것 같지만 그걸 100배로 표현해도 부족할 정도로 난 너에게 감사하고 있어."

"그건 몰랐어."

"말하는 걸 잘 까먹어서 그래. 많이 반성하고 있어."

횟수의 문제가 아니다. 뭐, 그녀가 나에게 고마워하든 아니든 그건 나에게 있어서는 비교적 아무래도 상관없는 문제다. 이야기의 흐름을 좀 이해할 수 없는 난 '그래서?'라고 다음을 재촉했다.

"그래서, 즉. 나나쿠사는 날 위해 일부러 자신을 버릴 필요 같은 건 없었던 게 아닌가 싶어. 어디까지나 나의 감정으로서는."

"내 감정으로서는 버려 다행이라고 생각하는데."

마나베는 끄덕였다.

"얘기해줘서 고마워. 그리고 날 걱정해준 것도 고마워. 왠지 신기한 느낌이 들어. 나나쿠사가 자신을 버렸다는 얘기를 듣고 잘 이해할 수는 없지만 굉장히 무서워졌어. 생각조차 못 한 일이었어."

"실제로는 그리 중요한 건 아니야. 마녀를 만났다고 해도, 만나지 않았다고 해도 결국 난 변했을 거라 생각해. 마녀한테서 전화가 온 그날보다도, 그 뒤 두 달하고 약간 동안 보다 많은 것들이 변한 것 같아."

"나도 변한 거려나?"

"그래. 그 사실을 말하고 싶었어."

오늘 밤 마나베 유우를 만난 이유의 반절이 내가 버린 것에 대해 얘기하는 것이었다. 그리고 또 반절은 앞으로의 그녀에 관한 것이다.

"아마도 조만간 마녀가 너한테 전화를 걸 거라고 생각해. 만약 버리고 싶은 자신이 있다면 분명 쉽사리 제거해줄 거야. 아프지도 않고 괴롭지도 않아."

"그리고 내가 뭔가를 버린다 해도 나나쿠사는 더이상은 그걸 싫어하지는 않을 거라 생각하는데?"

"아니."

난 고개를 저었다.

"어째서일까? 네 변화를 싫어하는 난 이미 버렸을 텐데. 하지만 지금도 여전히 네가 변치 않았으면 해."

잠시 말을 자르고 생각을 정리할 필요가 있었다.

마녀는 내가 원한 걸 전부는 제거해주지 않았던 건가? 그럴지도 모른다. 난 여전히 그 무렵의 감정을 완벽하게 잊지 못했다.

"난 정말로 네 변화를 받아들이고 싶어. 하지만 한편으로는 네가 변하지 않았으면 하는 마음도 있어. 쉽게 네가 변해 버리면 역시 좀 서운해. 아마도 모를 거라 생각하는데, 난 너의 여러 면이 마음에 들어."

도저히 어쩔 수 없었다. 마나베 유우가 변한다면 그건 어쩔 수 없는 일이다. 알고 있음에도 난 지금까지의 그녀에 대한 집착을 버릴 수 없는 것이다.

　"기뻐. 난 나나쿠사가 날 싫어하는 건 아닌가 하고 약간 불안했으니까."

　"싫은 점도 많이 있어. 하지만 싫은 점도 마음에 들어. 돌이켜 생각해보면 내가 정말로 싫어하게 된 건 너 정도야. 날 정말로 화나게 하는 부분이 있다 해도 너한테서 없어져 버리면 굉장히 슬플 거야."

　마나베 유우는 웃었다.

　그녀치고는 드물게 농담을 말할 때 같은 웃음이었다.

　"나나쿠사가 아니면 그런 말 안 하겠지만. 그래도 나나쿠사 말고 다른 사람한테 들었다면 마치 고백 같다고 생각했을지도 몰라."

　난 고개를 갸웃거렸다.

　"네가 그렇게 재치 있는 발상을 할 수 있는 줄은 몰랐네."

　"최근에는 여러 가지를 생각하고 있어. 그렇게 하지 않을 수 없게 됐거든. 나나쿠사가 하는 말, 뭘 선택해도 후회할 것 같은 문제가 나한테도 있다고 생각해."

　"그건 너의 비밀 사정이랑 관련되어 있는 거야?"

　"응. 맞아."

"비밀은 언제까지 비밀인 거지?"

"몰라. 마녀한테서 전화가 걸려올 때까지? 좀 더 이후일 지도 모르고."

"넌 너를 버릴 생각인 거야?"

"그것도 모르겠어. 조금 더 고민할래. 분명 어딘가에 올바른 대답이 있을 거라 생각해."

"눈에 보이는 건 아니잖아."

"맞아. 눈에 보이는 그 어떤 걸 선택해도 후회할지 모르지만. 그래도 그렇다면 보이지 않는 곳에 정답이 있는 거라고 생각해."

마나베 유우는 옳다.

적어도 문제에 대해서 성실하다.

하지만 신이 아닌 우리는 모든 선택지를 아는 건 불가능하고, 눈에 보이는 것 중에서 하나를 주울 수밖에 없다. 아무리 그녀가 성실하게 생각해도 역시 후회할 때는 올 것이다.

그게 오늘이 아니라면 좋겠다. 내일이면 좋겠다.

"난 가능한 널 슬프게 만들고 싶지 않아."

라고 마나베 유우는 말했다.

맥도날드에서 집으로 돌아오는 길에 우리는 거의 아무런

대화도 나누지 않았다.

마나베 유우는 깊은 생각에 잠겨 있는 듯했고, 난 그녀 곁을 그저 조용히 걸었다.

주택가로 들어오자 주변은 조용하고, 기온이 약간 떨어진 것 같은 기분이 들었다. 집 창문들에서 새어 나오는 빛은 왠지 거짓 같았고, 달빛이 훨씬 더 현실감이 있었다.

창문 하나에서 휴대전화의 착신 멜로디인지, 지브리 애니메이션에 사용된 곡이 단순한 전자음으로 전환되어 들려왔다. 난 좀처럼 그 곡의 제목이 떠오르지 않아 진지한 표정인 마나베 옆에서 제목을 떠올리려고 온 신경을 쏟고 있었다.

어쨌든 난 마나베에게 말하려 결심했던 사실을 대충 다 말했던 것이다. 실제로 그건 나에게 있어서는 어쩔 수 없는 작업이었다. 그녀와 이 정도로 진심으로 대화하려고 노력한 건 아마도 처음일 것이다. 그녀 말고 다른 상대에 대해 진심이라는 걸 신경 쓴 적은 거의 셀 수 있을 정도로 적다.

남겨진 내 일은 이제 딱 한 가지밖에 없다는 생각이 들었다.

마나베 유우가 변하든 변하지 않든.

마녀의 마법에 걸리든 걸리지 않든.

그 결과를 받아들이는 것뿐이다.

4

11월 23일 월요일.

이번 달도 이제 겨우 일주일이 남은 밤, 또다시 계단 꿈을 꿨다. 세 번째였다.

산속으로 뻗어 있는 계단은 역시 조용했고, 지금까지와 다른 점이라고 한다면 현실과 마찬가지로 숨을 들이마시면 겨울의 냄새가 난다는 것 정도였다.

난 왜 반복해서 이 꿈을 꾸는 걸까? 나 자신이 이곳에 오는 걸 원하고 있는 걸까. 왠지 의미가 있는 것 같긴 하지만 실은 아무런 의미도 없는 거 아닌가. 아니면.

처음 꿈에서는 계단을 내려갔고 두 번째는 올라갔다.

이번에는 그 어느 쪽도 선택할 필요는 없는 것 같다.

아래쪽에서 발소리가 들려온다. 내려다보니 그곳에 있는 건 역시 나였다. 꽤나 불쾌한 표정인 내가 이쪽을 노려보며 한 계단씩 올라온다.

"만난 건 두 번째군."

또 다른 내가 말한다.

"기억하고 있어?"

난 고개를 갸웃거린다. 의문은 없었지만 다시 떠올리는 것 자체가 불쾌했다.

"두 달 정도 전에도 같은 꿈을 꿨나."

자기 자신과 대면한 꿈 같은 걸 계속 기억하고 싶지는 않다. 하지만 이 계단 꿈은 왠지 쉽게는 기억에서 사라지지 않는다. 확실하게 기억하고 있는 꿈은 이곳에서의 일 정도라는 걸 깨달았다. 나머지는 막연한 인상인지, 마침 잡담으로 꿈 얘기를 하게 됐을 때 누군가에게 말한 자신의 말을 떠올릴 수 있을 정도로 꿈 그 자체는 잊었다.

눈앞의 난 비꼬는 듯한 표정으로 입 끝을 일그러뜨린다.

"그거 다행이네."

"다행이야?"

"아니."

그는 가볍게 고개를 내젓는다.

"여기는 꿈속이 아냐. 크게 다르지는 않지만 그래도 역시 달라."

무슨 소릴 하는 거지? 라고 난 묻는다.

스스로도 쌀쌀맞은 말투로 말하고 있다는 걸 깨달았다. 눈앞의 나와 마찬가지로. 이런 대화, 빨리 끝내버리고 싶다. 하지만 한편으로는 이 장소에는 약간 흥미가 있다. 왠지 마녀와 관련되어 있을 것 같은 느낌이 든 것이다. 내가 이 꿈을 꾸게 된 건 빼기 마녀한테서 전화를 받은 뒤다. 게다가 지난번 꿈에서 만났던, 그 눈매 사나운 소녀는 마녀를 알고 있는 것 같았다.

또 다른 나는 불쾌한 듯이 이쪽을 노려보고 있다.

"사정 설명은 안 할게. 말해도 어차피 이해하지 못할 테니까. 어쨌든 아이하라 다이치라는 소년을 찾아."

아이하라 다이치. 난 그 이름을 마음속으로 반복했다.

처음 듣는다. 사람 이름을 외우는 건 그리 잘하지 못하는 편이라서 까먹은 걸지도 모르지만, 또 다른 나의 말투로 볼때 내가 알고 있을 거라는 걸 기대하고 있는 분위기는 없었다.

빠른 말투로 그는 말했다.

"한 번에 외워. 다이치는 초등학교 2학년인 소년이야. 지극히 평범한 소년이지. 축구를 좋아한다고 말했어. 게다가 고구마 크로켓을 좋아한대. 하지만 트럼프도 모르고 승부가 걸린 일에서는 일부러 져주려 해. 나도 사정은 잘 모르지만 분명 가정에 뭔가 문제가 있는 것 같아. 무슨 짓을 해서든 그를 찾아내. 주소는——."

그가 말한 건 들어본 적 있는 지명이었다. 시간만 괜찮으면 걸어서도 갈 수 있을 정도로 가까운 거리다. 전철을 타면 역이 세 개인가, 네 개.

"다이치를 지켜. 반드시."

또 다른 나의 강한 말투에 무심코 그만 인상을 찡그렸다.

"어째서? 왜 그러는지 이해가 안 되는데."

게다가 반드시라니, 내가 쓰는 말이라고는 생각할 수 없다.

"마나베 유우가 그러길 원하고 있어."

마치 내가 아닌 것 같은 그는 내 가슴에 집게손가락을 갖다 댔다.

"알겠지? 네가 말한 거야. 다이치를 만나러 가자고 그녀에게 권했다고."

뭐야, 이런 모습의 난. 감정적이고 대화가 이루어지질 않는다. 마치 뭔가 쓸데없는 고집을 부리는 것 같다.

난 애써 억누른 목소리로 말한다.

"영문을 모르겠군. 사정을 설명해."

"말해 봤자 이해 못 할 거야."

"그걸 어떻게 알지?"

"나잖아. 내가 왜 모르겠어."

그래. 그렇군.

정말 너무나도 이해가 됐다. 지금 난 정말로 나한테 화를 내고 있는 것이다. 직설적으로 분노를 드러내고 있다. 이런 대화는 빨리 마무리하고 싶어 미칠 것 같다.

그리고 그가 나라면 이렇게나 감정적이 된 이유 따위 하나밖에 없다.

그는 소리를 지른다. 감정적으로 드높아진 목소리로 말한다. 내가 이렇게 큰 소리를 지르는 건 언제 이후 처음일까. 소리 지르는 건 잘 못한다.

"넌 마나베에게 상처를 입혔어."

그래, 결국 그렇게 된 거려나.

내 감정을 드러내게 만드는 사람이 있다면 아마도 그녀 정도밖에 없을 것이다.

"자각은 있냐?"

그가 물어 난 생각했다.

우선 떠오른 건 내가 마녀의 마법에 걸렸다는 사실이었다. 내가 날 버렸다는 걸 알게 됐을 때의 그녀의 분위기는 예상과는 달랐다. 하지만 다른 일도 있을지 모른다. 2년 전에 그녀가 이별을 고했을 때 난 그녀에게 깊은 상처를 준 걸지도 모른다. 어쩌면 8월에 다시 만났을 때. 혹은 9월에 그 공원에서 그녀를 향해 거짓말을 했을 때.

왠지 마지막 하나에 가장 설득력이 느껴졌다.

——어째서 넌 웃었던 거지?

그게 마나베에게 있어 중요한 질문이라는 걸 알고 있었다.

하지만 그녀에 대한 신앙을 버린 난 주저 없이 거짓말로 대답할 수 있었다. 가능한 듣기 좋은 말을 골라 상당히 모나지 않게, 바르게, 그 질문을 뛰어넘을 생각이었다. 하지만.

단순한 직감이다. 지금까지 생각도 못 했다.

하지만 마나베 유우는 내 말이 거짓말이라는 걸 알고 있었던 게 아닐까.

그 솔직한 마나베 유우에게 거짓말을 하는 건 정말 쉬운 일이라고 생각했다. 하지만 그렇지 않았던 걸지도 모른다. 나는 중요한 일은 언제든 실패하는 것이다. 진실로 이루고 싶은 일일수록 이룰 수 없었던 것이다. 지금은 이제 내가 어떤 표정으로 어떤 음색으로 그녀의 질문에 대답했는지 기억나지 않는다.

눈앞의 난 강하게 주먹을 쥐고 있었다. 그의 눈동자에는 윤곽을 더듬을 수 있을 것만 같은 구체적인 분노가 깃들어 있었다. 그는 날 때리려나. 그렇게 하고 싶다면 때리면 된다. 일시적인 육체의 고통 따위 아무래도 상관없다.

"짐작 가는 건 있어."

라고 난 대답했다.

그가 왼손을 뻗어 내 멱살을 잡는다.

만약 내 얼굴이 아니었다면 슬퍼질 정도로 절실한 표정으로 그는 말했다.

"두 번 다시 똑같은 실수는 하지 마."

그래, 그 말대로다. 나 또한 같은 의견으로 거짓말 같다.

나도 모르게 입가에서 웃음이 새어 나왔다.

"내 말이라고는 생각할 수 없는걸."

분명 나도 내가 실패만 했다는 걸 안다. 원하던 게 그대로 이뤄지는 건 믿을 수 없는 일이라는 사실을 알고 있다.

멱살을 잡은 그의 손의 힘이 세졌다.

"그래, 맞아. 나에게 어울리지 않는 말을 하게 만들지 마. 이렇게 되면 뭘 위해 내가 버려진 건지 알 수 없으니까 말이야."

그 말로 겨우 이해했다.

눈앞의 내가 누구인지. 대체 이곳이 어떤 장소인지.

그는 아이하라 다이치라는 이름과 그 소년의 주소를 반복하고는, 그제야 멱살을 잡은 손을 놓았다. 목을 어루만지면서 난 말한다.

"이제야 알겠군. 넌 내가 잘라낸 나인 건가."

그는 피하고 있던 시선을 돌려 다시 한 번 날 봤다.

"기억하고 있냐?"

"마녀를 만났던 건 기억하고 있어. 여름방학이 끝날 무렵이었지."

이 장소를 방문한 것이 네 번째가 아닌가 하는 생각이 갑자기 들었다. 마녀한테서 전화를 받은 그 8월의 밤, 꿈속에서 난 이 장소를 찾았고 마녀와 얘기를 한 건 아닐까.

그는 관심 없다는 듯이 고개를 저었다.

"뭐가 됐든 상관없어."

"그렇지 않아. 난 이제 너 정도로 자학적이지는 않으니까 말이야. 약간은 자신에 대해서도 생각하라고. 어째서 잘라 냈던 내가 내 앞에 나타나는 거지?"

난 다른 한 명의 나에게 관심을 갖기 시작하고 있었다.

마나베 유우에 대한 유치한 신앙심을 버리지 않은 나에게. 아무런 주저 없이 마나베 유우와의 관계법을 정하고 있던 무렵의 평화로운 시대의 나에게.

그래, 아마도 정말로 난 너만큼 자학적이지는 않아. 하지만 한편으로 너보다 훨씬 깊게 고민하고 있어. 내 멋대로인 말을 한다면 넌 평온하게 닫힌 세계에서 마음 편하게 지내고 있는 거잖아.

그는 불쾌한 듯이 대답했다.

"알고 있냐. 마녀가 마법을 썼어. 무슨 일이든 일어난다고."

"뭐, 그건 그렇지. 그런데 어째서 넌 그렇게 화를 내고 있는 거지?"

"어째서냐니?"

내가 버린 난 또다시 공격적인 눈초리로 날 노려보았다.

"마나베 유우도 마녀를 만났어."

예상하고 있던 대답이었다.

그렇다고는 해도 역시 좋든 싫든 날 긴장하게 만드는 말이었다.

"그래서?"

"내가 쓸데없는 귀찮은 일을 짊어지게 됐어. 드물게 꽤나 멀리 돌아왔다고. 하지만 그녀는 내일 아침에는 분명 원래대로 돌아가 있을 거야."

그 말은 즉, 마나베 유우는 자신의 일부를 버렸다는 건가.

──난 가능하다면 널 슬프게 만들고 싶지 않아.

라고 그녀는 말했다.

그 말이 거짓말이라고는 생각하지 않는다. 그녀의 말을 거짓말이라고 생각한 적 따위 단 한 번도 없다. 만약 마나베 유우가 지금까지 세 가지의 거짓말을 했다고 해도 난 그 말이야말로 그녀의 첫 거짓말일 거라 판단한다. 어쩌면 단순한 착각으로 거짓말의 의미를 잘못 사용하고 있는 게 아닌지 의심된다.

하지만 한편으로 마나베가 원하는 게 늘 이뤄질 수는 없다. 난 역시 상처를 줬다. 내가 얼마나 상처를 줬는지는 잘 모른다. 정말 아주 약간 긁힌 정도일지도 모르고, 두 번 다시 원래대로는 돌아갈 수 없을 정도로 크게 상처를 냈을지도 모른다. 앞으로 이삼 일 정도만 지나면 어느 정도는 알아낼 수 있을 것이다.

난 바로 두 계단 정도 아래에 있는 날 내려다보며 고개를 갸웃거린다.

"그렇게 잘 될까?"

"무슨 소리지?"

"모르겠어. 하지만 내 계획은 제대로 잘 된 예가 없어서 말이야."

정말로 중요한 것에서 난 실패하는 것이다.

그도 그럴 것이 마나베 유우는 자신을 버렸다.

내가 버린 난 눈에 띄게 동요하고 있었다. 뜻밖의 반론을 들었다는 분위기였다. 그 모습을 보고 난 웃었다.

"상당히 의외라는 표정이잖아."

나는 또 다른 내가 어떤 식으로 사고했는지를 자신의 기억처럼 잘 알 수 있었다. 분명 그도 옆에서 보고 있으면 바로 대답에 도달했을 것이다. 하지만 난 여전히 혼란스러운 듯했다.

"정말로 모르겠어?"

그렇게 묻자 그는 의외로 순순히 끄덕인다.

"그래. 모르겠어."

그의 모습을 보며 난 내심 한숨을 내쉰다.

지난달이었나, 이 계단에서 눈매가 사나운 소녀를 만났을 때 나는 말했다.

——신앙을 잃은 난 어쩌면 사랑받고 싶어진 걸지도 몰라.

하지만 그건 아무래도 착각이었던 것 같다. 자신의 감정을 시야에 넣으려 하지 않았을 뿐으로, 마녀를 만나기 전부터 난 그녀가 멀리 떨어져 버리는 게 괴로웠다.

간단한 얘기잖아, 라고 그녀를 계속 신앙처럼 믿고 있는 나에게 말을 걸었다.

"다시 말해 너에게 있어서는 모두 예정대로 진행되는 게 실패라는 거야. 네 옆에서 마나베가 없어지는 게 슬퍼 견딜 수 없지만, 막상 그렇게 되면 순순히 믿을 수 있게 되잖아."

너무나도 나다운 사고 아닌가.

"넌 자각도 없이 행복을 포기해버릴 정도로 비관주의자라고."

난 웃는다. 왠지 가슴이 아파서. 저기, 상대가 자기 자신이라고 해도 슬퍼질 것 같은 그런 말은 하지 말아달라고.

그는 여전히 평상심을 되찾지 못하는 것 같았다. 겁먹은 눈으로 날 보고 있다. 아니, 그 눈동자는 나의, 저 멀리 뒤로 몇 광년이나 떨어진 별이 가득한 하늘을 보고 있는 걸지도 몰랐다.

그 한심한 얼굴을 향해 난 물었다.

"네 자신은 어떤데?"

"뭐?"

"나에게 버림받아 넌 어떻게 생각하냐고."

"딱히, 그냥 그래."

"그냥 그래?"

"나름대로 살고 있어. 지금까지처럼 똑같이."

그래, 그렇겠지. 넌 변하지 않을 테니까.

"그거 다행이네."

솔직히 그렇게 생각하고 있었다.

그가 아주 조금 부럽다. 강제로라도 변하지 않으면 안 되는 나와는 다르다.

겨우 안정을 되찾은 건지, 그는 익숙한 내 얼굴로 천천히 미소를 짓는다.

"그래, 하지만 딱 한 가지 변화가 있었어."

왠지 모르게 도발적인 말투다. 이쪽을 올려다보면서 동시에 내려다보고 있는 듯한.

내가 상대가 아니라면 거의 쓰지 않을, 가시 돋친 말투로 그는 말했다.

"난 정말 아주 조금만 날 좋아하게 됐어."

그가 태연히 내뱉은 말은 너무나도 뻔히 들여다보이는 거짓말.

내 입장에서 보면 초등학생이 말싸움에서 쓰는 것과 그리 다르지 않을 정도의 거짓말로, 그런데도 가슴을 강하게 뒤흔들었다. 거기에는 분명 현실적인 무게가 있는 것처럼 느껴졌다.

——어쩌면 난 정직한 사람으로 있고 싶어 거짓말을 한 걸지도 몰라.

라고 아키야마 씨는 말했다.

그에게 그런 자각이 있었다는 건 도저히 생각할 수 없지만.

하지만 그가 말한 건 지금의 나에게는 결코 입에 담을 수 없는 종류의 거짓말이었다.

*

내가 눈을 떴을 때 시곗바늘은 오전 5시 정도를 가리키고 있었다.

머릿속에는 선잠과 같은 피곤함이 남아 있었다. 하지만 난 다시 침대로 들어갈 마음은 없었다.

커튼 너머는 여전히 깊은 밤으로, 창문을 열어보니 그 계단과 같은 겨울의 냄새가 난다. 싫어하는 냄새가 아니다. 시야를 깨끗하게 해준다. 가슴의 고통도 조금은 꿰뚫어 볼 수 있을 것 같은 기분이 들었다.

——마나베 유우가 자신의 일부를 버렸다.

대체 왜? 뭘 위해서?

곧 찾아올 아침을, 지금은 여전히 감추고 있는 밤하늘을 난 한동안 바라보고 있었다. 그런 다음 창문을 연 채로 침대에 누워 마나베 유우를 생각하고 있었다.

곧 날이 밝는다. 하늘이 크림색을 띠고, 창문 한구석에 아침 해가 나타난다. 촉촉한 질감의 생기 있는 빨강이다. 난 제일 오래된 걸지도 모르는 기억을 떠올렸다. 이 아침 해는 그 기억 속의 아침 해와 같은 걸까. 오래된 말은 먼 곳에 남아 있는 것이다. 그렇다고 한다면 내가 볼 때 가장 멀리 있는 기억과 같은 말로, 이 아침 해를 좋아한다고 말할 수 있는 걸까.

그날 아침, 난 평소보다도 한 시간 정도 일찍 집을 나왔다. 교복 위에 코트를 입고 차가운 공기 속에서 허리를 쭉 펴고 걷는다.

그 공원 앞을 지나 평범한 사거리에서 걸음을 멈추고, 가만히 한 방향을 바라보았다. 그곳은 늘 마나베와 헤어지는 사거리다. 시선 끝에 그녀가 있다.

30분 정도 기다렸을까. 이윽고 전방에서 마나베 유우가 걸어온다. 허리를 꼿꼿이 세우고. 턱을 당기고. 단단한 발소리로.

똑바로 나를 보는 그녀를 나도 똑바로 쳐다봤다.

버린 자신이 말한 대로 움직이는 건 좀 마음에 안 들지만. 그런 쓸데없는 감정, 콧방귀라도 뀌어서 날려버리면 된다.

눈앞에서 마나베 유우가 걸음을 멈춘다.

난 최대한 조심스럽게 웃었다.

"너의 비밀에는 아이하라 다이치라는 소년이 관련되어 있는 거야?"

마음속으로 확신하면서 그렇게 물었다.

4화, 봄을 생각할 때 우리가 있는 장소

1

어째서 마나베 유우가 자신의 일부를 버린 걸까.

그날 밤 꿈속에서 만났던 내가 말한 것처럼, 그녀는 그걸 되찾은 걸까, 되찾지 않은 걸까.

그리고 그게 어느 쪽이든 마나베 유우는 뭘 버린 걸까.

이 세 가지 점이 나에게 중요했다는 건 말할 필요도 없다. 하지만 나는 아무것도 그녀한테 묻지 않았다. 언젠가 자연 스럽게 그 질문을 할 수 있을 때까지 잠자코 숨을 죽이고 기 다리고 있기로 결심하고 있었다.

애초에 난 마나베 유우의 변화를 받아들이기 위해 마법에 걸렸던 것이다. 그런데도 이 세 가지의 질문에 저항감이 있 다는 건 내가 아직 준비가 되지 않았기 때문일 것이다. 그렇 다면, 당황할 필요는 없다. 모든 건 그녀의 문제가 아니라 내가 조금 더 성장할 필요가 있는 거라고 생각한다.

한편으로 아이하라 다이치라는 소년에 대해서라면 지금도 자연스럽게 질문을 받았다. 그 소년이 마나베 유우가 안고 있는 비밀과 깊이 관련되어 있다고 해도.

분명 그녀의 비밀은 두 가지로 각각 다른 의미를 가지고 있는 것이다.

전에 문화제 준비를 쉬는 이유를 물었을 때 그녀는 이렇게 말했다.

──난 가능하다면 대답하고 싶지 않아. 하지만 그래도 꼭 얘기하는 게 낫겠다고 네가 말한다면 최대한 말할 수 있도록 해볼게.

그 직후에 그녀의 고민에 대해 물었을 때의 대답은 이랬다.

──세상 그 누구에게도 상담할 마음은 없지만, 너한테만은 절대 못 해.

나는 두 가지 모두 똑같은 사실에 대해 물을 생각이었다. 그 시점에서 마나베 유우가 문화제 준비를 쉬는 이유와 그녀의 고민은 동일한 거라고 생각하고 있었다. 그런데도 마나베의 대답은 모순되어 있다. 전자는 그런대로 나에게 털어놓을 여지가 있고, 후자는 전혀 없다.

다시 말해 내 질문은 그녀에게 있어서는 전혀 다른 의미를 가지고 있었던 것이다.

그녀의 사정과 그녀의 고민은 모두 나에게 비밀로 하고 있지만 그래도 본질은 각자 다른 것이다.

아이하라 다이치는 분명 전자로 분류되어 있을 것이다. 그런데도 나에게 털어놓을 여지가 있는 비밀인 것이다. 그래서 난 그쪽만을 진행시켰다. 다른 한편으로는 마나베가 마녀의 마법에 걸린 이유는 후자로 분류되어야만 하기에 난 여전히 끼어들 수 없었다.

아이하라 다이치에 대해 물었을 때 그녀는 말했다.

"지금은 말할 수 없어. 비밀로 한다고 약속했으니까."

마나베라면 그렇게 대답할 거라는 걸 난 알고 있었다.

"나나쿠사에게만은 말할 수 있게 해달라고 설득해볼게. 허락을 받으면 또 연락할게."

하지만 그녀한테서 연락이 없는 채로 달이 바뀌었다.

*

12월 첫 번째 토요일에 난 버스를 탔다.

약간의 사정이 있어 아키야마 씨를 만나고 싶었던 것이다.

나는 그의 연락처를 몰랐다. 그래서 오랜만에 아다치에게 연락을 취해 아키야마 씨와의 중개를 부탁했다. 아다치는 내가 그를 만나려 하는 이유를 꽤 신경 쓰고 있는 것 같았지만 대답은 얼버무렸다.

아키야마 씨는 이번에도 약속 장소로 그 도서관의 자판기 옆에 있는 벤치를 지정했다. 난 버스 시간 관계로 약속보다 10분 정도 빨리 도서관에 도착했지만 아키야마 씨는 이미 벤치에 앉아 있었다.

새까만 코트를 입은 하얀 피부의 그는 차가운 공기와 아주 잘 어울렸다. 한겨울에만 모습을 드러내는 철새 같았다. 그는 오른손 손끝에 캔 커피를 매달고 있는 것처럼 들고는, 왼쪽 팔꿈치를 무릎 위에 대고 그 주먹 위에 턱을 괴고 있었다. 내가 다가가자 얼굴을 들고는, '여어.' 하고 말했다.

"기다리게 해서 죄송해요."

"아니. 아직 약속 시간 안 됐어."

"그래도 춥잖아요. 요 며칠 또 기온이 내려갔다던데요."

"추운 건 좋아해. 하지만 이런 곳을 약속 장소로 정한 건 미안. 전화를 받았을 때에는 난방이 잘 들어오는 집 안에 있었고 그래서 겨울이라는 걸 잊고 있었어. 아무래도 난 건망증이 심한 것 같아. 버스 시간도 오늘 아침에야 겨우 생각나서 그 시간에 맞춰 집을 나왔어. 그래서 별로 기다리지도 않았어."

그는 날 올려다보며 '어디 따뜻한 데로 갈까?' 하며 고개를 기울였다.

여기도 괜찮아요. 라고 난 대답한다. 딱히 오래 얘기할 마음도 없다.

아키야마 씨가 벤치 옆을 가리켜서 난 그곳에 앉았다.

"마녀한테서 연락이 왔나요?"

"아니. 왜 물어?"

"지난달 말에 제 친구한테 마녀가 전화를 걸었어요. 그때 아키야마 씨 얘기를 하게 됐다고 해요."

"뭐어? 왠지 좀 신기하네. 네 친구랑 내가 무슨 관계가 있는 거지?"

"제가 전에 아키야마 씨 얘기를 한 적이 있었는데, 그녀는 그걸 기억하고는 마녀에게 전했다고 해요."

"나 같은 사람은 정말 흔하고 평범한 고등학생이라고 생각하는데. 넌 대체 어떤 식으로 내 얘기를 한 거지?"

"마녀를 만나든 만나지 않든 결국 뭔가 후회가 남을 거라는 얘기를 했어요. 아키야마 씨 얘기는 그 예로 들 생각이었죠. 하지만 상대가 어떤 식으로 받아들였는지 모르겠어요."

"그렇군. 그래서?"

"제 친구는 마녀가 다시 한 번 당신에게 연락을 하도록 제안했다고 해요. 마녀는 내키면 당신한테 전화를 하겠다고 대답했다고 들었어요."

"그 말은 즉, 난 버려진 자신을 주울 권리를 얻었다는 건가."

"어쩌면 다시 한 번 더 버리는 권리일지도 모르죠. 마녀가 내키면 말이죠."

난 한숨을 내쉬었다.

"오늘은 그 일을 사과하고 싶어 왔습니다. 제가 보기에 친구가 한 행동은 단적으로 말해 쓸데없는 참견으로 보입니다."

아키야마 씨는 작은 목소리로 웃었다.

"사과받을 만한 일은 아냐. 상당히 고민스러운 얘기이긴 하지만."

"어찌 됐든 아키야마 씨의 의사를 확인하지 않고 진행해도 되는 얘기는 아닙니다. 그녀는 조심스럽게 말하긴 했지만 발단을 따지고 보면 제가 잘못한 거죠. 애초에 제가 부주의하게 아키야마 씨 얘기를 한 게 원인입니다."

"신경 안 써도 돼. 정말로. 그 친구한테는 고맙다고 전해줘. 알지도 못하는 날 조금이라도 생각해준 거니까 말이야."

아키야마 씨는 캔 커피에 입을 대고는, 그런 다음 아주 조금 시선을 들었다. 아무래도 도로 건너편에 있는 은행나무의 잎이 떨어진 나뭇가지 하나를 보는 것 같았다.

"게다가 난 기회가 있으면 다시 한 번 마녀와 얘기하길 원했어. 자신을 버리든 다시 줍든 그런 얘기는 이미 충분해. 그저 사소한 잡담을 해보고 싶어."

"예를 들면?"

"예를 들면 마녀가 휴일을 보내는 법이라든가. 그녀에게 휴일이라는 게 있는지 없는지도 모르니 그것부터 물어보고 싶어. 혹은 마음에 드는 소설 얘기를 해도 좋아. 소설 얘기를 난 좋아하거든. 약간은 상대를 이해할 수 있을 것 같다는 생각이 들어서."

아키야마 씨는 고개를 틀어 내 얼굴을 들여다보았다.

"덧붙여 네가 좋아하는 책은?"

"글쎄요. 한 권을 대답한다는 건 꽤나 어려운데요."

"깊이 생각할 필요는 없어. 그냥 막 떠오르는 거라도 좋아."

"그럼 '100만 번 산 고양이' 정도."

"그건 멋진 얘기지. 넌 어째서 '100만 번 산 고양이'를 좋아해?"

"태어나서 처음으로 너무 즐거워서 운 책이니까요. 그리고 픽션이 진실이라면 좋겠다는 생각이 든 책이라서요."

"그 이야기는 해피엔딩이야?"

"전 판단을 못 하겠어요. 하지만 그래요. 행복한 얘기라고 생각해요. 누구나가 그 이야기 같다면 기쁠 거예요."

"어째서 기쁘지?"

"우는 건 자신의 인생을 살고 있어서고, 두 번째 인생이 없는 건 누구든 운 적이 있어서. 만약 그런 식으로 죽는다면 굉장히 행복하지 않을까 싶어요." .

아키야마 씨는 왠지 기쁜 듯이 웃었다. 이렇게나 차가운 겨울 공기 속에서 봄 햇살에 눈을 가늘게 뜨는 것 같은 표정이었다.

"넌 매사를 상당히 긍정적으로 받아들이는구나."

"그런가요?"

난 고개를 갸웃거렸다.

"굳이 말한다면 비관적인 편이라고 제 자신은 생각하고 있는데요."

왜냐면 분명.

마나베 유우라면 '100만 번 산 고양이'를 행복한 이야기라고는 생각하지 않을 것이다. 그걸 행복하다고 생각할 수 있는 건 아마도 나에게 있어 산다는 게 원래 슬픈 걸로 보이기 때문일 것이다.

"좋지 않아?"

라고 아키야마 씨는 말했다.

"넌 분명 긍정적이면서 비관적이겠지. 꽤 좋다. 적어도 그 반대보다는 얘기하고 있으면 상당히 기분이 좋아."

"그럴지도 모르겠네요."

난 끄덕였다.

분명 그럴지도 모른다. 하지만 마음속으로만 덧붙였다.

부정적인 이상주의자인 편이 나에게는 훨씬 아름다워 보인다. 얼핏 보기에는 그런 건 제멋대로의 상징처럼 보이지만 현대적인 이야기에서는 아무래도 악역에 배치될 것 같긴 하지만.

본래 영웅이라는 건 부정적인 이상주의자라고 생각한다. 이상을 위해 뭔가를 부정하는 거라고 생각한다. 난 그렇게는 될 수 없고, 다수의 사람은 분명 그 입장을 싫어한다. 하지만 그럼 영웅은 악이라는 걸까. 만약 구닥다리 이야기의 영웅이 눈앞에 나타난다고 하면 그걸 민폐라고 생각하는 건 굉장히 현실적이고 자연스러운 발상이다.

하지만 이상을 위해 부정에조차 귀를 기울일 수 없는 거라면 이미 눈앞에 있는 문제를 대체 누가 부정할 수 있을까.

누군가가 녹슨 영웅에 돌을 던진다 해도 분명 난 그 누군가와는 싸우지 않을 것이다.

이~예. 피스. 하지만.

그때 창문이 깨지는 소리가 아름답게 들렸기에 난 그녀 곁에서 머리를 숙이고 싶다고 생각했던 것이다. 만약 마나베 유우가 그 소리를 버렸다면 정말 난 가슴이 아플 것이다.

"정말로 마녀는 나한테 전화를 걸어줄까?"

라고 아키야마는 말했다.

난 고개를 젓는다.

"모르겠어요. 하지만 왠지 그녀는 그렇게 할 것 같아요."

"어째서?"

"마녀는 굉장히 착하니까요."

"착해?"

"의문이에요. 정말 마녀의 마법은 우리한테서 자신의 일부를 빼어가는 걸까요? 왠지 좀 다른 것 같은 기분도 들어요."

"하지만 분명 우리는 마법에 걸려 자신의 일부를 잃었어."

난 고개를 저었다.

"마녀를 만나기 전부터 난 그걸 버릴 생각이었어요."

"나도 그래. 하지만 마녀를 만날 때까지는 버릴 수 없었어."

"그렇다면 그걸 쓰레기장까지 가져간 건 우리가 아닌가 하는 생각이 들어요. 마녀는 그저 회수하러 왔을 뿐이라는 생각이 듭니다. 봐요, 가령 누더기가 된 봉제인형이 버려져 있다면 그걸 무심결에 가지고 가버린 착한 어린애처럼. 그녀는 버리는 쪽보다도 버려진 쪽을 보호하기 위해 마법을 사용한 거 아닌가 싶은 거죠."

아키야마 씨는 한동안 잠자코 생각에 잠겼다.

꽤 이해하기 어려웠던 걸지도 모른다. 나조차도 그렇게 느낀 건 그 계단을 찾았을 때가 원인이다. 그곳에서 내가 버린 날 만나고 그제야 그런 생각이 들었다.

내가 버린 인격이 다른 장소에서 살고 있다는 건 상상도 하지 못했던 일이다. 버려진 인격의 결말 같은 걸 생각한 적은 없었지만 막연한 인상으로는 그저 그대로 사라져 버리는 거라고 생각하고 있었다.

하지만 현실과는 격리된 장소에서 버려진 내가 아직 평온하게 계속 생활하고 있는 거라면 마녀는 그걸 보호한 게 아닐까.

아키야마 씨가 버린 그의 일부도 그 계단에서 살고 있는 건 아닐까. 그건 굳이 말한다면 기쁜 일이라는 생각이 든다. 과거의 감정이 그저 사라져버리는 것보다는 어딘가에 보관되어 있는 쪽이 다소나마 행복하다.

하지만 한편으로는 아키야마 씨에게 계단에서 일어난 일을 말할 생각은 없었다. 아키야마 씨도 나처럼 그 계단을 착한 장소라고 생각해줄 거라는 자신이 없었기 때문이다. 혹은 그는 자신이 버린 자신의 존재를 알게 돼버리면 그 상대에 대해 죄책감을 품을지도 모른다. 내 쓸데없는 말로 그에게 또 다른 짐을 지게 하는 건 어리석다.

오랜 침묵 후에 아키야마 씨는 끄덕였다.

"응. 그럴지도 몰라. 나도 점점 마녀가 착한 거 아닌가 하는 생각이 들었어."

"어디까지나 제가 받은 인상입니다."

"너의 인상이라고 해도 내가 공감했기 때문에 그건 나의 인상과 다르지 않아. 하지만 그렇다고는 해도 좀 진지하게 생각하지 않으면 안 돼."

"마녀의 전화 건 말인가요?"

"응. 사전에 가르쳐줘서 다행이야. 전혀 모르고 전화를 받았다면 당황해 말 한 마디 제대로 못 했을지도 모르니까."

아키야마 씨는 캔 커피를 다 마시고는 벤치에서 일어나 캔을 자동판매기 옆 쓰레기통에 버렸다.

"나나쿠사 군. 시간 좀 있어?"

"네. 오늘 일정은 아키야마 씨랑 얘기하는 것뿐입니다."

"그럼 추운 날씨에 미안하지만 내가 말하는 걸 들어줬으면 해. 귀찮다면 대답 안 해도 되고. 생각을 정리하고 싶어."

"얼마든지요. 실은 내일도 아무 일정 없습니다."

"아무리 그래도 이틀은 너무 길지. 30분 정도면 충분해. 뭐 마실래?"

"아뇨. 감사합니다."

아키야마 씨는 내 옆에 앉았다.

"넌 라이너스의 모포에 대해 알아?"

난 끄덕였다.

라이너스는 '피너츠'에 나오는 등장인물이다. 찰리 브라운의 친구로 아마 3형제 중 가운데. 소년 야구팀에서는 분명 2루수를 담당하고 있을 것이다. 얼굴은 누에콩을 연상시키는 윤곽으로 늘 줄무늬 셔츠를 입고 있는 그런 이미지다. 냉정한 성격으로 지식은 연상인 찰리 브라운보다 엄청나게 많다. 그리고 항상 모포를 끌고 다닌다.

라이너스의 모포──혹은 블랭킷 증후군이라는 명칭은 이 소년에서 유래했다. 라이너스는 어릴 적부터 쓰고 있는 모포를 손에서 놓으면 굉장히 혼란스러워한다. 그처럼 특정의 물건에 집착함으로써 정신적인 안정을 취하는 걸 그렇게 부른다.

"내가 버린 건 다시 말해 라이너스의 모포야."

라고 아키야마 씨는 말했다.

"물론 실제로는 다르지. 버린 건 어디까지나 나의 일부로 모포처럼 손으로 만질 수 있는 게 아냐. 하지만 난 그런 자신에게 의존하고 있었어. 그걸 손에 들고 있는 동안만은 안심할 수 있었지. 페르소나라고 부르는 것에 가까울지도 몰라. 이해돼?"

이해돼요, 라고 난 대답했다.

수다스러운 자신과 지적인 자신, 자신의 치부를 드러내는 자신에게 집착하는 걸로 정신을 안정시켜 커뮤니케이션을 하는 지인이 몇 명 있다. 어쩌면 세상 누구나 그런 측면을 가지고 있는 걸지도 모른다. 자신을 보호하기 위해 바깥으로 보이는 자신을 연기하고 있는 거라고 바꿔 말하면 그건 일반적인 일이다. 나도 그렇다. 과거 비관주의라 불렸던 인격에 의해 내 마음을 지키고 있던 걸지도 모른다.

아키야마 씨는 계속 말했다.

"사실 지금도 가끔씩 그 모포가 그리워져. 낡은, 약간 더러워진 모포야. 내가 아니면 그 누구도 만지고 싶지 않을 것 같은. 하지만 모포를 끌고 다니는 건 이제 더는 싫다는 생각도 있어. 내가 정말로 마녀에게 묻고 싶은 질문은 이거야. 그 모포는 확실하게 버려졌나요? 재와 연기가 되어 사라져버렸나요? 그녀가 예스라고 대답하는 것만으로도 내가 그 모포를 포기하는 데 도움이 될지도 몰라."

난 마음속으로 생각했다.

만약 아키야마 씨가 버린 인격이 그 계단에 있다면.

실제로 마녀에게 그 질문을 하게 되면 그녀는 뭐라고 대답할까?

예스라고도 노라고도 말하지 않는 게 아닐까 싶다. 하지만 이건 마녀의 대답을 예상한다기보다는 나라면 그렇게 하겠다는 가정일지도 모른다. 진실이 문제가 아니라 어느 쪽으로 대답하는 게 아키야마 씨에게 있어 심적으로 편한 대답인지 알 수 없어 분명 말을 흐려버릴 것이다.

"마녀한테서 전화가 왔을 때 난 그 질문을 해야 할까. 꽤나 어려운 부분이지만 분명 하지 않을 거라 생각해. 방금 전에 말한 것처럼 버린 인격에 대해 이제 와서 마녀와 얘기하고 싶다고는 생각하지 않아. 그건 나 한 사람의 문제로, 원래 마녀를 끼워서는 안 되는 거니까 말이야."

아키야마 씨는 미소를 지었다. 그의 뒤로 보이는 하늘이 추운 색을 띠고 있기 때문인지, 나한테는 그 미소가 왠지 슬프게 보였다.

"우선 마녀에게 말해야만 하는 말은 감사일 거야. 마법을 걸어줘서 고맙습니다, 부터 해야 하지 않을까. 덕분에 상당한 도움이 됐습니다, 여러 가지 문제가 해결됐어요. 이런 식으로 말을 이어 가면 되겠지."

그의 말이 너무나도 옳은 소리라 나도 그를 따라 웃었다. 아키야마 씨의 눈에는 그 미소가 슬프게 비쳐지지 않았으면 좋겠다.

"거짓말로라도 그렇게 말할 건가요?"

"가능하다면 진심으로 말하고 싶어. 하지만 그게 잘 안 되면 거짓말이라도 좋아. 난 전에 정직하기 위해서 거짓말을 하고 있었어."

"하지만 그 아키야마 씨는 이미 버렸잖아요?"

"알 바 아니지. 버렸든 주워올 생각이 없든 관계없어. 새로운 내가 가끔씩 같은 걸 한다 해도 누군가가 그걸 지적할 일도 없어."

자포자기 같은 말투인 아키야마 씨의 말에 난 순간 숨이 막혔다.

"정말 그 말대로네요."

과거에 버렸다는 사실에 과하게 집착할 필요는 없는 것이다. 필요하다면 이전과 마찬가지로 행동하면 된다. 같으면 안 되는 점만 변하면 된다. 듣고 보니 지극히 당연하다. 하지만 미처 깨닫지 못했다. 버려진 자신을 본능적으로 피하고 있었다.

마녀가 온다는 건 버전업이 아니라 단순한 소거. 이후에 남는 건 공백뿐. 그렇기 때문에 더 그곳에 새롭게 실리는 건 과거에 발목 잡힐 필요가 없다.

아키야마 씨는 머릿속으로 계속 다시 생각하고 있었던 건지 약간 시간을 둔 다음 끄덕였다.

"이것밖에 없다는 생각이 들어. 고맙다고 전한 다음 약간 잡담이라도 하지 않겠냐고 말하는 거지. 거절당하면 다시 한 번 더 고맙다고 말하고 전화를 끊어. 만약 허락해주면 둘이서 좋아하는 책 이야기를 해. 아무런 문제도 없어."

"네. 멋지네요. 정말로. 만약 저도 다시 마녀와 얘기할 기회가 생기면 참고하도록 할게요."

아키야마 씨는 방금 전까지와는 완전히 다르게 부드럽게 미소 지었다.

"물론 네 마음대로 하면 돼. 뭐하면 책 얘기를 할 때의 비법 같은 걸 가르쳐줄게."

"꼭 듣고 싶어요."

"일단 싫어하는 책 얘기는 절대 하지 말 것. 좋아하는 책에만 화제를 집중할 것. 그런 다음 상대가 말한 소설을 자신도 좋아한다고 기본적으로 생각하고 말할 것. 읽어보지 않았다 해도 괜찮아. 나도 읽으면 반드시 좋아할 거라고 생각하고 말하면 돼."

그것만으로도 모두가 행복해질 수 있는 거야, 라고 아키야마 씨는 말했다.

그의 말은 완전히 진실처럼 들려 난 한 번 호흡할 동안만 미칠 듯이 평화로운 세계에 살고 있는 느낌이 들었다.

*

그 뒤 난 한참을 아키야마 씨가 좋아하는 책 얘기를 들으며 보냈다.

그가 말한 타이틀은 내가 모르는 거지만 그래도 즐겁게 들을 수 있었다. 거짓말이 아니라 진심으로 '읽어볼게요.'라고 난 말했다.

곧 버스 시간이 다가와 벤치 앞에서 우리는 헤어졌다. 마녀한테서 전화가 오면 연락할게, 라고 아키야마 씨는 말했다.

정류소를 향해 걷다 전방에서 아는 소녀가 다가오고 있다는 걸 알아챘다.

아다치. 그녀는 빙긋 웃으며 내 앞에서 걸음을 멈춘다.

"왠지 오랜만인 것 같네. 잘 지냈어?"

어쩔 수 없이 나도 멈추었다.

"나름대로. 넌?"

"문제없이. 아키야마 씨랑 만났어?"

"응. 넌 왜 여기에?"

"딱 오늘 정도에 네가 아키야마 씨를 찾아오지 않을까 하는 생각에. 대충 무슨 얘기를 했어?"

"책 얘기를 할 때의 비법 같은 걸 들었어."

"마녀에 대해서는?"

"물론 얘기했지. 하지만 아키야마 씨의 프라이버시와 관련된 내용이라서 자세히는 설명 못 해."

아다치는 턱에 손을 대고는 뭔가를 깊게 생각하는 분위기였다. 하지만 그러는 동안에도 내 얼굴을 지그시 쳐다보고 있었다.

이윽고 그녀는 '이해가 안 돼.'라고 중얼거린다.

"뭐가 이해가 안 돼?"

"나나쿠사 군이 하는 거짓말이."

"거짓말?"

"응. 뭔가 나에게 엄청난 거짓말을 하고 있는 거라 생각해. 혹은 숨기고 있다거나. 확실한 이유는 없지만 그냥 그런 기분이 들어."

난 한숨을 내쉬었다.

정말로 그녀에게 비밀로 하고 있는 건 있다. 그리고 이제 그럴 필요성도 없어지고 있었다. 곧 밝히는 편이 좋을 거라고는 생각하고 있다. 그녀가 그렇게 지적해준 건 상황이 딱 맞아떨어진 것 같다.

"실은 마녀를 만났어."

"정말?"

"응. 미안해, 비밀로 해서."

그 일에 대해서는 아다치가 엄청 화를 내도 된다고 생각하고 있었다. 그녀가 날 싫어해도, 두 번 다시 만나는 일이 없다 해도. 원래 마지막에는 내가 알고 있는 마녀의 정보를 털어놓고 그걸 계기로 만나지 않을 생각이었다.

하지만 아다치의 반응은 내가 예상한 것과는 상당히 달랐다.

그녀는 기쁜 듯이 웃었다.

"축하해. 축하 파티라도 할까? 쇼트케이크 정도는 사줄 수 있어."

진의를 파악할 수 없어 난 인상을 찡그렸다.

"아니. 꽤 오래전의 일이야."

"그래. 빨리 말해주면 좋았을걸."

"화 안 내?"

"화를 내? 어째서."

여전히 웃는 얼굴로 그녀는 고개를 갸웃거렸다.

"처음에 만났을 때 말하지 않았나. 나, 거짓말쟁이 좋아해."

들은 것도 같다. 확실히는 기억나지 않지만.

——아다치는 마녀를 만나 뭘 버리려고 했던 걸까?

전에 생각했던 의문이 다시 마음속에 떠올랐다.

"조만간 전화할게. 마녀에 대해 가르쳐줘."

그럼 이만, 이라는 말을 남기고 그녀는 다시 걷기 시작했다. 정류소와는 반대 방향이었다.

난 또다시 한숨을 내쉰다.

보다 큰 비밀을 품고 있는 건 그녀가 아닌가 하는 생각이 들었다.

마녀를 만났던 나한테서 얘기를 듣는 것보다 먼저 아다치는 뭔가를 하려는 건가.

2

내가 마나베 유우의 집으로 초대받은 건 12월 7일 월요일의 일이었다.

그녀는 아무래도 상당히 중요한 비밀에 대해 얘기하려는 것 같다. 방과 후 교실에서도, 사람이 적은 공원에서도, 시끄러운 패스트푸드점에서도 그 얘기는 할 수 없는 듯했다.

마나베 유우가 안내한 곳은 늘 그녀와 헤어지는 사거리에서 큰길로 나온 곳에 서 있는 12층 건물의 맨션이었다. 우리는 엘리베이터로 11층까지 올라가 통로가 끝나는 곳에 있는 문으로 들어갔다. 마나베는 '다녀왔습니다.'라고 말했지만 아무도 없는지 대답은 없다. 어쩔 수 없이 내가 '어서 와.'라고 대답했다.

현관 앞은 복도로 되어 있고 그 끝에 거실이 있다. 그녀의 방은 거실 바로 앞이었다.

동쪽으로 창문이 있는 3평 정도의 방으로 침대와 책상, 스틸 선반이 놓여 있다. 책상과 스틸 선반은 이전의 그녀 방에 서도 본 기억이 있다. 하지만 침대는 새로운 걸로 바뀌어 있었다.

왼쪽 벽에는 커다란 옷장이 놓여 있다. 침대가 놓여 있는 쪽 벽에는 천 피스 정도 사이즈의 직소퍼즐이 두 장, 하얀 플라스틱으로 만든 간소한 액자에 담겨 걸려 있다. 한쪽은 피터 래빗이 당근을 갉아 먹고 있는 유명한 일러스트이고, 또 다른 쪽은 노먼 록웰의 '정체'라는 타이틀의 그림이다. 후자는 그녀의 중학교 1학년 생일에 내가 선물했던 그림이었다. 마나베는 단순 작업을 좋아하는 경향이 있어서 직소퍼즐을 선물해봤는데, 그녀가 그 뒤 3년 사이 두 번이나 이사한다는 사실을 알고 있었다면 이렇게나 부피가 큰 물건을 선물하지는 않았을 터이다.

마나베는 침대에 걸터앉았고 난 책상 의자에 앉았다.

가까운 거리에서 서로 마주 보고 앉아 난 최대한 자세하게 그녀의 모습을 관찰했다. 그녀에게 사라져버린 점이 있다고 한다면 그걸 알아내고 싶었다.

"이럴 때는 차를 내오는 게 좋을까?"

라고 마나베는 말한다.

"괜찮아. 물론 상대에 따라 다르지만 나한테 신경 쓸 필요는 없어. 네가 정중하게 대접하면 그게 더 기분 나빠."

라고 난 진심으로 대답했다. 받아들이기에 따라서는 난폭한 말이지만 거기에는 조금의 악의도 없었고 마나베도 흔쾌히 끄덕였다. 그녀는 바로 평소처럼 감정적이 아닌 표정으로 한 소년에 대해 설명했다.

아이하라 다이치. 초등학교 2학년생. 산수를 잘하고 축구를 좋아하는 남자아이.

신장은 그 나이에 맞고, 굳이 말한다면 과묵. 하지만 의지는 강하다. 지식이 많다거나 어휘가 풍부하다는 느낌은 없지만 같이 얘기를 나누면 머리가 좋다는 걸 알 수 있다. 매사를 확실하게 자신의 머리로 생각하고 있기에 어른스럽게 느껴진다.

"다이치가 나한테 말해준 게 있어. 비밀로 한다고 약속했어. 하지만 나나쿠사한테만은 말해도 된다는 허락을 받았어. 난 가능한 그와의 약속을 지키고 싶었어. 상대가 누가됐든 약속은 지켜야만 하지만, 그중에서도 특별히."

난 끄덕였다.

"비밀을 지키는 건 특기야. 그 소년에 대한 건 본인이 허락하지 않는 한 그 누구한테도 말하지 않을게. 약속해."

"응. 나나쿠사는 믿고 있어."

그녀는 지그시 내 눈동자를 쳐다보고 있다.

"정말 신뢰하고 있어. 넌 약속을 지켜준다는 의미가 아니라 좀 더 강하게. 만약 네가 약속을 깨면 분명 그렇게 하는 편이 옳아서일 거라고 생각할게."

"옳기만 하다면 약속을 깨도 돼?"

"어려운 문제네."

마나베는 고개를 기울였다.

"약속을 깬 건 그게 잘못된 거라서 그랬을 테니까. 그래서 만점은 아니지만 그래도 그저 지키고 있는 것보다는 옳은 것도 있다고 생각해."

"마나베는 항상 만점을 쫓고 있다고 생각했어."

"물론. 하지만 나중에 정말 옳았나 생각해보면 딱히 그렇지는 않았어."

"넌 이상이 높으니까."

"낮은 이상이라는 것도 있어?"

"글쎄, 과연? 분명 사전에 실려 있는 의미로 생각하면 이상이라는 건 높은 것 같아. 목표라면 낮아도 괜찮겠지만 말이야."

"이상과 목표는 완전히 다른 말이야."

"분명 다르지. 하지만 그 차이를 설명할 수 있어?"

"아마도."

마나베는 끄덕였다.

"목표는 생각해 만드는 거야. 하지만 이상은 생각하기 전에 생겨나 있는 거지. 가끔 그걸 찾기 위해서는 시간이 걸리지만 머릿속에서 만드는 건 아니야."

원래 있는 것? 하며 마나베는 고개를 기울였다.

"원래 있는 건지는 잘 모르겠어. 하지만 나도 비슷하게 대답할 수 있어."

이상이라는 건 원래 플라톤이 말한 이데아의 번역으로 태어난 말이라는 걸 들은 적이 있다. 그렇다면 이상은 만들어지는 게 아니다. 사람 눈에는 좀처럼 보이지 않을 뿐으로, 처음부터 그곳에 있는 것이다.

마나베는 분명 직관으로 방금 전의 대답을 낸 것이리라. 난 머리를 쥐어짜지 않으면 그런 식으로는 대답할 수 없다. 하지만 지금까지는 우리 둘의 생각은 상반되지 않았다. 달라지는 건 이제부터다.

나는 덧붙여 말했다.

"혹은 이렇게 대답할 수 있지. 목표라는 건 현실의 일부로 설정하지만 이상은 현실의 반대말로 존재한다고. 상대가 네가 아니라면 그렇게 대답할 수 있어."

"어째서?"

"왜냐면 넌 이상을 목표로 하는 거잖아? 그 두 가지는 전혀 다른 거라는 걸 알고 있는데도."

"응. 그렇게 하고 싶어."

"그런 너에게 이상은 현실의 반대말이라고 그렇게 주장하고 싶진 않아."

"그건 네가 완벽주의자라서 그런 것 같은데."

"내가?"

얼떨결에 미간을 찡그렸다.

"나는 단념하는 게 좋은 거라 생각했어. 대체 나의 어떤 면이 완벽주의인 거지?"

"하지만 목표는 완벽하게 이루려 하잖아. 그래서 높은 목표는 설정하고 싶어 하지 않는 것처럼 보이는데."

상당히 흥미로운 이야기다.

난 테스트에서 백 점을 목표로 하는 게 완벽주의자라고 생각하고 있었지만. 예를 들어 목표를 80점이라고 설정하면 그걸 반드시 달성하려 하는 것도 완벽주의자라고 말할 수 있는 건가. 나중에 잠이 오지 않는 밤에 사전을 찾아보자.

"뭐, 난 됐고. 이제 그만 본론으로 들어갈까."

나와 마나베 유우는 근본적으로 사고방식이 다르다.

그녀는 그걸 달성하는 게 어렵다는 걸 알고 있으면서도 이상을 목표로 설정한다. 그런 반면 난 현실적으로 달성 가능하다는 생각이 드는 걸 목표로 한다. 덧붙여 말하면 그럼에도 불구하고 대부분 실패한다.

마나베는 끄덕였다.

"난 널 신뢰하고 있어. 네 생각이 틀렸다고도 생각하지 않아. 하지만 부탁이야. 만약 다이치와의 약속을 깰 거라면 그 전에 나한테는 말해줘."

그녀는 온도를 가지고 있는 듯한 강한 시선으로 지그시 날 보았다.

나도 마찬가지로 그녀의 눈동자를 보며 끄덕였다.

"알았어."

"정말?"

"정말. 난 거짓말은 싫어하지 않지만, 그래도 널 배신하겠다고 생각한 적은 단 한 번도 없어."

"응. 맞아."

마나베는 아주 살짝 웃었다.

그런 다음 그제야 소년의 비밀에 대해 이야기를 시작했다.

"8월 25일, 난 다이치를 만났어. 그리고 빼기 마녀의 소문을 알게 됐지. 나나쿠사, 그 공원에서 너와 재회한 바로 직후야."

물론 기억하고 있다. 그 날짜는 10년이 지나도 기억해낼 자신이 있다.

우리는 2년 만에 재회하고는 한 달 후에 또다시 공원에서 만날 약속을 하고 헤어졌다.

그 뒤 마나베는 우리의 초등학교까지 갔다고 했다. 오랜만에 이 마을로 돌아왔기 때문에 6년 동안 다녔던 초등학교를 찾아가 보고 싶다는 건 자연스러운 발상처럼 느껴졌다.

그리고 우리의 초등학교 교정에서 아이하라 다이치를 만났다.

운동장에서 소년 야구팀이 연습하고 있었고, 떨어진 곳에서 축구를 하는 아이들도 있었다. 하지만 다이치의 모습은 주위와는 확연히 달랐다.

"누군가를 찾고 있는 것 같았어."

라고 마나베는 말했다.

잠시 놓친 친구들이나 엄마를 찾고 있는 건 아닐까 하는 마음에 마나베는 다이치에게 말을 걸었다.

분명 다이치는 사람을 찾고 있었다. 그가 찾고 있던 건 마녀였다.

난 마음속으로 의문을 가졌다.

분명 그 초등학교와 빼기 마녀는 연결되어 있을 가능성이 있다. 코바야시 씨가 가르쳐준 게시판에 붙어 있던 메모가 그 이유다. 그 메모에 따르면 마녀는 우리 초등학교에서 마법을 걸 상대를 기다리고 있는 것이다.

하지만 아이하라 다이치가 그 사실을 알고 있었다고 생각하는 건 자연스럽지 않다. 메모가 있었던 건 7년 전 일이고,

게다가 그 문장에는 빼기 마녀라는 말은 쓰여 있지 않았다. 그 뒤 검색을 통해 그렇게 찾을 만한 단서는 분명 없었다.

"다이치는 어떻게 빼기 마녀의 소문을 알고 있었을까?"

라고 난 물어보았다.

마나베는 고개를 갸웃거렸다.

"누군가가 가르쳐준 것 같아. 자세히는 못 들었어. 중요해?"

"아니. 좀 신경이 쓰였을 뿐이야. 그래서?"

"그때 다이치는 날 마녀로 생각했던 것 같아. 얘기가 서로 상당히 맞지 않았지만 난 그때 다이치한테서 빼기 마녀에 대한 얘기를 들었어."

"그리고 그날 밤에 나한테 메일을 보냈구나."

나나쿠사는 빼기 마녀를 알고 있나요?

그녀의 메일에는 그렇게 적혀 있었다.

마나베는 끄덕였다.

"나나쿠사는 바로 대답을 줬잖아."

"이상한 메일이었으니까. 2년 만에 재회한 친구한테서 받은 것치고는."

특별한 대답을 한 건 아니다.

그 시점에서 난 빼기 마녀에 대한 걸 아무것도 몰랐다. 하지만 검색을 해보니 바로 몇 가지가 나와 그 소문의 개요를 알 수 있었다. 그래서 그대로 회신했다.

——지금 조사해보고 알았어. 넌 빼기 마녀를 찾고 있는 거야?

분명 그런 식으로 썼을 것이다.

"하지만 넌 좀처럼 답장을 하지 않았지."

"어떻게 대답해야 좋을지 몰라서 그랬어."

겨우 도착한 답신은 지금 그녀가 말한 그대로였다.

어떻게 대답해야 좋을지 모르겠어요, 뿐이었다.

그때 나도 꽤나 혼란스러웠다는 걸 기억하고 있다. 너무나도 마나베 유우와 빼기 마녀의 소문이 어울리지 않았기 때문이다. 마나베 유우가 자신의 일부를 버리길 원한다니, 8월의 나로서는 믿을 수 없는 일이었던 것이다. 이미 늦은 시간이기도 해서 난 적당한 문장으로 잘 자라고 그녀에게 전했다. 그녀한테서 잘 자라는 답장이 왔다.

그런 다음 우리는 각자 빼기 마녀의 소문을 쫓게 된다.

"다시 말해 넌 아이하라 다이치를 위해 마녀를 찾고 있었다는 거야?"

"처음은 그래. 그러다 조금씩 날 위해서도 찾게 됐지만 말이야."

"왠지 모르게 위화감이 있는데. 초등학생이 자신의 일부를 버리려 하다니, 넌 싫었을 것 같은데."

"다이치의 얘기가 틀린 거라는 생각은 들지 않았어."

마나베 유우는 일단 말을 한 번 끊고는 가늘고 날카로운 숨을 토해 냈다. 전혀 그런 식으로는 보이지 않았지만 그건 한숨이었을지도 모른다.

"다이치의 가정은 복잡해. 아버지는 좀처럼 집에 오질 않아. 그 아이는 처음에는 일 때문이라고 말했지만 실은 부모님이 별거하고 있는 느낌이었어. 그리고 지금은 엄마와의 관계도 좋지 않아."

그렇군, 하며 난 끄덕였다.

소년과 어머니 사이에 있는 구체적인 문제에 대해서는 묻지 않았다. 아무리 말로 설명해줘도 사실과는 다를 것 같다는 생각이 들었기 때문이다. 마나베 유우가 아이하라 다이치를 보호해야만 하는 대상이라고 생각하고 나도 동의할 수 있다면 지금 시점에서 그 이상으로 이해할 필요는 없다.

"다이치는 뭘 버리려 했던 거야?"

"굉장히 어려운 이야기였어. 어쩌면 아직 몇 가지 오해하고 있는 걸지도 몰라. 어디까지나 내가 그렇게 판단했지만 말이야."

"응."

"그 아이는 엄마와의 관계를 다시 되돌리고 싶어 해."

난 고개를 갸웃거렸다.

"다시 말해 엄마를 싫어하는 자신을 버리려 했다?"

그건 얼핏 보기에는 굉장히 아름다운 일처럼 느껴졌다.

하지만 말을 잘 선택하지 않으면 약간의 기분 나쁨도 느껴진다.

물론 난 다이치와 엄마의 관계를 잘 모르니 끼어든다는 것도 이상한 얘기이지만, 어린아이가 부모를 싫어하는 감정을 갖는다면, 그건 간단히 통째로 쓰레기통에 넣어 버리면 되는 그런 종류의 문제는 아니지 않은가.

마나베는 고개를 저었다.

"그랬다면 난 마녀를 찾지 않았을 거야. 다이치가 버리려 했던 건 반대였어."

그녀의 말을 제대로 이해할 수 없어서 난 입을 다물었다.

반대. 엄마를 싫어하는 자신을 버리려 하는 것의 반대.

"다이치가 버리고 싶었던 건 엄마를 싫어할 수 없는 자신이야."

라고 마나베 유우는 말했다.

그래, 정말 복잡하군. 하지만 본질적으로는 분명 자연스럽다.

만약 마나베의 말이 전부 사실이라면 아이하라 다이치는 굉장히 머리가 좋은 소년일 것이다. 자신의 감정을 객관적으로, 정확하게 찾을 수 있는 소년인 것이다. 그런 건 고등학생인 나한테도 상당히 어려운 일인데.

"다이치는 엄마를 싫어할 수 없었던 거야?"

"응."

"하지만 일단 싫어하지 못하게 되면 정상적인 관계는 만들 수 없다는 걸 알고 있었던 거네."

"분명. 그 아이는 그렇게 생각했을 거라고 난 받아들였어."

난 작게 한숨을 내쉬었다.

가령 엄마한테 미움 받는 소년이 있고, 그래도 소년 쪽은 엄마를 무조건적으로 사랑하고 있다 가정하자. 그렇다고 무조건적인 사랑이야말로 문제인 거라는 발상에 도달한 초등학교 2학년이 대체 얼마나 있을까? 대체 어떤 생활을 해왔기에 그런 사고가 생겨났을까?

물론 이 이야기는 마나베 유우의 필터를 통하고 있다.

그녀의 말 속의 아이하라 다이치는 너무나도 마나베 유우적이다.

하지만 마나베의 이야기가 진실이라면 분명 그녀는 다이치를 돕고 있을 것이다. 초등학교 2학년인 소년이 사랑하는 것에 대해서 멈추지 않고, 그 내용물을 정상화시키는 일까지 자신이 해내야만 한다면 아무래도 조금 정도는 마법에 의존해도 될 것이다. 그런 일까지 허락되지 않는 세계는 전혀 이상적이지 않다.

"그래서 넌 마녀를 찾기 시작했구나."

"응. 하지만 진짜 목적은 다이치의 친구가 되는 거였어. 그 아이는 뭘 물어도 괜찮다고 말하거든. 나조차도·거짓말이라는 걸 알았지. 그래서 가능한 믿을 수 있는 친구가 되어주려고 했던 거야."

"이해됐어."

그녀는 매일같이 그 소년을 만나러 갔던 모양이다. 그래서 문화제 준비를 도울 수 없었고, 나와 만나는 것도 밤에만 가능했다. 절대 약속을 깰 수 없기에 사정 설명은 전혀 하지 않았다. 모든 건 아이하라 다이치의 신뢰를 얻기 위해서.

그렇다고 해도 조금 더 괜찮은 방법은 없었을까, 하는 의구심도 든다. 하지만 동시에 그녀의 행동이 제일 효율적인 것처럼도 느껴졌다.

"그래서? 다이치는 마법에 걸린 거야?"

"응. 나랑 같은 날에."

"그렇다면 그는 행복해졌어?"

"시간은 걸릴 거라 생각해. 자신을 버린다고 해서 문제가 모두 해결되는 건 아니니까. 앞으로도 계속 생각해야만 할 일도, 용기가 필요한 일도 있을 거라 생각해."

"그렇겠지."

"내가 보기에는 마녀를 만날 때까지보다는 약간은 마음이 편해진 것처럼 보여."

"잘돼서 다행이네."

"하지만 또 한 명의 다이치가 태어났어."

마나베의 눈썹에 힘이 들어가는 게 느껴졌다.

"지난번에 내가 버린 나한테서 들었어. 버린 인격이 다른 곳에서 생활하고 있다니, 상상도 못 했어. 하지만 마녀를 만났기 때문에 태어난 다이치도 그냥 놔둘 수는 없어."

난 끄덕였다.

또 한 명의 나는 그쪽 다이치를 만났던 것이리라. 총명한 소년이 문제의 근본으로 보아 잘라버렸던 쪽의 소년을. 또 다른 내가 뭘 원하고 있었는지 이제야 확실히 알 것 같다. 마나베 유우가 뭘 목표로 하는지도 생각할 필요조차 없다.

"다이치는 다시 한 번 버려진 자신을 줍지 않으면 안 돼."

라고 마나베는 말했다.

"뭐, 그걸 목표로 하는 수밖에 없겠지."

상당히 성가신 목표다.

마녀를 만나 '역시 버린 걸 돌려주세요.'라고 부탁하면 되는 게 아니다. 소년이 순수하게 엄마를 사랑하는, 원래라면 분명 틀리지 않을 그 감정을 정말로 올바른 것으로 하지 않으면 안 된다. 그렇다고는 해도 타인의 가정사에 끼어드는 건 고등학생 신분으로는 힘에 겹다. 아동상담소의 지식을 배운 사람이 적당하지 않을까.

일단은 마나베의 눈을 통하지 않은 정보를 원했다.

"나도 한 번 다이치를 만나보고 싶은데. 크리스마스 파티 초대장을 보내면 받아줄 것 같아?"

"케이크를 좋아한다고 하긴 했는데."

마나베 유우는 아주 작게 한숨을 내쉬었다.

그 한숨이 아무리 작았다 해도, 아무리 마나베의 입에서 새어 나왔다고 해도, 한숨으로밖에 볼 수 없었다.

"나나쿠사가 만나고 싶다고 말한 건 전할게."

그녀는 평소처럼 표정이 거의 없지만 왠지 아주 조금 말투에 불만이 섞인 것처럼 들렸다.

그렇다고 해도 뭐가 불만인지는 알 수 없다. 나로서는 상상할 수 없는 이유로 그녀가 불만을 갖는다는 사실은 지금까지도 몇 번이나 있었지만 그 불만을 직접 말로 표현하지 않는다는 건 그녀답지 않다. 극히 드문 일이다.

마지막으로 난 물었다.

"그런데 마나베. 넌 버린 자신을 다시 되찾아온 거야?"

마나베는 고개를 저었다.

"아니. 여전히 버린 채야."

봐, 역시.

또 다른 난 목표를 달성하지 못한 것 같다.

*

오후 5시가 되어 맨션을 나오자 이미 날이 저물어 있었다.
난 스마트폰을 꺼내서 마녀의 번호를 눌렀다.

하지만 아무리 울려도 역시 그녀는 전화를 받지 않았다.
밤길을 걸으며 듣는 전화기의 신호음 소리는 사람의 기를
죽인다. 빈집 문을 계속 두드리고 있는 것 같은 기분이 들었
다. 콜이 도중에 끊어지면서 반복해 울리기 때문에 그런 거
라 생각한다. 빗소리처럼 거슬리지 않는 음량으로 계속 이
어져 울린다면 오히려 나을 텐데.

다음으로 난 아키야마 씨에게 전화를 걸었다. 그와는 순
조롭게 통화가 됐다.

작은 헛기침 다음으로 들린 아키야마 씨의 목소리는, 얼
굴을 마주 보며 얘기할 때보다도 약간 낮게 느껴졌다.

"나나쿠사 군?"

"네. 안녕하세요."

"네가 전화를 걸 줄은 생각도 못 했어."

"좀 부탁하고 싶은 일이 있어서요."

"뭐?"

"마녀한테서 전화는 왔나요?"

"아니. 아직이야."

"그렇다면 혹시라도 전화가 오면 그녀에게 말 좀 전해주셨으면 해서요."

"좋아. 기다려, 메모지를 가져올게."

한참 그의 말소리가 끊어졌다.

난 스마트폰을 어깨와 목 사이에 끼우고는 두 손끝을 문질렀다. 오늘 아침 장갑을 끼고 집을 나왔더라면 좋았을걸. 무슨 이유에서인지 난 장갑과 머플러를 곧잘 까먹어 버린다. 그래서 해가 지면 후회하게 된다.

"많이 기다렸지. 말해봐."

라고 아키야마 씨가 말했다.

"그럼 마녀한테 이렇게 전해주세요."

난 머릿속으로 생각하고 있던 말을 입 밖으로 꺼냈다.

"아이하라 다이치 일로 상담하고 싶으니까 나나쿠사한테도 연락해주세요. 기다리고 있겠습니다."

스마트폰에서는 펜을 달리는 소리가 희미하게 들려왔다.

그런 다음 아키야마 씨는 내가 한 말을 토씨 하나 틀리지 않게 반복했다. 중간에 쉬는 부분까지 같았다.

"이렇게 하면 돼?"

"네. 감사합니다."

"아이하라 다이치는 누구야?"

"죄송해요. 비밀로 해달라는 말을 들어서요."

아키야마 씨는 가볍게 '알았어.'라고 대답했다. 이쪽 사정을 딱히 신경 쓰고 있는 듯한 분위기도 없었다.

역시 별 관심 없다는 듯이 그는 말을 이었다.

"뭐가 어찌 됐든 아이하라라는 인물은 상당히 중요한 인물 같은데."

"무슨 뜻이죠?"

"아다치 씨한테서도 비슷한 전언을 부탁받았거든."

아다치?

어째서 그녀가.

"아이하라 다이치와 관련된 전언인가요?"

"응. 몰랐어?"

"요즘에는 연락 안 했거든요. 내용을 물어봐도 될까요?"

"글쎄. 비밀로 하라는 말은 못 들었지만."

"혹시 문제가 된다면 제가 사과하겠습니다."

"문제는 안 될 거라 생각하지만. 약간 의외네. 네가 다른 사람의 전언 같은 걸 알고 싶어 할 줄은 몰랐거든."

"그러게요. 뭐——."

아다치와 다이치의 연결 고리가 전혀 없어 보인다. 역시 신경이 쓰였다.

조심스럽게 난 대답했다.

"모르는 상대도 아니라서 약간 걱정이 됐을 뿐입니다. 그녀는 약간 터무니없는 짓을 하거든요."

"확실히 그럴지도. 그녀의 전언은 이랬어."

아키야마 씨는 말했다.

"당신이 하는 방식으로는 아이하라 다이치는 행복해질 수 없어. 만나러 와준다면 이유를 가르쳐줄게."

뭐야, 그게.

아다치는 도대체 사정을 어디까지 알고 있는 걸까.

"그거 말고는? 그녀는 다른 말은 안 했나요?"

"응. 달리 들은 건 없어."

감사합니다, 라고 말하고는 난 전화를 끊었다.

3

태어나 처음으로 쓴 크리스마스 파티 초대장은 결국 보내지 않았다.

난 크리스마스용 편지지 세트와 빨강과 녹색 펜을 준비해서, 산타클로스 일러스트를 두 번이나 다시 그리고 글도 진지하게 생각했다. 하지만 다 쓰자마자 반으로 접어 쓰레기통에 던져버리고 말았다.

얼굴도 알지 못하는 고등학생한테서 크리스마스 파티에 초대받은 초등학교 2학년의 마음을 생각해보니, 네거티브한 상상만 현실적으로 다가왔다. 그렇다고는 해도 아이하라 다이치를 만나는 걸 포기할 생각도 없었다. 뭐라 답해야 할지 고민하게 만들 거라면 좀 더 강압적으로 일을 진행하는 편이 낫겠다는 생각이 들었다.

기말 테스트를 마치고 겨울방학이 코앞으로 다가온 토요일에 난 다이치가 사는 맨션으로 향했다. 그의 주소는 그 계단에서 내가 버린 나한테서 들어 알고 있었다.

그가 사는 맨션에는 오전 10시 조금 넘어서 도착했다. 난 자동판매기에서 뜨거운 밀크티를 사서 그걸 마시면서 다이치가 나타나길 기다렸다.

30분 정도 지났을 때 맨션에서 한 소년이 나타났다.

잘생긴 얼굴에 영리해 보이는 소년이다. 나이보다 침착해 보이는 것도 꽤 마음에 든다. 앞으로 몇 년만 지나면 여자애들 사이에서 화제가 될 것 같다. 그는 두 손을 운동복 주머니에 찔러 넣고는 살짝 고개를 숙인 채 빠른 걸음으로 걸었다. 난 밀크티 캔을 쓰레기통에 버리고는 소년을 쫓았다.

"아이하라 다이치 군."

이름을 부르자 소년은 걸음을 멈췄다.

그는 한동안 망설인 뒤 천천히 고개를 돌렸다.

"누구?"

"마나베 유우의 친구야. 나나쿠사라고 하는데, 내 얘기 못 들었어?"

다이치는 잘생긴 눈썹을 한껏 찡그렸다.

"나나쿠사."

"너랑 얘기를 좀 하고 싶은데. 시간 좀 내줄 수 있어?"

그는 살짝 고개를 갸웃거렸다.

"약속이 있어서."

"알고 있어. 마나베랑 공원에서 11시. 나도 오라고 했어. 물론 네가 허락해준다면이지만, 같이 배드민턴을 하자고 했잖아. 하지만 오늘은 바람이 강해서 일단 너랑 둘이서 얘기를 하고 싶었어."

난 주머니에서 스마트폰을 꺼냈다.

"마나베에게는 연락해 둘게. 조금 늦더라도 그녀는 신경 안 써."

실제로 그녀에게 문자를 보냈다. 다이치와 만나고 있다고. 그래서 그는 약속에 약간 늦을지도 모른다고.

송신 버튼을 누를 때 그는 말했다.

"무슨 용건으로?"

딱딱한 목소리다. 날 경계하는 건 어쩔 수 없지만.

어떻게 하면 이 아이의 흥미를 끌 수 있을까? 특별히 좋은 방법도 떠오르지 않았기에 생각하는 걸 그대로 말했다.

"난 어렸을 적부터 상당히 꼬여 있었어. 모르는 어른이 웃으며 다가오는 걸 그냥 기분 나쁘게 생각했지. 거짓된 가면 같은 느낌이 들어서 말이야. 난 아직 고등학생이지 어른이 아냐. 하지만 너에 비하면 꽤 연상인 건 틀림없어. 그래서 이런 식으로 말하는 건 정말 기분이 나쁠 거라 생각하지만 가능하면 너에게 도움이 되고 싶어."

난 일단 말을 끊었다.

다이치의 표정에 변화는 없다.

경계심이 강한 초등학생이었을 무렵의 날 떠올리면서 난 말을 계속했다.

"아니. 진심을 말한다면 널 어떻게 하고 싶다는 그런 건 아니야. 난 마나베가 걱정이야. 그녀는 너에게 도움이 되고 싶어 하고 있고, 그걸 위해서라면 분명 그 어떤 무모한 짓도 할 거야. 솔직히 그녀가 네 부모님한테 화를 내지 않는다는 게 이상할 정도야."

다이치는 그제야 대답했다. 부루퉁한, 한편으로는 떳떳하지 못함을 감추는 듯한, 딱딱하고도 무거운 말투였다.

"약속했으니까."

"그래? 무슨 약속?"

"내 얘기를 아무한테도 안 한다고. 엄마한테도, 아빠한테도, 선생님한테도."

"그렇구나. 다행이네."

"뭐가?"

"마나베는 무슨 문제든 해결하려고 하지만 그래도 모든 문제를 해결할 수 있는 건 아니니까."

이 소년과의 약속은 훌륭하게 마나베 유우의 스토퍼로서 기능하고 있는 모양이다. 그게 없다면 그녀는 재빨리 문제를 해결하고 있었을지도 모른다. 혹은 문제를 더 크게 만들었을지도 모른다. 후자의 가능성이 높다고 생각한다.

다이치는 나이에 어울리지 않는, 피곤해 보이는 미소를 지었다.

"엄마는 얘기를 잘 들어주지 않아."

"고등학생 얘기를 제대로 들어주는 어른은 거의 없어."

"그런 거야?"

"대개는. 어른을 상대로 제대로 얘기를 하려는 고등학생도 거의 없다고 생각하지만. 애초에 대화가 성립한다는 게 거의 기적 같은 거 아닌가."

다이치는 아무 말 없이 잠자코 생각에 잠겨 있는 것 같았다.

난 말을 계속했다.

"간단하게 정답을 확인할 수 있는 대화도 있지. 내가 2 더

하기 3이라고 물으면 네가 5라고 대답하겠지. 난 정답이라고 말하고. 그건 제대로 전달돼. 사과를 사오라든가 우크라이나 헌법 제11조의 내용이라든가. 이런 대화는 어렵지 않아."

"우크라이나?"

"유럽에 있는 나라야. 동쪽에 러시아가 있고, 서쪽에 폴란드와 헝가리가 있어."

"어렵네."

"어렵긴 하지만 어렵지 않아. 지식만 늘면 이해할 수 있는 단어는 곧 이해할 수 있게 될 거야. 나도 우크라이나의 헌법은 거의 아무것도 몰라. 하지만 누군가 제대로 설명해준다면 분명 이해할 수 있을 거야. 문제는 개인적인 가치관에 관한 얘기야."

다이치는 동그란 눈동자로 확실하게 날 쳐다보고 있었다.

내 말의 의미를 어떻게든 이해하려 하고 있다는 사실을 알 수 있었다. 난 물론 일반적인 초등학교 2학년생은 이해하기 어려운 말을 하고 있지만 그는 대화를 포기할 생각이 없는 것 같았다.

"정말 중요한 걸 갑자기 부수고 싶은 적이 있어."

라고 난 말했다.

"어째서?"

라고 그는 물었다.

"중요한 게 언젠가 부서져버릴 거라고 생각하면 너무 두려워서. 계속 떨면서 살 거라면 지금 당장 없어지기를 원하게 되는 거지. 이해돼?"

한참을 생각한 뒤에 다이치는 고개를 저었다.

"모르겠어."

"응. 몰라도 돼. 이런 얘기 금방 까먹어도 돼. 하지만 만약 네가 내 얘기를 5년 후나 10년 후까지 기억하게 된다면 그때 문득 이해가 될지도 몰라."

다이치는 역시 똑바로 날 보고 있다.

내 말을 여전히 이해하려 노력하고 있다.

하지만 난 고개를 저었다.

"하지만 말이야, 납득했다고 생각해도 그건 잘못된 거야. 반드시 정말로 내가 말하고 싶은 거와는 어딘지 모르게 다른 해석을 하고 있을 거야. 왜냐면 이건 개인적인 가치관에 관한 얘기니까 말이야. 내가 아닌 너한테는 절대로 똑바로 전달될 수 없는 말이지."

다이치는 그제야 겨우 포기한 듯했다.

가늘고 길게 한숨을 내뱉고는 '어렵네.'라고 중얼거렸다.

난 살짝 미소 지었다.

"이런 식으로 설명하는 것도 가능해. 네가 엄마를 엄청 좋아한다고 말하든 엄청 싫어한다고 말하든, 그 진짜 의미는 그 누구도 이해할 수 없을 거야. 나도 마나베도 알 수 없어."

다이치는 또다시 오랫동안 생각에 잠겼다.

그런 다음 아주 살짝만 끄덕인다.

"응. 그런가."

나도 끄덕였다.

"그러니까 네 사정을 이해한다고는 말 못 해. 아무리 얘기를 들어도 분명 여러 오해가 있을 거라 생각해. 하지만 이것만은 약속할 수 있어. 난 네 사정을 오해하고 있다는 사실을 절대 잊지 않을 거야. 그러니까 너에 대해서 나한테 가르쳐주지 않을래?"

내가 다이치에게 하는 말들 중 주의를 한 건 딱 하나였다.

만약 눈앞에 있는 게 과거의 나라면 어떤 식으로 말하면 다소나마 마음을 열어줄 건지를 생각했을 뿐이다.

다이치가 과거의 날 닮았다고는 생각하지 않는다. 굳이 말한다면 안 닮은 면이 많을 것이다. 그래도 믿는 사람은 대부분 같지 않을까 하는 생각이 들었다.

이유는 없다.

굳이 말한다면 이 소년은 마나베 유우의 친구라는 것 정도다.

다이치가 '알았어.' 하며 고개를 끄덕인 뒤 우리는 나란히 서서 걷기 시작했다.

　마나베한테서는 알겠다는 답신이 왔다.

　난 다이치를 확실하게 약속한 공원까지 데려간다는 것과 그쪽으로 가기 전에 다시 한 번 더 연락하겠다는 걸 전했다. 야외에서 기다리다간 감기에 걸릴지도 모르기 때문에 따뜻한 곳에서 기다렸으면 좋겠다는 말도 덧붙였다.

　나와 다이치는 주머니에 손을 찔러 넣고, 고개를 약간 숙이고는 같은 보폭으로 걸었다. 어쩌다 보니 맞닥뜨린 강가에 빨간 고무조각으로 포장된 보도가 있어 우리는 하류로 향했다.

　난 스핏츠의 체리를 휘파람으로 불고 있었다. 이 곡이 히트한 건 내가 태어나기 전의 일인 것 같지만 어쩌다 보니 나도 외우고 있었다. 다이치가 흥미를 나타냈기에 가사를 들려줬다. 봄을 떠올리게 하는 이 곡은 옅은 구름만 떠 있는 겨울의 한산한 하늘과 닮아 있었다. 겨울에 봄을 생각하는 건 어리석은 일이라고 어딘가의 시인이 말했다. 겨울에는 겨울의 아름다움이 있기 때문에. 하지만 겨울에 생각하는 봄에는 봄에 생각하는 그것과는 다른 가치가 분명 있을 것이다. 다이치는 체리의 가사가 마음에 들었던 모양이다.

　우리는 20분 정도 두서없이 얘기하며 걸었다. 난 좋아하는 음식과 최근 초등학생들의 유행과 친구에 대해서 등, 대답하기 쉬운 질문을 골라 물었다. 마나베한테서 들었던 대로 다이치는 별로 말이 없는 아이였다. 하지만 내 말의 의미를 확실하게 이해하고 정확하게 대답할 수 있는 이성을 가지고 있었다.

다음으로 난 부모님에 대해 몇 가지 물어봤다. 하지만 다이치는 곤란한 표정으로 '몰라.'라고 대답할 뿐이었다. ── 엄마는 어떤 사람이야? 몰라. 아빠는 어떤 사람이야? 몰라. 두 사람은 너한테 잘 해줘? 몰라.

다이치는 좀 더 다른 말로 이런 질문에 대답하는 것도 가능할 것이다. 그 사실로 파고드는 건 아직 빠르다는 뜻이리라.

그래서 난 질문을 바꾸었다.

"넌 정말로 엄마를 싫어하게 된 거야?"

이번에는 끄덕였다.

"응. 엄마는 싫어해."

"어떤 식으로 싫어?"

다이치는 또다시 모른다고 말했다. 그런 다음 덧붙인다.

"엄마랑 얘기하고 있으면 괴로워져."

"어떤 식으로 괴로워져?"

"감기에 걸렸을 때처럼."

"목이 아프고 머리가 멍한 거야?"

"목은 아프지 않지만."

고개를 숙인 다이치의 표정을 알고 싶어서 난 허리를 굽혀 고개를 꺾고 있었다. 하지만 그의 얼굴은 역시 제대로 볼 수 없었다.

그는 말했다.

"엄마는 아빠를 싫어해. 아빠가 나빴어. 하지만 그래서 나한테 자주 화를 내."

"그렇구나. 굉장히 힘들겠다."

"응. 굉장히 힘들어."

"그래서 넌 어떻게 할 생각인데?"

"어떻게 할까."

"굉장히 어려운 문제야. 하지만 너한테는 뭔가 작전이 있을 텐데?"

다이치는 내 얼굴을 올려다본다. 처음으로 마술을 본 것 같은 멍한 표정이었다.

"어째서 그렇게 생각해?"

"왜냐면 다이치는 여러 가지를 비밀로 하니까 말이야."

난 처음에는 그의 비밀주의적인 측면은 엄마에 대한 공포에서 온 게 아닌가 하고 예상하고 있었다. 이제 더 이상 혼나지 않도록, 엄마 기분이 나빠지지 않도록, 여러 가지를 잠자코 견디며 침묵해 왔던 건 아닐까 하고.

하지만 얘기해보니 그렇지 않았던 것 같다. 분명 이 소년은 좀 더 쿨하고, 좀 더 용기가 있다. 비밀주의 히어로처럼 그는 모든 걸 자기 혼자서 해결하려 하고 있다.

"다이치의 작전을 살짝 가르쳐줘."

"비밀로 해줄 거야?"

"물론. 아무한테도 말 안 해. 다이치가 그렇게 하길 원한다면 마나베한테도 말 안 할게."

"응. 아무한테도 말하지 마."

"알았어. 나만의 비밀로 할 테니까 가르쳐줘."

다이치는 끄덕였다.

"난 편지를 쓰고 있어."

"엄마한테?"

"응. 그런데 좀처럼 잘 써지질 않아. 하지만 말하는 것보다는 간단하다고 생각해. 언젠가 다 쓰게 되면 난 가출할 거야."

"편지를 두고 집을 나간다?"

"응."

"어디로 갈 건데?"

"비밀."

"하지만 정했잖아."

"응."

"계속 혼자서 살아갈 거야?"

"그건 무리지."

"그럼 어느 정도?"

"일주일 정도? 잘은 모르지만 엄마가 편지를 읽어줄 때까지는 집에 없는 편이 좋을 것 같아."

그가 말한 가출은 어린 소년이 돌발적으로 자립하고 싶어지는 그런 것과는 완전히 다른 것처럼 들렸다. 난 초등학교 2학년 때 가출하겠다는 그런 생각을 해봤을까? 모르겠다. 그런 건 생각도 못 해봤을지도 모르고, 어쩌면 가끔씩 생각했던 걸지도 모른다. 하지만 최소한 다이치처럼 엄마가 편지를 읽었으면 하는 수단으로——분명 그 편지의 의미를 정확하게 전달하는 수단으로——집을 나가겠다고 생각한 적은 없었다.

이 소년은 나이에 비해 분명 성숙하다. 커뮤니케이션에 적당한 거리가, 항상 가까울수록 좋은 건 아니라고 알고 있다. 그건 굉장히 멋진 일이긴 하지만 행복한 일인 건지는 나로서는 판단이 안 된다.

무리해서 난 웃었다.

"혼자라면 일주일이라도 힘들 텐데?"

"그런가. 준비만 잘 하면 괜찮지 않을까."

"어떤 준비를 하고 있는데?"

"돈은 750엔 있어. 그리고 과자. 조금씩 모아 두고 있어. 이제 곧 작은 배낭이 가득 찰 거야. 물통도 가지고 있고, 손전등도 있어."

"어디 묵을 건데?"

"비밀. 하지만 잘 만한 곳을 누가 가르쳐줬어."

"친구 집에서 자는 거 아니었어?"

"아냐."

"누가 가르쳐줬는데?"

"그것도 비밀."

"따뜻한 곳이야?"

"바깥보다는. 낮에 가본 적이 있어."

"멋지네."

정말로. 어른의 눈으로 보면 분명 엉성한 부분은 얼마든지 있을 것이다. 하지만 초등학교 2학년의 지식과 경험으로 최선을 선택하려 하고 있다는 건 느껴졌다.

"너라면 분명 일주일 정도면 가출이 가능할지도 몰라. 일주일씩 가출할 수 있는 초등학교 2학년생은 좀처럼 없지."

"응. 잘 해볼게."

"하지만 내 생각으로는 집을 나가는 건 잠시 뒤로 미루는 게 좋을 것 같아. 겨울밤은 너무 춥거든. 봄이 된 다음이 좋을 것 같아."

다이치는 한참 생각에 잠겼다가 곤란하다는 듯이 눈썹을 찡그렸다.

"담요를 가져가면 어떻게든 되지 않을까."

"어려워. 감기에 걸릴지도 모르잖아. 계속 재채기를 하고 있으면 바로 들킨다고."

"그런가."

"일주일이라고는 해도 혼자서 살아가야 하니까 말이야. 제일 우선으로 생각해야 하는 건 건강이야. 일부러 안 좋은 시기를 선택할 필요는 없잖아."

강을 따라 난 보도는 눈앞에서 지류와 맞닿았고, 그곳에서 끊어져 버렸다. 우리는 도로로 내려가는 계단을 발견하고는 계단 한가운데쯤에 앉았다. 콘크리트 계단은 차가워 청바지 너머로 체온을 빼앗아 간다.

난 다이치에게 춥지 않아? 라고 물었다.

다이치는 괜찮다고 대답했다.

난 그의 멋진 계획에 관한 이야기를 계속했다.

"다음은 네 편지 말인데. 다 쓰면 복사를 해두는 게 좋을지도 모르겠어."

"왜?"

"만약 엄마가 버리면 곤란하잖아?"

"버리면 어쩔 수 없지 뭐."

"하지만 그 편지가 도움이 될 때가 올지도 몰라. 너의 가출이 성공했다 해도 일주일이 지나면 집으로 돌아올 거잖아? 그때는 분명 엄청나게 큰 일이 벌어져 있을 거야."

"그런가?"

"응. 초등학교 2학년이 일주일씩 자취를 감추는 건 큰 사건이거든. 학교 선생님도 경찰도 널 찾겠지. 네 목숨과 관련된 문제니까 말이야. 많은 어른들이 필사적으로 찾을 거야."

"민폐인가?"

"물론. 경찰은 공무원이라서 국가와 지방이 돈을 내고 있거든. 그 돈은 세금에서 나오는 거라서, 말하자면 국민 모두의 돈이 널 찾는 데 쓰일 거야."

"어렵네. 잘 모르겠어."

"다시 말해 너의 가출은 나라 전체의 문제가 돼. 이 부근을 걷고 있는 어른들 모두한테서 조금씩 모은 돈을 써서 널 수색하게 되는 거야. 학교 선생님이라든가 파출소의 경찰 아저씨만이 아니라 네가 모르는 많은 사람들에게 폐를 끼치게 되는 거지."

"난 체포되는 거야?"

"체포되지는 않아. 하지만 엄청 혼날지도 몰라."

"그냥 혼나는 것뿐이라면 괜찮아."

"네가 괜찮다 해도 혼내는 쪽도 상당히 피곤할 거야."

"정말?"

"응. 너한테는 경험이 없을지도 모르지만 혼내는 건 힘들거든. 그다지 기분 좋은 일이 아니지. 굉장한 에너지를 써야만 해."

난 다이치의 가출을 막고 싶은 건 아니었다.

분명 대부분의 가출은 커뮤니케이션의 파기가 목적인 거라 생각한다. 혹은 돌발적인 충동이거나. 하지만 다이치는 다르다. 엄마와 정상적으로 서로 이해하기 위해 한번 거리를 두려고 한다. 결과가 성공하든 실패하든 그 의사표시가 처음부터 틀렸다고는 말하고 싶지 않다.

하지만 주의 깊게 하지 않으면 다이치의 가출도 다른 것과 똑같아 보일지도 모른다. 다이치의 문제만 부각돼 진짜 의도도 알아채지도 못한 채, 가볍게 처리되는 건 그 누구도 바라지 않을 것이다.

"그래서 중요한 게 네 편지야. 편지가 모두의 눈에 띄면 널 혼낼 필요는 없어질지도 몰라. 좀 더 다른, 기분 좋은 말로 여러 가지를 해결할 수 있을지도 모르지."

"편지는 엄마 말고 다른 사람은 읽지 않았으면 좋겠어."

"응. 그 마음은 이해해."

난 한숨을 내쉬었다.

정말 모든 게 다이치가 생각한 대로 진행되면 좋겠지만.

"하지만 네 계획은 어찌 됐든 많은 사람들이 휘말리게 되어 있어. 너와 엄마의 문제만이 아니게 되어버린다고."

"다시 말해 책임이 있다는 뜻?"

난 고개를 저었다.

"그게 아냐. 너에게는 의무도 책임도 없어. 있다고 한다면 건강하게, 행복하게 사는 것 정도야. 이건 착함과 정의감의 얘기지."

실은 다르다.

이 소년에게 착함이나 정의감 같은 걸 요구할 생각은 없다.

내가 말하고 있는 건 효율적인 면이지만 그를 설득할 수 있는 말은 이쪽일 것 같았다.

"모두를 말려들게 하는 거라면 제대로 사정을 설명하는 편이 착하고 옳아. 하지만 네가 언제든 착할 필요는 없어. 조금은 틀려도 돼. 자유롭게 고르면 돼. 그래도 착하고 옳은 쪽이 좋다면 마지막에는 비밀을 가르쳐주는 게 좋아."

다이치는 한참 동안 고개를 숙이고 있었다.

그 뒤에 작은 목소리로 좀 더 생각해볼게, 라고 대답했다.

우리는 마나베 유우와 합류해 패밀리 레스토랑인 가스토에서 햄버거를 먹었다.

그런 다음 셋이서 공원으로 이동해 배드민턴을 하며 놀았
다. 오전 중에는 강하게 불던 바람도 한낮이 되자 잠잠해져
부드러운 랠리가 꽤 길게 이어졌다.

마나베는 다이치의 친구가 된다는 사실에 매달리고 있는
듯했다. 그의 가정 사정을 캐묻는 질문은 하지도 않았고 그
가 나와 얘기한 내용도 묻지 않았다.

돌아오는 길에 다이치를 맨션 앞까지 바래다준 뒤 난 그
녀에게 물어봤다.

"어째서 배드민턴이야?"

"다이치가 제일 즐거워 보였으니까."

"배드민턴을 좋아하는구나."

확실히 공원에서 다이치는 순진무구한 소년처럼 보였다.
초등학교 2학년이 가출 계획을 진지하게 생각하는, 나이에
비해 어른스러운 지성 같은 건 그의 안쪽에 처박아 두었다.

하지만 마나베는 고개를 저었다.

"특별히 배드민턴을 좋아하는 건 아니라고 생각해. 캐치
볼이든 배구 토스든 상관없다고 생각해. 다 같이 협력할 수
있는 놀이라면 안심하고 있는 것처럼 보여."

안심, 이라고 난 반복했다.

마나베는 끄덕였다.

"다이치는 그냥 승부를 가르는 놀이를 싫어하는 거야. 여

러 가지를 해봤지만 왠지 이기는 걸 싫어하는 것 같았어."

"복잡한 아이구나."

"응. 그렇긴 하지만, 그래도."

곤란하다는 듯이 마나베는 고개를 기울였다.

"실은 단순히 착해서 그런 거 아닌가 싶기도 해. 복잡해 보이는 건 우리가 복잡하게 생각하는 것뿐일지도 몰라."

그렇군, 하며 난 끄덕였다.

다이치에 관해서는 분명 나보다도 마나베 쪽이 훨씬 더 자세히 알고 있을 것이다.

＊

그날 밤, 마녀한테서 전화가 왔다.

아무래도 아키야마 씨한테 부탁한 전언은 제대로 마녀한 테까지 전해졌던 모양이었다. 그녀는 어이가 없다는 투로 말했다.

"너무 쉽게 연락이 되는 것도 곤란해요."

"죄송해요. 아이하라 다이치 일로 꼭 좀 의견을 듣고 싶어 서요."

"저한테 의견 같은 건 없습니다."

전화 너머에서 마녀는 한숨을 내쉬었다.

"그를 버린 건 그 자신입니다. 제가 알 바 아닙니다."

"그렇다면 다이치가 다시 한 번 자신을 줍고 싶다고 말한다면 어떤가요?"

"마음대로 하세요."

"하지만 당신이 도와주지 않으면 다이치는 버린 자신을 되찾을 수 없는 거 아닌가요?"

"그렇죠. 그렇다면 제 마음에 달려 있는 거겠죠."

"다행이다."

난 웃었다.

"당신은 착해서 분명 도와주실 거죠?"

"아뇨. 마녀는 제멋대로랍니다."

"하지만 오늘 밤도 이렇게 전화를 주셨잖아요."

"이런 건 그냥 변덕일 뿐이에요."

도저히 그렇게 생각할 수는 없다.

순수하게 마녀가 착한 건지, 아니면 다른 사정이 있는 건지는 알 수 없다. 하지만 어느 쪽이 됐든 마녀는 자신의 일부를 버린 우리를 못 본 척하지는 않는다.

"가능하다면 다이치가 다시 한 번 더 자신을 줍고 싶어졌을 때를 대비해 제가 거는 전화는 신경을 좀 써주신다면 감사하겠습니다."

"그때 봐서 내키면 전화를 받도록 하죠. 저한테 너무 많은 기대는 하지 마세요."

"그럼 이렇게 하죠. 제가 다음에 당신한테 전화를 걸 때는 다이치에 관한 보고가 있을 때만 하겠습니다. 더는 제 마음 대로 연락하지 않을게요."

"그래서? 그러니까 전화를 받으라는 소리인가요?"

"아뇨. 제가 당신한테 뭔가를 강제할 수는 없습니다. 그건 알고 있습니다. 그저 무의미한 착신은 아니라는 사실만 전하고 싶어요."

이 정도로 말해두면 그녀는 성실하게 대응해줄 것이다. 내가 건 전화를 신경도 안 쓰는 일은 없을 것이다.

마녀는 아무런 대답도 하지 않았다.

마찬가지로 기가 막힌 듯한 말투로 '할 말은 그뿐인가요?' 라고 말했다.

아뇨, 라고 대답하고는 난 물었다.

"버려진 쪽의, 다이치의 상태를 가르쳐주실 수 있나요?"

"특별히, 그냥 보통이에요. 또 다른 당신과 마나베 유우가 잘 상대한답니다. 그 외에도 몇 명 친한 인물이 있어요."

"외로워하지는 않나요?"

"딱히."

"약간은 외로워하고 있군요."

"글쎄요. 전 그가 아니라서 모르겠어요."

"그런가요. 그럼 딱 한 가지만."

마녀와 이야기하고 싶었던 최대 이유는 물론 다이치다.

하지만 동시에 또 한 가지 마음에 걸리는 게 있었다.

"아다치와는 얘기를 했나요?"

그녀도 마녀에게 전언을 남기고 있었다.

——당신의 방식으로는 아이하라 다이치는 행복해질 수 없어. 만나러 와준다면 이유를 가르쳐줄게.

상당히 이상한 전언이다. 이렇게 되면 마녀는 다이치를 행복하게 해주고 싶어 하고, 아다치는 마녀의 그 마음을 알고 있는 것처럼 보인다. 그녀는 마녀를 도대체 얼마나 이해하고 있는 걸까.

전화 너머로 마녀는 한참을 침묵하고 있었다.

난 계속해서 물었다.

"아다치의 목적은 뭐죠? 그녀는 뭘 버리고 싶어 하는 건가요? 당신이라면 알고 있죠?"

그제야 마녀는 말했다.

하지만 그녀의 말은 내 질문에 대한 대답은 아니었다.

"당신이 정말 알고 싶은 건 그런 게 아니잖아요?"

어딘지 모르게 재미있어하는 듯한 말투다. 하지만 한편으로는 내 착각일지도 모르지만, 그녀의 목소리는 무리해서 화제를 바꾸려 하는 것처럼도 들렸다.

"당신이 알고 싶은 건 마나베 유우가 버린 거 아닌가요?"

나도 모르게 미소 짓는다.

그런 말이 반격이 될 거라고 생각하고 있었다면 마녀는 나에 대해 완전히 오해하고 있는 것이다.

"아뇨. 그건 제가 가장 알고 싶지 않은 거예요."

"아닌 척할 필요는 없어요."

"정말로. 왜냐면 그건 제가 스스로 밝히고 싶은 거니까요. 누군가에게 그 답을 들을 생각은 없습니다."

"그렇군요. 순정이군요."

그럼 잘 자요, 라고 마녀는 말했다.

안녕히 주무세요, 라고 난 대답했다.

전화가 끊어졌다. 마녀는 아다치의 화제를 피하고 싶어 하는 것 같았다.

난 한숨을 쉬고는 침대에 드러누웠다. 창문 너머로 달이 보였다. 커지기 시작한 반달이 주위의 옅은 구름을 비추고 있다. 왠지 마녀를 닮은 하늘 같다는 느낌이 들었다.

4

아다치와 몇 번 연락을 취해 겨우 얼굴을 보게 된 건 12월 25일이었다. 크리스마스 당일은 이브만큼 들뜨지도 않고 어젯밤부터 나온 구름으로 거리도 그늘져 있었다.

난 아다치와 처음 얼굴을 봤던 우에시마 커피점의 카운터 자리에서 그 여름방학 마지막 날처럼 그녀가 나타나길 기다리고 있었다. 다른 점은 몇 가지 있다. 창문 너머 길에 지나다니는 사람들은 코트를 단단히 차려입었고, 내가 주문한 커피는 뜨거웠다. 스마트폰 조작도 이제 상당히 익숙해졌다. 플립 입력도 부드럽다. 하지만 아다치에 대해서는 4개월 가까이나 지난 지금도 잘 모르겠다.

아다치가 나타난 건 역시 약속 시간이 조금 지날 무렵이다. 그녀는 훈제연어 샌드위치와 뜨거운 밀크커피를 쟁반에 올린 채 나타났다.

"메리 크리스마스."

라고 그녀는 말했다.

"메리 크리스마스."

라고 난 대답했다.

아다치는 내 옆에 앉았다. 그런 다음, 그날과 마찬가지로 토트백에서 꺼낸 충전 케이블을 콘센트에 꽂고는 스마트폰에 연결한다.

"그런데 나나쿠사 군. 넌 날 꽤 만나고 싶어 했던 것 같은데 이유가 뭐지?"

"널 생각하면 몇 가지 마음에 걸리는 게 있어서야. 꼭 좀 알려줬으면 좋겠어."

"샌드위치를 먹은 다음에 해도 될까? 점심, 아직이거든."

"물론. 천천히 먹어."

아다치는 훈제연어 샌드위치를 두 손으로 잡고는 입가로 가져간다. 하지만 그걸 베어 물기 전에 날 쳐다봤다.

"먹는 데 빤히 쳐다보지 마."

"아, 미안."

"심심하면 얘기해. 나의 어디가 마음에 걸리는데?"

"알았어."

나는 시선을 전방에 있는 유리 창문으로 옮겼다. 그곳에 샌드위치를 베어 문 아다치가 어렴풋하게 비치고 있었다.

"일단 내가 생각한 건 네가 어떤 방법으로 마녀와 연락을 취하려 하고 있느냐야. 마음에 걸리는 점은 그 밖에도 있지만 그것부터 생각하는 게 이해하기 쉬울 것 같았어. 결과부터 말하면 넌 아키야마 씨에게 마녀한테 말을 전해 달라고 부탁했어. 그건 처음부터 예정되어 있던 건 아니었나 하는 생각이 들어. 아키야마 씨를 처음 만났던 날부터 넌 마녀가 그한테 다시 한 번 연락하기를 원하고 있었어."

아다치는 아무런 대답도 하지 못한다.

차분한 페이스로 샌드위치를 씹었다.

그녀 쪽을 보지 않도록 주의하면서 계속 말했다.

"내가 마녀에게 아키야마 씨에 대해서 전한다. 이어 마녀가 아키야마 씨한테 전화를 건다. 그리고 네 전언이 마녀에게 전해진다. 그런 흐름을 상정하고 있었던 게 아니었어? 하지만 그렇다고 한다면 이상한 점이 있어."

난 창문 유리에 비치는 아다치를 쳐다보고 있었다. 그녀는 먹던 샌드위치를 접시에 내려놓고는 밀크커피를 입김으로 불고 살짝 입에 댔다. 그러는 동안 그녀의 표정에 변화는 없었다.

"단순하게 생각하면 넌 괜한 행동을 한 가지 했어. 전언을 부탁할 상대는 분명 나였어도 됐을 거야. 물론 날 건너뛰고 마녀가 직접 아키야마 씨한테 연락하는 경우도 있겠지. 그렇다고 해도 나와 아키야마 씨 양쪽 모두에게 전언을 부탁하는 편이 보다 확률이 높아지잖아."

어째서 아다치는 아키야마 씨한테만 전언을 부탁했을까?

그건 전언의 내용에 단서가 있는 것처럼 느껴졌다.

"네 전언은 아키야마 씨가 가르쳐줬어. 메모해 놨어."

난 스마트폰을 열고 그녀의 전언을 읽었다. ──당신이 하는 방식으로는 아이하라 다이치는 행복해질 수 없어. 만나러 와 준다면 이유를 가르쳐줄게.

"상당히 인상적이었어. 게다가 많은 정보를 함축하고 있지. 최소한 확실하게 알 수 있는 게 두 가지, 예상 가능한 게 세 가지 있어. 확실하게 알 수 있는 쪽부터 가자. 일단 넌 다이치를 알고 있어. 다음으로 마녀와 다이치가 관계가 있다는 걸 알고 있어."

여기까지만 말하고 난 한숨을 내쉬었다.

왠지 굉장히 우스꽝스러운 짓을 하고 있는 듯한 기분이 들었던 것이다. 미스터리 소설에서 탐정이 좀처럼 진상을 발표하지 않는 이유를 알 것 같았다. 이렇게나 부끄러운 짓을 아무렇지도 않게 계속할 수 있다는 게 신기하다.

"피곤해서 그러는데, 생략해도 돼?"

라고 난 물었다.

아다치는 작게 고개를 내저었다.

"안 돼. 왠지 재미있어."

"딱히 널 재미있게 해주려는 건 아닌데."

"어때서. 크리스마스에 이렇게 얼굴을 마주 대하고 있잖아. 나도 꽤나 배려하고 있으니까 좀 더 분발해."

"대체 나에 대해서 어떤 식으로 배려하고 있다는 거지?"

"예를 들면 카운터에서 주문하는 타입의 가게를 골랐어. 봐, 네가 커피 값을 내는 편이 좋지 않을까 하는 그런 걸 고민하지 않아도 되게 말이야."

"그건 다행이네. 고마워."

"그럼 다음. 예상 가능한 게 적어도 세 가지였다?"

그녀가 재촉해서 난 한숨을 쉬었다.

어쩔 수 없이 계속했다.

"첫 번째. 넌 아이하라 다이치와 연결 고리가 있다는 걸 숨기려 했어. 그래서 그 전언을 나한테는 부탁할 수 없었지. 두 번째. 넌 마녀의 목적을 알고 있어. 목적이라는 말은 어쩌면 적절하지 않을지도 몰라. 어쨌든 다이치의 행복이 마녀와의 교섭 재료가 된다고 생각하고 있어. 세 번째. 마녀는 너에게 연락하길 원치 않는 무슨 사정이 있어. 적어도 난 그렇게 예상하고 있어."

"마지막 한 가지를 잘 모르겠어."

"그냥 예상이야."

"하지만 이유는 있을 거 아냐?"

"네 전언이 자연스럽지 않았으니까. 아무런 사정이 없다면 마녀에게 교섭하는 듯한 말을 할 필요 따위 없잖아. 분명 버리고 싶은 자신이 있으니 저한테도 전화를 걸어주세요, 라고만 하면 되는 거라고."

"그렇군."

아다치는 끄덕이며 샌드위치의 마지막 한 조각을 입안으로 집어넣었다. 그런 다음 손끝을 종이 냅킨으로 닦았다.

"그래서? 네 예상 하나하나에 정답인지 아닌지를 대답해 가면 되는 거야?"

"그렇게 해주면 좋겠어. 하지만 정말로 알고 싶은 건 너와 다이치의 관계야. 나머지는 말하고 싶지 않으면 하지 않아도 돼."

아다치의 의도가 신경 쓰인 건 순수한 호기심 때문이다.

그녀가 어떤 목적이 있다 해도, 마녀를 어떤 식으로 이용하고 싶어 하든 나하고는 관계없는 일이다. 하지만 다이치가 관련되어 있다면 그 점만은 그냥 방치할 수 없다. 마나베 유우가 걱정하고 있는 다이치의 문제만 깔끔하게 해결하면 나머지는 내가 알 바 아니다.

아다치는 흥미 없다는 듯이 스마트폰을 들었다.

"네 의문에 대답한다면 나한테 어떤 메리트가 있어?"

"그게 문제야. 좋은 걸 찾기가 꽤 어려워."

아다치가 나에게 진실을 말할 이유 따위 손톱만큼도 없다. 나야말로 마녀를 만났다는 사실조차 말하지 않았던 것이다. 우리는 동료도 아니고 친구도 아니다.

하지만 잠자코 있을 수도 없어서 난 제안했다.

"정말 맛있는 팬케이크 가게를 알고 있는데 거기에서 내가 한턱내는 건 어때?"

아다치는 손끝으로 스마트폰을 조작하면서 말했다.

"꽤나 매력적인 이야기지만 좀 부족한 것 같은데."

"그럼 마녀의 전화번호는 어때? 정말 희소가치가 있다고 생각하는데."

"그런 걸 알고 있어?"

"응. 실제로 그녀가 전화를 걸었던 번호야."

"하지만 어차피 그녀는 안 받을 거잖아?"

"그건 모르지. 집요하게 계속 전화하면 한 번 정도는 받을지도 몰라."

"좀 부족해. 전화는 익숙하지도 않고."

이 정도로 승낙해주면 좋았겠지만 좀처럼 넘어오지 않는다. 그렇다고는 해도 상대에게 허락을 받지도 않고 전화번호를 가르쳐주는 것에 대해서는 저항감이 있기에 다행이라고 말해도 좋았다.

"이게 비장의 카드인데 말이야."

"응. 뭔데?"

"확실하게 마녀를 만날 수 있는 방법, 이라는 건 어때?"

아다치가 그제야 스마트폰에서 얼굴을 들었다.

"정말? 확실하게?"

"좀 과장되게 말한 것 같아. 내가 생각한 것들 중에 마녀를 만날 가능성이 제일 높은 방법, 정도의 표현이 정확해."

"그렇군. 흥미가 좀 생기는데."

아다치가 한동안 작은 턱에 손을 대고는 생각에 잠겨 있었다. 그런 다음 안경에 가볍게 손을 대고는 위치를 고치며 말했다.

"응. 그중에서라면 역시 팬케이크야."

나는 무심코 눈썹을 찡그렸다.

"팬케이크?"

"하지만 그걸로는 부족해. 크리스마스 선물까지 해준다면 다이치 군에 대해서 가르쳐줄게."

"선물이라니, 뭔데?"

"어떤 걸로 할까. 너무 비싼 게 아니어도 돼. 2천 엔 정도. 안 돼?"

"아니, 문제없어."

겨우 끄덕였다.

내심 혼란스러웠다. 아다치의 의도를 알 수 없어서. 그녀는 마치 날 혼란스럽게 만들고 싶어 하는 것 같았다. 의도적으로 아무 의미 없는 대화를 하고 있는 건 아닌가.

"그렇게 고민하지 않아도 돼."

아다치는 웃었다.

"크리스마스 선물이란 게 역시 받으면 기쁜 거잖아. 친구한테도 자랑할 수 있고 말이야. 이유는 그뿐. 어서 빨리 커피 마셔. 선물 고르러 가자."

한숨을 내뱉고는 그녀가 시키는 대로 커피 잔을 잡았다.

확실히 고민할 필요 따위 없다. 난 아다치에 대해서 아무것도 모른다. 하지만 그럼 대체 누구에 대한 거라면 알고 있다는 걸까.

한 시간 정도 거리를 돌아다닌 끝에 아다치가 고른 건 에스닉 잡화점 한쪽 구석에서 찾은 유리구슬 펜던트다. 유리구슬은 달걀 모양의 색이 얼룩진 진한 파랑으로, 자세히 들여다보니 안에는 몇 개의 작은 기포가 들어 있다. 1,860엔. 점원의 말에 따르면 우주를 이미지했을 거라 했다.

아직 크리스마스용 포장이 가능했기에 난 그 펜던트를 빨간 리본이 달린 초록색 종이봉투에 담아 받을 수 있었다. 그러자 1,860엔으로 모방된 우주는 정말 크리스마스 선물처럼 보였다.

"메리 크리스마스."

난 펜던트를 아다치에게 건넸다.

"고마워. 메리 크리스마스."

아다치는 금색 스티커로 방금 고정된 포장을 바로 열고는 펜던트를 목에 걸었다. 종이봉투는 깔끔하게 접어 토트백에 넣는다.

그런 다음 우리는 말했던 대로 팬케이크 가게로 향했다. 반에서 맛있다고 소문이 난 가게다. 장소도 이름도 애매했지만 다섯 팀 정도 줄을 서 있는 가게가 있었기에 아마도 거기일 거라 짐작했다.

팬케이크의 겉모양은 심플했다. 휘핑크림과 과일 장식은 없고, 꿀과 하얀 슈가 파우더만 뿌려져 있었다. 나이프를 대니 버터로 구워진 표면이 싹둑 잘린다. 안은 촉촉하고 부드럽다. 일반적인 팬케이크보다는 프렌치토스트를 닮은 맛이 났다.

아다치는 그 팬케이크가 마음에 든 모양이다. 평소와 달리 순수한 미소를 지으며 '맛있어.'라고 그녀는 말했다. 그런 다음 다이치에 대해서 얘기해줬다.

아다치가 다이치를 만난 건 완전 우연이었던 모양이다. 8월 어느 날, 공원 벤치에 앉아 있는 다이치를 발견했다. 마치 누군가 놓고 간 인형처럼 불안해 보였다고 아다치는 말했다. 그래서 자신도 모르게 그만 말을 걸었다. 그리고 그에게 빼기 마녀의 얘기를 했다.

난 물었다.

"초등학교 교정에 마녀가 나타난다고 가르쳐준 것도 너야?"

아다치는 끄덕였다.

"마녀를 조사하다 찾아낸 소문 중 하나야. 어린아이한테는 초등학교가 아주 딱이라고 생각해서."

"그래서? 어떻게 다이치가 마녀를 만났다는 사실을 알고 있었어?"

"그다음에도 몇 번 더 만나서 얘기를 했으니까. 아마도 집이 근처일 거라고 생각해."

실제로 난 다이치한테도 아다치와의 관계를 물었다.

그한테서 들은 얘기와 아다치의 얘기는 모순되지 않았다. 그녀는 빤히 들여다보이는 거짓말은 하지 않는다. 하지만 진실을 전부 말하고 있는 걸로도 생각할 수 없었다.

아다치는 어깨를 으쓱해 보였다.

"시시한 얘기라서 미안해. 괜찮으면 이 팬케이크는 내가 대접할게."

난 고개를 저었다.

"아직 한 가지 더 묻고 싶은 게 있어."

"뭔데?"

"어째서 넌 다이치에게 빼기 마녀 얘기를 한 거야?"

"물론 뭔가 고민하고 있는 것 같았기 때문이지."

"그뿐?"

"응."

"왠지 모르게 위화감이 있어. 초등학생이 고민하고 있는데, 그걸 보고 인격을 빼주는 마녀 얘기 같은 걸 하는 게 자연스러운 건가?"

어린아이와 빼기 마녀의 소문은 역시 미스매치다. 자신을 버린다거나 빼낸다거나. 그런 얘기와 관련되는 건 조금 더 성장한 후라도 괜찮다.

아다치는 시럽으로 범벅이 된 팬케이크 조각을 입으로 가져간 뒤 피식 웃었다.

"난 너보다 빼기 마녀에 대해 긍정적이니까."

역시 여기는 내가 낼게, 라고 아다치는 말했다.

아니, 약속했으니까, 라고 난 대답했다.

교섭의 재료가 될 만한 얘기가 되지 못했기에 그녀는 팬케이크를 선택한 건가. 그런 식으로 납득하는 것도 불가능하지는 않다. 하지만 역시 뭔가 위화감이 있다.

우리는 서로 좀처럼 양보하지 않았고, 팬케이크 값은 결국 반씩 냈다.

5화, 손수건

1

새해가 밝았다.

따뜻한 담요에 싸여 졸다 보니 겨울방학도 끝나버렸다.

개학하고 첫 토요일에 난 코트를 입고 머플러를 두르고는, 새로운 장갑을 끼고 초등학교 철봉 앞에서 여자아이를 기다리고 있었다. 장갑은 크리스마스에 마나베가 주었다. 부드러운 가죽 장갑으로 진한 감색이지만 엄지손가락 안쪽 부분만 아이보리로 되어 있다. 이 장갑은 나한테는 약간 컸다. 내년 정도에는 이 장갑이 딱 맞게 되면 좋겠다.

교정에는 나 말고는 아무도 없었다.

한겨울의 차디찬 철봉을 맨손으로 잡을 마음도, 장갑을 낀 채로 철봉에 거꾸로 오르기를 할 마음도 들지 않아 난 옅게 구름이 끼어 흐릿한 하늘을 바라보고 있었다. 곧 요시노가 나타났다. 약속 시간까지는 아직 5분 정도 남았지만 그녀는 하얀 숨결을 토해 내면서 달려왔다.

"많이 기다렸지. 아, 새해 복 많이 받아."

"너도 복 많이 받아. 별로 안 기다렸어."

"그렇다면 다행이고. 그 장갑, 좋아 보인다."

"고마워. 네 코트랑 머플러도 아주 잘 어울려."

하늘색 코트와 연노란색 머플러. 그 파스텔컬러의 조합은 부드러워 보였다. 겨울 한낮의 양지 같았다.

요시노는 왠지 부끄러운 듯이 웃는다.

"그래서? 마나베 씨의 비밀은 알아냈어?"

오늘은 그 얘기를 하기 위해서 그녀를 불러냈던 것이다.

"알아냈어. 그녀가 얘기해줬어."

거짓말이다. 실은 아직 반도 모른다. 아니, 그건 반이 아닐지도 모른다. 80퍼센트, 90퍼센트도 모르는 걸지도. 마나베가 문화제 준비를 계속 쉬었던 이유는 납득이 갔지만 그래도 그녀는 여전히 나에게는 비밀을 가지고 있다.

난 말을 이었다.

"알고 있겠지만 비밀로 해줬으면 하더라고. 일부러 이렇게 추운 날에 불러내서 미안하지만 나도 그 비밀을 지키고 싶어."

요시노는 끄덕였다.

"어쨌든 나나쿠사 군도 납득할 이유가 있었던 거잖아?"

"응. 마나베는 어떤 사람과 비밀의 약속을 하고 그걸 지키고 있었어. 지금도 여전히 지키고 있어. 잘못하는 건 아니라고 생각해."

하지만 한편으로 요시노에게는 어느 정도 사정을 설명하고 싶다는 생각도 있었다. 마나베 유우에게 호의를 가지고 그녀의 친구가 되고 싶은 기특한 반 친구를 가능하다면 소중하게 대하고 싶었다.

"그래서 난 이제 지어낸 이야기를 할 거야. 다 터무니없는 말이지만 반 정도는 믿어주면 좋겠어."

"80퍼센트 정도 믿을게."

"그건 상당한 압박이네. 이야기를 아주 잘 생각해야만 하겠어."

난 철봉 기둥에 허리를 기대고는 팔짱을 끼었다.

그런 다음 생각하면서 이야기하기 시작했다.

"마나베가 문화제 준비를 쉬었던 건 어떤 조그만 여자아이를 만나기 위해서야."

"여자아이?"

"초등학교 2학년인가, 3학년. 그 아이는 꽤 오랫동안 입원해 있어. 태어날 때부터 심각한 병을 갖고 태어났거든. 심장이 약해 자유롭게 돌아다니기 힘들고, 갑자기 병 상태가 악화될지도 모르기 때문에 병원 침대를 떠날 수는 없어. 학교에도 거의 다니질 못해서 친구도 없어."

"안됐다."

"굉장히. 게다가 또 한 가지, 그녀에게는 슬픈 사정이 있어. 아무래도 엄마가 그 아이에 대해서 별로 좋게 생각하지 않는 것 같아. 왜 그렇게 돼버린 건지는 난 몰라. 자신의 아이에게 그다지 흥미가 없는 사람일지도 모르고, 긴 간병 생활에 지쳐버린 걸지도 몰라. 부모님은 아무래도 이혼한 것 같은데, 그게 이유일지도 모르지."

"아빠는? 문병도 안 오는 거야?"

"거의 찾아오지 않는 것 같아. 마나베는 여름에 감기에 걸려 병원에 갔다가 우연히 그 여자아이를 만나 친구가 되기로 결심했대."

"그래서 학교가 끝나면 매일 문병을 가는 거구나."

"작은 아이한테는 얘기할 상대가 필요하다고 생각한 거지. 두 사람은 조금씩 친해졌어. 하지만 여자아이는 자신에 대해서 다른 사람한테는 말하지 말아달라고 부탁했어."

"어째서?"

"아마 엄마랑 사이가 나쁘다는 사실을 다른 사람이 아는 게 싫었던 거겠지. 나도 딱 한 번 얼굴을 보고 얘기한 적이 있어. 굉장히 착하고 머리가 좋은 아이였어. 이런 얘기를 다른 사람한테 하면 그녀의 부모님을 나쁜 사람으로 만들어버

리는 거잖아? 그 아이는 그걸 알고 있어서 남들이 그런 식
으로 생각하는 게 싫었던 건 아닐까."

요시노는 진지한 표정으로 끄덕였다.

"정말 착한 아이구나. 왠지 눈물이 나올 것 같아."

"지어낸 이야기인데."

"하지만 전부 믿을 거야."

"그렇게 해주면 고맙겠어. 덧붙여 어떤 작은 아이의 착함
을 위해서, 모두 비밀로 해주면 더 좋겠고."

"응. 비밀을 지키는 건 잘해."

그녀는 정말 금방이라도 울 것 같은 표정으로 웃는다.

그 얼굴을 보며 나도 웃었다. 내가 아는 사람들 중에는 몇
명 착한 사람이 있다. 그건 굉장히 행복하고 고마운 일이라
고 생각한다.

"피스."

라고 말해봤다.

"넌 여전히 그렇게 불리고 있어?"

그녀는 고개를 저었다.

"아니. 같은 중학교에서 우리 고등학교로 진학한 아이는
거의 없어서."

"왠지 좀 아쉽네."

"나도 아쉬워. 마음에 들었는데 말이야."

"응. 굉장히 잘 어울려. 분명 만 마리의 하얀 비둘기를 피스라고 부르는 것보다 네게 더 잘 어울려."

요시노는 두 눈을 힘주어 비비고는 입가에 미소를 지었다.

"어째서 내 별명이 피스가 됐는지 기억해?"

"어쩌면 어딘가의 위대한 왕이 널 평화의 상징으로 삼기로 정했던 걸지도 모르지."

"응. 대충 맞아."

그녀는 유쾌하게 끄덕였다.

그런 다음 아주 조금 잠긴 목소리로 말했다.

"이건 지어낸 얘기는 아니지만 실은 나, 초등학생 때 철없는 남자아이들이 소라고 불렀어."

"멋진 동화의 첫머리 같은데."

"지금은 그렇지. 하지만 초등학교 여자아이에게는 소라는 별명은 좀 싫었지. 별로 좋은 이미지는 아니잖아. 그래서 발끈하기도 하고 슬퍼하기도 했지만, 어느 날 어떤 곳에서 왕이 말했어. 소는 굉장히 멋져. 사람들에게 도움이 되고, 초원에 있는 모습은 평화스럽고, 게다가 발굽 자국은 피스 사인 같아, 라고."

"전쟁을 싫어하는 왕이었을 것 같은데."

"실은 같은 반 남자아이였지만 말이야. 어쨌든 그다음부터 난 피스 사인을 굉장히 좋아하게 됐어. 소라는 소리를 들어도 이~예, 피스, 라고 대답했어. 그랬더니 곧 다들 날 피스라고 부르더라고."

아주 행복한 엔딩이지, 라고 그녀는 말했다.

난 소리를 내지 않고 박수를 치는 흉내를 냈다.

세상 속 문제가 모두 이렇게 평화적인 방법으로 깔끔하게 해결된다면 좋을 텐데. 하지만 아이하라 다이치의 문제는, 그건 다시 말해 마나베 유우의 문제는 피스 사인만으로 어떻게든 해결될 만한 건 아닐 것이다.

난 갑자기 철봉 거꾸로 오르기를 하고 싶어졌다.

하지만 역시 장갑을 벗는 게 내키지 않아 어쩔 수 없이 그냥 구름을 올려다보고 있었다.

*

1월은 그대로 딱히 이렇다 할 일도 없이 그냥 지나갔다.

나는 몇 번 마나베를 만나고 다이치를 만났다. 아다치와는 계속 가끔씩 메일을 주고받고 있었다. 굉장히 확실하게 나의 일상의 일부가 되고 있었다.

마나베 유우는 종종 의미심장한 눈으로 날 봤다.

그녀의 마음속의 갈등은 이해하고 있다고 생각한다. 마나베는 현실의 다이치와 그 계단에 있는 버려진 다이치의 행복을 동시에 생각하고 있는 것이리라.

다이치의 문제는 주위가 서두를 문제가 아니다. 차분히, 천천히, 거대한 바위를 깎듯이 진행할 필요가 있다. 그래서 마나베는 또 한 명의 다이치에 대해서, 그에게는 아직 얘기하지 않았다. 한편으로 계단에 버려진 다이치에 대해서 생각하면 현실 쪽 문제는 가능한 빨리 해결해야만 한다. 언제까지나 어린 소년의 일부가 버려진 채로 있는다는 건 마나베에게는 허락될 수 있는 문제가 아니다.

두 명의 다이치의 정답은 모순되고 있다.

어느 한쪽을 선택하면 또 다른 쪽이 크게 손해를 보게 된다.

분명 마나베 유우는 전혀 다른 정답을 찾고 있다. 그게 분명히 존재할 거라 믿고 있다. 하지만 그녀도, 물론 나도 진짜 정답은 찾지 못하고 있다.

우리는 짓눌리듯이 힘든 정체 속에 있었다. 시간만 흐르고 있었다. 아니, 그렇게 생각하고 있었지만 틀렸던 것이다.

사태는 은밀하게, 하지만 확실하게 변하고 있었다.

그리고 그게 표면화된 건 2월 10일, 오후 8시의 일이었다.

2

그때 난 침대에 드러누워 문고판치고는 두꺼운 미스터리 소설을 읽고 있었다.

어젯밤에 읽기 시작한 책이다. 약간 장황한 등장인물과 무대에 대한 설명을 지나, 스릴 넘치는 살인 사건과 위화감이 있는 몇 가지 묘사에 끌려 페이지를 계속 넘기다 드디어 탐정이 수수께끼의 진상에 도달했다. 하지만 독자에게는 아직 아무것도 밝혀지지 않았다. 이제부터 드디어 모든 게 밝혀지는, 가장 집중해야만 하는 최적의 타이밍에서 스마트폰이 진동하는 소리가 들렸다.

난 한숨을 내쉬고 책 페이지를 펼친 채로 베개에 올려 놓고는 몸을 일으킨다. 늘 스마트폰을 던져 두는 책상을 쳐다보지만, 그곳에 있는 건 충전 케이블뿐. 잠시 뒤 의자에 걸어 뒀던 교복 바지에서 드디어 스마트폰을 찾아냈다. 그러는 사이에도 스마트폰은 소리를 내며 계속 진동하고 있었다.

모니터에 표시되어 있는 건 마나베 유우의 이름이었다. 난 수락이라는 표시를 슬라이드한다. 그녀한테서 메일을 몇 통 받은 적은 있지만 통화는 처음이다.

왠지 안 좋은 예감이 들었다.

난 스마트폰을 귀에 댔다.

"무슨 일이야. 네가 전화를 하다니 별일이네."

그녀의 목소리는 딱딱하게 들렸다.

언제든 심각한 그 소리가 전화기 너머로 들리는 것 같
았다.

"다이치가 없어졌어."

라고 그녀는 말했다.

난 순간 혼란에 빠졌다. 그 소년이 자취를 감추는 건
조금 더 따뜻해진 후라고 생각하고 있었다. 봄방학이
나, 혹은 골든위크. 그런 장기 휴가를 노릴 거라고 예상
하고 있었다.

다이치에게 당장 계획을 실천에 옮기지 않으면 안 되
는 사건이 발생한 건가?

순간적으로 숨을 멈추고는 난 혼란스러움을 진정시킨
다. 그런 다음 애써 느린 말투로 말했다.

"진정해. 아무 문제 없어. 모두 예정대로 일어난 일이
잖아. 네가 당황할 필요는 없어."

전화기 너머에서 마나베가 심호흡을 한다는 걸 알 수
있었다. 마시고 뱉는다. 그 소리가 들렸다.

"예정대로?"

"그는 일시적으로 집을 나갈 계획을 세우고 있었어.

난 그 사실을 들었어. 하지만 비밀로 하기로 약속했기 때문에 너한테도 말할 수 없었어. 내가 볼 때는 다이치의 계획은 잘못된 게 아니야. 난 다이치를 막을 생각은 없어."

"하지만."

마나베의 목소리는 날카롭고 뾰족하다.

"이렇게 추운 밤에 그 아이는 혼자서 어디에 있는 거지?"

정말 그렇다.

다이치는 봄이 될 때까지 움직이지 않을 거라 생각하고 있었다. 그렇게 하기로 얘기했고, 그를 주의 깊게 지켜볼 생각이었다. 마지막으로 그를 만난 건 그저께다. 그때의 다이치는 지금까지와 다른 분위기는 없었다. 언제든 내 예정은 어딘가에서 깨진다.

"얘기를 들어줘."

라고 난 말했다.

"다이치가 집을 나간 건 엄마에게 생각할 시간을 주기 위해서야. 다이치는 엄마 앞으로 편지를 썼어. 내용은 몰라. 하지만 머리가 좋은 아이야. 분명 충분히 생각해 정확하게 자기 생각을 적었을 거야. 하지만 엄마가 편지를 읽었을 때 눈앞에 자신이 있게 되면 모든 일이 똑바로 나아갈 수 없다고 다이치는 생각했어. 불필요하게 엄마의 감정을 자극하고 싶지 않았던 거지. 그래서 편지를 남기고 다이치는 한동안 집을 나가기로 했어. 적절한 기간을 두고 그는 돌아올 거야."

마나베는 한 마디의 의문도 던지지 못하고 내 얘기를 듣고 있었다.

난 말하다 지쳐 깊이 한숨을 내쉬고는 물었다.

"그래도 넌 다이치를 데려올 거야?"

마나베에게 주저는 없다.

"그건 몰라. 하지만 찾아야지."

난 나도 모르게 미소를 지었다.

이게 마나베 유우의 목소리다. 힘 있고, 절실하고, 예리하고, 여리다. 다른 누구보다 아름다운, 부정(否定)하는 이상주의자의 목소리다.

"저기, 나나쿠사. 그런 건 상관없어. 나중에 생각하자. 어린아이가 없어졌으니 난 최선을 다해 찾을 거야."

난 한숨을 내쉬었다.

가슴속의 애매한 감정을 단숨에 토해 냈다.

"좋은 방법이 있어."

"난 어떻게 하면 되는데?"

"바로 만나자. 지금 집이야?"

"아니. 역."

"그럼 15분 뒤에 역 앞에서 만나. 도착하면 연락할게. 문제없지?"

"알았어. 문제없어."

마나베는 내가 생각하고 있는 방법에 대해 아무것도 묻지 않았다.

당연하다고 생각했다. 그녀는 지금 이 순간 날 믿기로 결정한 것이다. 그렇다면 아이하라 다이치를 찾아내는 것까지는 내 일이다.

고마워, 라는 말만 남기고 그녀는 전화를 끊었다. 2년 전이라면 그 말마저 없었을지도 모른다. 그녀도 변하고 있다. 성장인지 그렇지 않은지는 별개로 하고.

난 침대에 엎어 뒀던 문고판을 손에 들고는 읽던 페이지에 책갈피를 끼우고 덮었다. 탐정이 진상을 말하는 건 아무래도 조금 후가 될 것 같다.

그런 다음 먼저 스마트폰을 집어 들고는 메일을 쓴다. 수신인은 아다치다. 가능하면 직접 만나 말하고 싶었지만 전화번호는 모른다.

내용은 정해져 있었다.

손을 잡자. 이번에는 정말로.

아이하라 다이치가 있는 곳을 가르쳐 줘.

난 마녀에게 연락할게.

＊

집을 나오자 밤이 평소보다 훨씬 어둡게 느껴졌다.

그게 기분 탓이라는 건 물론 알고 있었다. 밤길에는 달보다도 밝은 게 몇 개나 있었다. 가로등은 내 그림자를 아스팔트에 드리우고 있다. 시선을 올리면 맨션에 늘어선 창문에서 인공적인 오렌지색 조명이 새어 나오고 있다. 거기에 상공에서는 역 앞의 빌딩과 간판의 빛이 구름까지 닿아, 그 윤곽을 도려내고 있었다. 스쳐 지나는 자동차 헤드라이트는 너무나 눈이 부셔서 일부러 몸을 움츠렸다. 내 몸 주위에 있는 밤은 내뱉은 숨결의 흰색마저 알 수 있을 정도로 밝다. 그런데도.

마치 그 한산했던 계단에 서 있는 것 같다는 생각이 든다. 낡은 형광등이 긴 거리를 두고 늘어서 있을 뿐인 발밑마저 불확실한 계단을 오르는 것 같다. 그래도 올라가기로 결정해 버렸다면 두 발을 계속 움직일 수밖에 없다는 사실까지 닮아 있었다. 난 추위에 등을 구부리고 발밑으로 시선을 떨어뜨려 마치 계단을 오르는 것처럼 평평한 길을 걷는다.

도중에 주머니 안의 스마트폰이 울렸다. 메일이 도착한 모양이었다. 난 그걸 확인하기 위해 오른손의 장갑을 벗을 필요가 있었다. 한겨울의 밤은 스마트폰조차 얼어붙어 세계와 연결되는 것도 두렵게 만든다.

메일은 아다치한테서 왔다.

거기에는 내가 원하던 정보가 쓰여 있었다.

한편으로 이 메일을 손에 넣기 위해 내가 지불한 건 명확하지 않다. 적어도 팬케이크와 유리구슬 펜던트는 아니다. 정체를 알 수 없는 계약서에 난 사인을 했다.

역 앞에서 난 마나베에게 전화를 걸려 했다. 하지만 그럴 필요는 없었다. 그녀가 먼저 날 발견하고는 진지한 표정으로 달려왔다.

난 내심 불안을 감추며 웃는다.

"가자. 다이치가 있는 곳을 알아냈어."

발을 멈출 필요가 없었다. 마나베는 끄덕이고는 옆에 섰다.

"멀어?"

"전철을 타면 바로야. 30분 정도면 도착해."

"알았어."

마나베의 발걸음은 빠르다. 당장이라도 달려갈 것 같다.

내가 없었다면 분명 달려갔을 거라 생각한다.

우리는 대화도 없이 개찰구를 통과해 전철을 탔다. 사람이 많은 비좁은 차 안에서 겨우 마주 보고는 물었다.

"하나, 궁금한 게 있는데."

"뭔데?"

"넌 어떻게 다이치가 가출한 걸 알고 있었어?"

"다이치가 전화를 했거든."

"집을 나간다고?"

"아니. 다이치는 마녀를 만나고 싶어 했어. 어떻게 하면 만날 수 있는지 가르쳐달라고 말했어. 하지만 나도 모르니까."

"그래서?"

"그뿐이야. 하지만 왠지 분위기가 좀 이상해서 바로 그 아이가 사는 맨션에 가봤어. 그래서 없어졌다는 걸 알았어."

"그렇군."

전철이 흔들려 마나베가 균형을 잃었다. 난 그녀의 어깨로 손을 뻗으려 했다. 하지만 그녀는 자기 힘으로 버티고 서서는 손잡이를 잡았다. 그 영향으로 방금 전보다 7센티미터 정도 좁혀진 거리에서 그녀는 말했다.

"나나쿠사에게는 정말 감사하고 있어. 너라면 바로 다이치를 찾아낼 수 있을 거라 생각했어. 하지만 상상보다도 훨씬 빨랐어. 마치 마법을 쓴 것처럼."

그렇지 않다.

마법을 쓴 건 내가 아니다. 그리고 그 마법은 다이치를 위한 것도, 마나베를 위한 것도 아니다. 모두 아다치가 바라던 마법을 성공시키기 위한 산 제물 같은 것이리라.

그리고 난 그녀의 마법에 가담하지 않으면 안 되는 상황까지 내몰리고 있다. 고집을 피워 그녀를 따르지 않을 수도 있겠지만, 그런 용기는 가지고 있지 않다. 판타지에 자주 나오는 얘기다. 마법의 의식은 도중에 강제로 중단시키려 하면 폭주해버린다. 그렇다면 역할을 해내자. 마녀가 원하는 대로 변해 한숨만 쉬고 있는 겁쟁이 까마귀처럼.

난 고개를 갸우뚱하게 기울였다.

"다이치를 만나면 뭐라고 말할 거야?"

"하고 싶은 말은 있어. 하지만 얼굴을 안 본 상태로는 모르겠어."

"다이치에게 뭐라고 하고 싶은데?"

"따뜻한 곳에서 자라고. 건강한 식사를 하라고. 깨끗한 옷을 입으라고. 뭐하면 우리 집에 와도 돼. 아빠가 허락하셔야 되지만 며칠 정도라면 어떻게든 될 거야."

어린 소년의 가출을 돕고도 문제가 되지 않을까. 조심스럽게 나아가는 편이 좋을 것 같다. 그렇다고는 해도 마나베가 말한 대로 어린아이의 건강을 소홀히 할 수는 없다. 감기도 잘못 걸리게 되면 목숨과 연관되는 병으로 이어지기도 한다.

생각에 잠겨 있자 마나베는 말을 이었다.

"그런 다음 다이치 엄마를 만나는 걸 허락받을 거야. 다이치 얘기를 할 수 있게 허락을."

난 끄덕였다.

"응. 결국 그 방법밖에 없겠지."

"다이치는 허락해줄까?"

"싫어하겠지. 그는 착해서 분명 네가 말려들게 하고 싶지는 않을 거야."

"하지만 설득해볼래."

"응. 머리가 좋은 아이야. 얘기는 가능하겠지."

다이치의 엄마와의 대화는 피할 수 없을 것 같다. 하지만 평화로운 대화가 될 거라고도 생각할 수 없다.

뭔가 좋은 방법이 없을까? 상대의 얘기를 들어보지 않으면 생각할 수도 없는 거지만, 그래도 직접 얼굴을 맞대기 전에 가능한 대책을 마련해 두고 싶다. 우리는 이번 문제에 대해 명확한 입장조차 가지고 있지 않은 것이다. 다이치의 친구. 그가 비밀을 털어놓은 고등학생. 선의의 제3자. 어찌 됐든 마나베 입장에서는 문제를 자신의 일처럼 생각할 충분한 이유겠지만 상대도 똑같이 생각해줄 거라고는 단정할 수 없다.

"나나쿠사는? 다이치랑 무슨 얘기를 할 거야?"

"어떻게 할까. 아무 얘기도 안 할지도 몰라."

마나베는 고개를 갸웃거렸다.

그녀의 눈동자를 보며 난 웃었다.

"내 일은 널 다이치가 있는 곳까지 데리고 가는 거야. 나머지는 맡길게."

나에게는 나의 역할이 있고, 마나베에게는 마나베의 역할이 있다. 아니, 실은 역할 같은 게 아닐 것이다. 좀 더 순수하고 감정적인 단어가 어울릴 것이다. 하지만 난 그 단어를 알 수 없다.

전철은 시간표대로 나아간다. 난 창문으로 시선을 돌렸다. 하지만 결국 그 유리에 비친 마나베 유우만을 보고 있었다.

3

목적한 아파트는 역에서 걸어 15분 정도 되는 위치에 있었다.

4층짜리 낡은 아파트다. 조명은 어둡고, 답답하다. 뭔가 꽤 옛날에 있었던 커다란 실패를 여전히 원통하게 여기고 있는 듯한 느낌이다. 입구에서 엘리베이터까지의 짧은 통로에는 미끄럼방지 처리가 된 잿빛 타일이 깔려 있었지만 그건 흙으로 더럽혀져 있고, 우편함에서 넘쳐 나온 광고가 어지럽게 흩어져 있어 바깥의 아스팔트보다도 더 위생적이지 않게 보였다.

오른쪽에는 딱 한 대, 핸들이 기묘하게 틀어진 낡은 자전거가 고개를 숙이고 있고, 바구니에는 입구가 묶인 비닐봉투가 처박혀 있다. 내용물은 모르겠다. 흙덩어리가 나온다고 해도 이상하지는 않을 것 같다.

입구에는 작은 문패에 그 건물의 이름이 적혀 있었다. 코모리 코포. 아다치가 보내온 주소에 적혀 있던 것과 같은 이름이다.

난 엘리베이터 버튼을 눌렀다. 노인의 하품 비슷한 느린 동작으로 문이 열렸다. 세 명이 들어가면 어떻게 서더라도 팔을 부딪칠 정도로 좁은 엘리베이터는 형광등이 고장 났는지 역시 어둡다. 회색으로 칠해진 벽에는 황토색의 커다란 얼룩이 묻어 있다.

우리는 엘리베이터에 올라탔다. 문이 천천히 닫히고, 곧 낮고 무거운 모터 소리를 내면서 움직이기 시작한다. 도중에 뭔가에 스친 듯 탁탁거리는 소리가 들렸다. 계단을 이용하는 편이 더 나았을지도 모르겠다.

마나베는 평소와 같은 깨끗한 눈동자로 문을 쳐다보고 있었다. 탁한 공기는 신경조차 쓰지 않은 채로 그곳이 열리는 순간을 가만히 기다리고 있다. 곧 문이 열렸다.

마나베가 먼저 엘리베이터에서 내렸다. 나도 그 뒤를 따라 내리며 말했다.

"308호실이야."

"알았어."

"난 여기에서 기다릴게. 무슨 일 있으면 불러."

"응."

마나베는 거침없는 발걸음으로 걸어간다. 그녀의 발소리가 차갑고 어두운 통로에 울린다. 난 그 뒷모습을 바라보고 있었다. 곧 그녀는 308호실 앞에서 걸음을 멈췄다. 하얀 손이 문을 두드리고, 예리한 목소리가 몇 번 다이치의 이름을 불렀다.

그 뒤 마나베는 문 너머로 뭔가 말을 하고 있었다. 곧 문이 열리고 다이치가 모습을 드러냈다. 그는 점퍼를 단단히 차려입고, 작은 손에 손전등을 쥐고 있다. 아마도 집에는 전기가 들어오지 않는 모양이다.

그의 빛이 방향을 바꿔 탁한 어둠을 환하게 비췄다. 두 사람이 집 안으로 들어가는 걸 보고 난 한숨을 내뱉었다. 그런 다음 시선을 엘리베이터 쪽으로 돌려 장갑을 낀 손으로 뺨을 문지르고 있었다. 이 통로는 상당히 춥다. 벽도 바닥도 모두 얼음으로 만들어진 것처럼.

엘리베이터가 다시 움직이기 시작한 건 10분 정도 뒤의 일이었다. 난 아파트의 주민을 만났을 때를 대비한 변명을 머릿속으로 생각했다. 하지만 그럴 필요는 없었다. 엘리베이터는 내가 있는 층에서 멈췄고 열린 문으로 발을 내디딘 건 아다치였다.

"안녕. 집에 들어가 기다리면 될 텐데."

라고 아다치는 말했다.

"안녕. 지금, 친구가 다이치랑 얘기하고 있어."

"마나베 씨."

"넌 뭐든 다 알고 있구나."

"너 정도는 아냐. 메일을 받았을 때는 놀랐어. 정말로. 언제, 어디에서 들킨 건지는 아직도 모르겠어."

"어디에서라고 할 건 없어. 그냥 예상했을 뿐이야. 나쁜 예상은 대부분은 잘 들어맞거든."

그녀의 등 뒤에서 엘리베이터 문이 닫힌다. 동굴의 출구가 산사태로 묻혀버린 것처럼. 우리는 이 차가운 통로에 갇혀 있는 걸지도 모른다.

"마녀는 불러줬어?"

"아직이야. 사실대로 말하면 이곳에서 널 배신해버리고 싶어."

"기분은 알겠어, 나나쿠사 군. 배신하는 건 나도 좋아해. 하지만 그렇게 할 수 없다는 걸 너도 잘 알고 있잖아? 아이 하라 다이치도, 마녀가 나타나길 원하고 있으니까 말이야."

난 한숨을 쉬었다. 솔직한 심정이었지만 아다치에게 과시하고 싶다는 생각도 있었다. 그녀 입장에서 보면 이 한숨도 박수 같은 것이리라.

사실 나에게도 그건 박수와 같은 의미였다. 난 처음부터 끝까지 완벽하게 아다치에게 조종당하고 있었으니까. 그렇다는 걸 알고 있어도 그녀의 의도에서 벗어날 방법을 찾을 수 없으니까 말이다.

난 묻는다. 분명 정해져 있는 순서 중 하나로.

"넌 다이치한테 뭘 한 거지?"

대답은 이미 알고 있었다.

"딱히."

아다치는 가볍게 고개를 갸웃거리며 말했다.

"얘기를 좀 한 것뿐이야. 네가 버린 또 한 명의 너는 어떤 장소에서 지금도 여전히 건강하게 잘 살고 있다고 말이야."

또 한 명의 다이치. 섬에 있는, 다이치가 버린 다이치. 가

없은 소년의, 그보다 더 가엾은 또 다른 모습.

난 아다치를 똑바로 노려보았다. 마나베 유우의 눈빛이길 원했다.

"그래서 그는 당황해 집을 나온 거군. 계획을 서둘러 지금 당장 문제를 해결하려고. 그래서 전에 버린 자신을 다시 되찾으려 하고 있는 거야."

다이치는 분명 자신이 버린 자신을 불쌍하다고 생각했을 것이다. 그건 당연한 일이다. 필요 없다고 잘라버린 약한 자신이 여전히 자신의 생각을 가지고 생활하고 있다니, 그건 비극이라고밖에 할 수 없다. 보통은 나처럼 잘라버린 날 부럽다고 생각하는 게 이상할 것이다.

"네 말대로야. 그래서 나나쿠사 군은 어떻게 할 거지?"

답은 정해져 있다.

"다이치를 또 한 명의 다이치와 만나게 할 거야."

이미 여기까지 와버렸다면 그렇게 하는 것 말고는 방법이 없다.

"그 아이는 엄마와의 일만으로도 벅차. 그것만으로도 충분히 무겁다고. 초등학교 2학년인 소년이 떠안기에는 너무 무거운 문제야. 거기에 또 다른 짐을 얹어서는 안 돼. 자기 자신이 잘라버린 자신의 행복 같은 문제까지, 그가 생각하게 해서는 안 돼."

그건 당연하겠지.

비극적으로 사물을 보는 버릇이 몸에 밴 나만이 아니다. 마나베 유우가 봐도 그랬다. 그래서 그녀는 입술을 깨물면서 정체하고 있었다. 버려진 쪽의 다이치를 현실로 다시 데려오는 걸 목표로 하고 있었지만 참을성 있게, 그녀로서는 정말 참을성 있게 계속 기다리고 있었다. 절대 다이치에게는 그 사실을 말하지 않았던 것이다.

비관적으로 말한다면 소년의 마음에 그런 짐을 줘서는 안 된다. 이상적으로 말한다면 한 소년에게 그런 짐을 강요하는 세계여서는 안 된다.

난 소리 지르지 않는다. 마지막으로 소리를 질렀던 게 언제였는지 이제는 떠오르지도 않는다. 그런 식으로 살아왔다. 하지만 소리 지르는 것과 같은 심정으로 말했다.

"싫어. 정말 싫다고. 실패하면 어딘가에 뒤틀림이 생길 것 같은 방법, 난 선택하고 싶지 않아. 좀 더 변명을 해서 제대로 살아가고 싶어. 하지만 더는 앞으로 나아갈 수 없어. 두 명의 다이치를 대면시키지 않으면 안 돼. 그래서 그가 문제를 뛰어넘을 수 있을 거라고 생각하는 수밖에 없어."

믿는다니 뭐야, 라며 마음속으로 투덜거린다.

초등학교 2학년인 소년을 믿는다니, 뭐야. 그딴 거. 이미 거의 폭력이다. 그저 무거운 짐을 들이밀고 있을 뿐이다.

아다치는 웃고 있다. 분명 내 심정 따위 이미 알고 있기에.

"너무 비관적으로 생각할 건 없어. 성장하면 금방 잊어버릴 테니까. 어린아이들은 의외로 강해. 오늘 울어도 내일은 웃지."

"그렇다면 좋겠지만."

"그런데, 이제 슬슬 마녀를 불러주지 않을래? 오늘 밤은 추워서 말이야."

난 주머니에서 스마트폰을 꺼내 마녀의 번호를 눌렀다. 호출음을 들으면서 묻는다.

"궁금한 게 하나 있는데."

"뭐?"

"넌 마녀의, 뭘 알고 있는 거지?"

"뭐라니?"

"왜냐면 이상하잖아. 네 목적은 마녀를 만나는 거야. 하지만 말이야, 지금까지 마녀는 전화로밖에 연락을 해오지 않았어."

"응. 그래서 난 휴대전화를 갖고 있지 않은 다이치 군의 협력을 받기로 한 거였어."

"그건 알고 있어. 협력이라고 말하는 건 적당하지 않은 것 같은 기분이 들지만. 분명 다이치가 있는 집에는 전화 같은 건 없을 거잖아. 마녀가 그와 얘기를 하려 한다면 직접 모습을 드러낼 수밖에 없는 상황을 넌 만들었어."

아다치는 처음부터 다이치를 이용해 마녀를 만나려고 했던 모양이다. 애초에 다이치는 아다치한테서 빼기 마녀의 소문을 들었던 것이다. 이 장소를 그에게 소개한 것도 분명 아다치다. 그렇지 않다고 보기에는 상황이 너무 맞아떨어진다. 어쩌면 그가 집을 나오려고 생각했던 것조차 아다치가 조작한 걸지도 모른다.

"하지만 그렇다고 하면 이 상황은 모순되어 있어. 왜냐면 다이치 바로 가까이에 전화가 있으니까."

콜을 반복하고 있던 스마트폰은 한숨을 쉬는 것처럼 그 소리를 멈췄다. 잠시 뒤에 멘트가 들린다. ──지금은 부재중이니 전화를 받을 수 없습니다.

난 스마트폰의 홈 버튼을 누르고는 주머니에 집어넣으면서 말했다.

"마녀는 나한테 전화를 다시 걸면 돼. 다이치를 바꿔달라고 말하면 물론 그렇게 할 거야. 혹은 마나베한테 전화를 걸어도 되지. 그녀는 지금 다이치 바로 옆에 있으니까. 지금까지의 마녀의 행동을 생각해보면 그렇게 하는 편이 자연스러워."

실제로 나도 다이치를 이용하면 마녀를 부를 수 있는 거 아닌가 싶었다. 하지만 그때는 스마트폰의 전원을 끌 생각이었다. 그렇게까지 아다치한테 협력할 이유는 없다.

그녀는 선뜻 끄덕였다.

"내 예정으로는 너도 마나베 씨도 여기 있어서는 안 됐으니까 말이야. 이래 봬도 여러 가지로 고생했어. 뭘 해도 너한테 들키는 거 아닌가 걱정했지."

"하지만 넌 계획을 실행했어. 마녀가 직접 이곳으로 온다는 확신이 있었잖아."

"글쎄. 물론 확실하다고는 말할 수 없어. 틀림없이 와줄 거라고 생각하긴 했지만 말이야."

"그건 아키야마 씨한테 부탁해 뒀던 전언이 이유인 거야?"

당신이 하는 방식으로는 아이하라 다이치는 행복해질 수 없어. 만나러 와 준다면 이유를 가르쳐줄게.――그 전언은 오늘을 위한 포석이었던 거 아닐까.

"오늘, 마법으로 행복해질 수 없다는 걸 다이치가 증명한 걸지도 몰라. 그 결과 마녀는 널 만나러 올지도 몰라. 이게 내 예상이야."

"맞아. 넌 정말 굉장하다. 뭐든 알고 있는 것 같아."

"그렇지 않아. 모르니까 가르쳐줬으면 해. 저기, 이런 방법, 너무 애매모호하다고 생각 안 해?"

마녀는 아다치의 전언을 분명 그냥 무시할 수 있을 것이다. 오히려 아주 짧은 구체성도 없는 전언에 이끌려 불쑥 모습을 드러낸다는 게 더 의외다. 마녀의 이미지와 어울리지 않는다.

"맨 처음 질문으로 돌아가자, 아다치. 넌 마녀의 뭘 알고 있는 거지? 그저 그것뿐인 전언으로 마녀가 나타날 거라고 네가 믿은 이유는 뭐지?"

아다치는 한동안 입을 열지 않았다. 가만히 뭔가를 생각하고 있는 듯했다. 난 308호실이 마음에 걸렸다. 문은 차갑게 침묵하고 있다. 그 안에서 마나베와 다이치는 어떤 대화를 나누고 있는 걸까.

"그런데."

라고 아다치가 말했다.

"마녀는 전화를 안 받은 것 같은데 괜찮겠어?"

얼굴을 찡그리며 난 대답한다.

"글쎄. 아마 괜찮을 거라 생각하는데."

"그쪽에서 다시 전화를 걸까?"

"안 걸 것 같은데. 간단한 사인 같은 거야. 다음에 내가 전화를 걸 때는 다이치의 문제랑 관련되어 있다고 전했어. 적어도 마녀는 분명 다이치를 신경 써줄 거야."

"봐, 역시 너도 알고 있잖아."

아다치는 웃었다.

"마찬가지잖아. 나도 너도 마녀가 다이치 군의 행복을 위해 행동할 거라 믿고 있어. 그녀의 룰의 일부를 제대로 해석하고 있잖아."

아니. 난 아무것도 모른다.

그저 슬픈 쪽이 옳다는 기분이 들 뿐이다. 사실 마녀는 선량하고, 순수하고, 착하게 다이치에 대해서 생각하고 그의 일부를 떼어 냈다. 하지만 결과적으로는 마녀의 마법으로 다이치는 고통스러워하고 있다. 그렇게 생각하자 굉장히 슬프다.

"마녀에게는 룰이 있는 거야?"

"있다고 봐. 분명."

"가르쳐줘. 어떤 룰인 거지?"

"네가 안다 해도 아무 소용 없을 거야."

아다치는 흥미롭다는 듯이 눈을 가늘게 떴다.

"하지만 뭐, 무리하게 숨길 일도 아닌가. 마녀라는 건 악당이잖아. 누구보다도 제멋대로에 자신의 행복만을 추구하지 않으면 안 되는 거야."

그 설명을 듣는 건 처음이 아니다. 마녀 본인도 말했다.

아다치는 가볍게 안경의 위치를 고치면서 웃었다.

"하지만 말이야, 그녀는 악당이라는 사실을 싫어했어. 이해돼, 나나쿠사 군? 자신의 행복을 추구하는 마녀가 악당이라는 사실을 거절했다면 이제 나아갈 길은 하나밖에 없어. 착한 마녀라는 사실이 자기 자신의 행복이라고 마음 깊이 믿는 수밖에 없어. 그래서 빼기 마녀는 선량하다는 사실을 포기할 수 없는 거라고."

이해가 안 된다. 그녀의 얘기에는 그다지 현실적인 느낌이 없기 때문이다. 하지만 당연한 일이었다. 애초에 마녀 같은 건 현실적으로 말할 수 없는 것이다.

"넌 어떻게 그런 사실을 알고 있는 거지?"

마녀에 관해서는 나도 나름대로 열심히 조사했다. 하지만 그런 건 그 어디에도 쓰여 있지 않았다. 많이 조사해봤지만 그 어디에도 나와 있지 않았다.

"저기, 아다치. 넌 뭘 위해 마녀를 쫓고 있는 거지?"

이 소녀는 대체 정체가 뭘까?

마녀에 대해 얘기하면서 태연히 웃고 있는 아다치는 마치.

"난 마녀야."

그렇게 고한 그녀의 말은 정말 거짓말로는 들리지 않았다.

"계속 거짓말해서 미안해, 나나쿠사 군. 나도 마녀야. 하지만 마법은 쓰지 못해. 여러 사정이 있거든. 모두 설명해줘도 되지만 이제 그만 시간이 된 것 같아."

아다치는 고개를 저으며 오른손으로 시선을 옮겼다. 그곳에는 계단이 있었다. 계단에서는 발소리가 들린다. 마녀가 왔나? 좀 빠른 거 아닌가. 그녀의 번호로 전화를 건 지 아직 10분 정도밖에 지나지 않았다.

계단 쪽을 쳐다보는 채로 아다치는 말했다.

"이 아파트, 상당히 낡았고 더럽고 날씨에 따라서는 바깥보다도 춥기도 해. 하지만 이름만은 상당히 마음에 들어. 코모리 코포. 봐, 마치 전설 같잖아."

발소리가 가까워진다.

아다치는 재미있다는 듯이 웃고 있다.

"그리고 오래된 숲에서 두 명의 마녀는 만난 거랍니다. 나쁘지 않아."

계단에서 모습을 드러낸 건 진한 회색 체스터 코트를 입은 키가 큰 소녀였다. 연한 핑크색 머플러를 둘러 입가를 가리고 있었다. 가는 눈은 이쪽을 계속 노려보는 것처럼 보였다. 왼쪽 눈 밑에 작은 사마귀가 있다.

그 소녀를 만나는 건 처음이 아니다. 그 계단에서 한 번 얘기를 한 적이 있다. 그 이전에도. 난 어딘가에서 이 소녀를 만났던 것 같다.

"상당히 피해 다니던데. 만나서 기뻐."

라고 아다치는 말했다.

소녀는 아다치를 힐끗 쳐다보더니 그런 다음 날 보고, 또다시 아다치에게로 시선을 돌렸다. 소녀는 머플러 안쪽에서 작은 한숨을 내쉬는 것 같았다. 그러고는 머플러를 벗으며 말했다.

"당신을 만나러 왔어요."

작은 목소리다. 낮고 까칠하다. 상당히 멀리에서 들리는 파도 소리 같은 목소리다. 하지만 난 그 목소리가 역시 멋지다고 생각했다.

"제 마법 사용법은 어디가 잘못된 건가요?"

그래, 이 아이는 정말로. 다이치를 마법으로 행복하게 해주기 위해 이곳에 모습을 드러낸 것이리라.

고개를 갸웃거리며 아다치는 대답한다.

"마법을 쓰는 방법 같은 그런 얘기가 아냐. 넌 애초에 목표를 잘못 잡고 있다는 거지. 불특정 다수의 누구나가 행복해지는 그런 일은 불가능해. 마법을 쓰든 쓰지 않든 무리는 무리야. 실은 너도 알고 있잖아?"

마녀와 아다치는 한동안 서로 눈을 뚫어지게 쳐다보고 있었다. 호의적인 분위기가 아니다. 하지만 노려보고 있다기보다는 서로를 관찰하는 분위기였다.

곧 마녀가 갑자기 고개를 숙인다. 그대로 아무 말도 하지 않고 걷기 시작한다. 그녀의 팔을 아다치가 잡았다.

"냉정하게 그러지 마. 나한테도 마법을 걸어주지 않을래?"

마녀는 걸음을 멈췄다. 왠지 모르게 절실한 표정으로 또다시 아다치를 쳐다본다.

정말 작은 목소리로 천천히 그녀는 말했다.

"당신이 버리고 싶은 건 뭔가요?"

아다치는 소녀의 눈동자를 들여다본다.

"내가 버리고 싶은 건 마녀야."

계속 아다치의 목적을 알지 못했다. 그녀의 대답을 들어도 아직 모르겠다. 하지만 가능성으로 생각난 건 두 개다.

아다치는 마녀라는 사실이 싫은 거다. 아니면 마녀로서의 자신을 그 계단에 보내버리고 싶은 건가. 그 둘 중 하나라고밖에 상상할 수 없다.

너무나도 즐거워 보이는 도발적인 웃음소리를 내며 아다치는 말했다.

"저기, 너의 행복은 온갖 제멋대로인 걸 버리는 거잖아? 마나베 씨까지 저쪽으로 데려갔잖아. 물론 나의 소원도 들어줄 거지?"

마녀는 아다치를 지그시 쳐다보고 있었다. 곧 작은 한숨을 흘리며 말했다.

"잠들어 주세요. 내키면 당신에게 마법을 걸겠습니다."

"믿어도 돼?"

"제 기분 나름이에요. 마녀는 변덕쟁이잖아요."

응, 하고 짧게 중얼거리고는 아다치는 엘리베이터의 스위치를 눌렀다. 그런 다음 고개를 돌려 다시 한 번 더 마녀를 봤다.

"믿고 있어. 네가 자신의 불행을 증명하는 그런 짓은 하지 않는다는 거."

마녀는 아무런 대답도 하지 않았다. 입을 다시 머플러 너머로 가두고는 통로를 걸어갔다. 아다치는 엘리베이터에 올라타서 날 향해 '다음에 봐, 잘 자.'라며 손을 흔들었다.

난 마녀의 뒤를 쫓았다.

308호실은 차디찼다. 눈 덮인 산속의 작은 오두막 같았다.

방 안에 가구는 없다. 조명도 달려 있지 않다. 그저 하얀 벽에 액자에 담긴 그림이 걸려 있다. 창문 너머로 들어오는 달빛이 그 그림을 어둡게 비추었다. 밤바다와 새를 그린 그림이다. 산을 오르는 긴 계단과 두 개의 마을과 그 마을을 잇는 S자 도로. 그리고 바닷가에 있는 등대. 난 이 섬에 가본 적이 있다고 생각했다. 꿈속에서 몇 번 방문한 적이 있는, 그 계단이 있는 섬이다.

마나베 유우는 방 한가운데에 웅크리고 앉아 있었다. 다이치는 그녀의 무릎 위에서 잠들어 있다. 그에게 덮은 마나베의 코트를 작은 손으로 매달리듯이 꼭 쥐고 있다. 적어도 그의 표정은 편안해 보인다.

내가 마녀와 함께 나타나도 마나베는 전혀 놀란 분위기가 아니었다. 지금의 그녀에게는 다이치 말고는 그 어떤 것도 눈에 들어오지 않는 모양이다.

"많이 울었어. 그래서 피곤해서 잠들어버린 것 같아."

그래, 하고 난 대답했다. 그런 다음 마녀의 분위기를 살폈다.

마녀는 다이치에게 다가가 무릎을 꿇었다. 진지한 표정으로 그녀는 중얼거렸다.

"미안해요."

그건 작은 목소리였다. 가랑눈처럼 금방이라도 녹아버릴 것 같은 목소리였다. 하지만 그 목소리는 분명하게 내 귀까지 닿았다. 단단하고 작은 돌멩이처럼 약간의 무게를 가진 채로 한동안 내 가슴 근처에서 구르고 있었다.

마녀는 다이치의 이마에 살짝 손을 댄다. 다이치의 모습에 변화는 없다. 호흡 소리마저 들리지 않았다. 그녀는 그대로 한참을 가만히 다이치의 얼굴을 들여다보고 있었다. 아마도 20초 정도였을 테지만 그사이에 난 시간의 흐름을 잊고 있었다. 소녀는 곧 다이치의 이마에서 손을 떼고는 일어섰다.

난 묻는다.

"다이치를 그 계단으로 데려간 거야?"

마녀는 끄덕인다. 하지만 입은 열지 않았다.

계속해서 물었다.

"다이치는 버린 자신을 주운 거야?"

마녀는 역시 대답하지 않는다.

오랜 시간을 두고 천천히 고개를 기울였을 뿐이었다.

──정말로 이 아이가 마녀인 걸까?

난 지금까지 전화로 세 번, 마녀와 얘기를 했다. 음색은 분명 전화로 들은 마녀의 것과 상당히 비슷하다. 하지만 왠지 모르게 인상이 다르다. 전화기 너머의 그녀는 좀 더 말이 많았고, 이런 식으로 뭔가에 겁먹은 분위기도 없었다. 눈앞의 마녀는 약해 보였다. 너무 지친 나머지 소리도 내지 못하고 울고 있는 것 같았다.

역시 난 이 소녀를 만난 적이 있다.

상당히 옛날 일이다. 아주, 아주 오래전. 이미 거의 기억에 남아 있지 않은 어릴 적 일이다. 지금의 그녀와 같은 얼굴을 분명 본 적이 있는 것이다. 그때도 이 아이는 울고 있지는 않았다. 하지만 당장이라도 울 것 같은 얼굴로 고개를 숙이고 있었다.

떠오른 건 그녀의 표정밖에 없다. 전후 연결은 없는, 아주 사소한 한 장의 사진 같은 기억이었다. 하지만 그렇다. 이 아이를 만났던 건 초등학교 교정이었다.

난 물었다.

"거꾸로 매달리기는 할 수 있게 됐어?"

마녀가 움찔하는 걸 알 수 있었다. 마녀는 방금 전까지보다도 훨씬 강한 시선으로 날 보고 있었다. 하지만 내 질문에 대답하지는 않았다.

아주 가는 목소리로 그녀는 말한다.

"아이하라 다이치는 이제 곧 눈을 뜰 겁니다. 그가 어떻게 변하든 변하지 않든 그가 하기 나름입니다."

마녀는 나에게 살짝 인사를 하고는 걷기 시작한다. 그대로 이 작은 집을 나가버렸다. 난 그 등을 쳐다보고 있었다. 뭔가 말을 거는 게 나았을지도 모른다. 하지만 그 어떤 말도 어울릴 것 같지 않은 기분이 들어 입을 뗄 수 없었다.

"저 아이는?"

하고 겨우 마나베가 말했다.

"마녀야."

라고 난 대답했다.

다시 마나베를 쳐다본다. 그녀는 전혀 놀라지 않았다. 가볍게 고개를 갸웃거리며 '생각했던 것보다 젊네.'라고 중얼거릴 뿐이었다.

4

별다른 방법도 없어 난 마나베 옆에 앉아 있었다. 코트를 마나베에게 빌려주려 했지만 그녀는 괜찮다고 대답했다. 그 코트는 지금 다이치의 몸을 덮고 있다.

나와 마나베는 어깨를 맞대고, 다이치의 얼굴을 쳐다보고 있었다. 그의 눈썹이 살짝 움직일 때마다 난 불안한 마음이 들었다. 그 계단에서 초등학교 2학년에게는 너무나도 무거운 선택을 강요당하는 게 아닌가 하는 슬픈 상상만 하고 있었다.

구름이 나온 걸까, 창문 너머로 들어오는 달빛도 그늘이 드리워져 있었다. 마루에는 다이치가 준비한 손전등이 놓여 있었지만 나도 마나베도 그걸 집으려고는 하지 않았다.

"나나쿠사."

작은 목소리로 마나베가 내 이름을 불렀다.

난 얼굴을 들었다. 그리고 굉장히 놀랍다. 혼란스럽다.

마나베 유우가 눈물을 흘리고 있었다.

완전히 새하얘진 내 머릿속에 처음으로 떠오른 의문은 어이없는 것이었다. ──그녀는 울고 있는 걸까? 물론, 울고 있다. 힘없는 달빛이 그녀의 두 눈에서 흐르는 눈물을 비추고 있다. 하지만 나에게는 그 표정이 울고 있는 얼굴로는 보이지 않았다. 그녀가 우는 장면은 몇 번이나 본 적이 있다. 물론 2년 전까지의 얘기지만. 그녀는 야생동물의 비명처럼 감정적으로, 큰 소리를 내며 운다. 하지만 지금은 완전히 달라져 있었다. 그녀의 우는 얼굴은 너무나도 고요했다. 평소처럼 강한 눈빛으로 날 쳐다보는 채로 표정도 없이 울고 있었다. 그녀 자신조차도 울고 있다는 사실을 알아차리지 못한 듯했다. 만약 이게 한 장의 그림이라면 그 누구에게도 평가받지 못할 것이다. 너무나도 감정이 실려 있지 않다. 눈물에 설득력이 없다. 하지만 한편으로 푸르스름한 달빛 속에서 우는 소녀의 하얀 얼굴은 떨릴 정도로 아름답기도 했다.

난 한참을 아무 말도 할 수 없었다.

그녀는 조용한 목소리로 천천히 이야기를 시작했다.

"만약 폐가 안 된다면 내가 버린 것에 대해 들어주면 좋겠어."

"그건 네 비밀의 고민에 대한 거?"

"응. 나나쿠사한테만은 상담할 수 없다고 말했던 것에 대해서."

그건 내가 어떻게 해서든 스스로의 힘으로 풀고 싶었던 것이었다. 이것만은 다른 사람이 대답을 가르쳐줘서는 안 되는 문제였다. 계속 고민하고 있던 것이다. 하지만 단서조차 찾지 못하고 있었다.

때가 온 것이다. 내 입장에서 보면 갑작스럽게. 하지만 분명 마나베 안에서는 그걸 자연스럽게 얘기할 수 있을 만한 시간을 거쳐.

"가르쳐줘. 정말 듣고 싶어."

그렇게 대답하고 난 숨을 죽였다. 그녀의 말을 절대 놓치지 않기 위해서. 하지만 실은 그럴 필요 따위 없는 것이다. 마나베의 목소리는 작아도 굉장히 잘 들린다.

끄덕이며 그녀는 말했다.

"내가 버린 건 나나쿠사. 너야."

그녀는 찌르는 듯한 시선으로 날 쳐다보고 있다. 그 눈동자로 날 쳐다보는 것만으로도 가슴이 아파 온다. 깊은 물 바닥에 잠긴 듯한 기분이 들었다.

"중학교 2학년 여름까지 난 거의 아무 생각도 하지 않으면서 살았던 것 같아. 물론 나 자신은 약간은 뭔가를 고민하고 있다고 생각했지. 하지만 대답을 망설이는 일 따위 없었어. 세상 속의 선악은 굉장히 심플한 것들의 누적처럼 보였으니까. 분명 나나쿠사의 사고와는 다를 거라고 생각하지만."

"그래. 난 선과 악의 구별이 이해하기 쉬울 거라고 생각한 적은 한 번도 없어."

"난 지도를 가지고 있었던 거라 생각해. 목적지를 확실하게 가르쳐주는 상세한 지도를. 거기에 쓰여 있는 글자를 의심한 적 따위 없었어. 나아갈 방향에 주저도 없었지. 하지만 언제부터인가 갑자기 그 지도가 보이지 않는 경우가 생겼어. 이건 나의 감각의 얘기인데, 이해돼?"

"이해되는 것 같아. 분명, 굉장히 잘."

이 세계에 심플한 대화와 복잡한 대화가 있다고 한다면 이건 복잡한 대화일 것이다. 마나베가 말하는 건 표면적으로는 단순하다. 어릴 적 굳건했던 자신의 가치관이 계속 무너지고 있을 뿐인 아주 흔한 이야기라고 정리해버리는 것도 가능하다.

한편으로 이건 마나베 유우의 오리지널 얘기다. 잊어서는 안 된다. 그녀가 말하는 지도의 의미를, 난 완전하게는 파악하고 있지 못하는 것이다. 간단하게 틀에 넣어 유형적인 에피소드로 취급해서는 안 된다. 이해 못 한다는 걸 기본적으로 아는 상태로 고개를 끄덕여야만 한다.

"난 지도를 계속 쥐고 있었어. 지도는 항상 읽을 수 없는 건 아니었어. 굳이 말한다면 가끔씩 읽을 수 없게 되는 정도였지. 하지만 그 이따금 찾아오는 암흑 속에서 이 지도는 정말 올바른 것일까, 하는 걸 난 생각하게 됐어."

가만히 그녀의 말을 듣고 있으면 됐다. 그 사실은 알고 있었다.

하지만 괴로워서 난 나도 모르게 물었다.

"지도를 믿지 못하게 됐다는 사실이 너의 고민인 거야?"

그녀는 고개를 저었다.

"그게 아냐. 그것도 문제는 있지만, 하지만 정말 중요한 건 그게 아냐. 지도를 믿을 수 없다면 의심한 채로 앞으로 나아가면 되는 거라고 생각해. 그래도 무서우면 발을 멈추고 골똘히 생각하면 돼. 선악의 구별이 복잡하다면 고민하면 돼. 정말 문제인 건 내가 머릿속에서 그 지도를 계속 믿어 왔다는 사실이야. 돌이켜 보면 그걸 믿을 이유 따위 하나도 없었어."

이해돼? 라고 마나베는 다시 물었다.

난 끄덕였다. 어디까지나 내가 이해할 수 있는 범위에서이지만, 그녀의 사고는 진심으로 이해가 된다. 도구에 문제가 있는 거라면 어떻게든 된다. 흠집이 생긴 카드, 조악한 총, 잘못된 지도. 그 모든 게 결점을 이해하고 있으면 큰 문제가 아니다. 중요한 건 그걸 사용하는 인간의 의식이다. 도구가 가지고 있는 문제에 대해 알아차리지 못했다는 사실이 정말 문제인 것이다.

"2년간 나에게는 생각할 시간이 있었어."

"그 여름부터 2년간."

"응. 그래서 이것밖에 없다는 대답에 도달했어. 실은 지도를 믿고 있었던 게 아니었어. 그걸 의심할 필요도 없었어. 왜냐면 난 계속 틀려도 좋다고 생각하고 있었으니까."

그건 마나베 유우의 말이라고는 생각할 수 없었다.

내 눈으로 볼 때 마나베 유우는 언제나 완전한 정답을 찾고 있었다. 틀리는 건 하나도 허용하지 않는 거라고 생각하고 있었다. 그렇지 않으면 안 됐다.

"나나쿠사. 네가 있었기 때문이야. 넌 항상 날 앞질러 가서 실수를 하면 그걸 바르게 고쳐줬어. 그래서 난 실수를 두려워할 필요가 없었어. 그저 달리기만 하면 언젠가 너의 등이 보일 거라고 믿고 있었어. 알고 있겠지, 나나쿠사. 난 항상 너에게 뒤처지지 않기 위해서 필사적이었고, 그렇게 하는 동안은 망설일 필요 따위 없었다고."

모른다. 그런 거. 알 리 없잖아.

등을 쫓고 있던 건 언제든 나다. 마나베는 바로 달려 나가니까. 난 필사적으로 그녀를 쫓고 있었다.

가슴에 얹힌 무거운 공기를 내뱉었다. 가까스로 의식을 앞쪽으로 전진시켰다.

"하지만 지금은 다른 거지?"

마나베는 고개를 저었다.

"글쎄. 잘 모르겠어."

그녀는 이제 울고 있지는 않은 것 같았다. 하지만 눈물을 닦지도 않아서 주르륵 흘린 눈물 자국이 하얀 뺨에 남아 있었다. 그 눈물의 이유도 난 모르겠다.

"이제부터가 본론인데. 내가 이렇게 복잡하고 까다로운 걸 생각하기 시작한 데에는 확실한 계기가 있어. 이건 전에 말했다고 생각하는데."

"네가 이사한다고 했을 때 내가 웃었기 때문에?"

"응. 그때 처음으로 난 그때까지 당연하다고 생각해 왔던 걸 의심했어. 난 거의 무의식적으로 널 의지하고 있었어. 그래서 고맙다고 말한 횟수가 완전히 부족했어. 정말로 반성하고 있지만 말이야——."

그 말은 전에도 들었다.

"네가 고마워하는 마음은 충분히 전해졌으니까 얘기를 계속 하자."

"다시 말해 나의 일방적인 신뢰가 나나쿠사에게 폐가 된 건 아닌가 하고 그때 처음 의심했던 거야. 그런 일 생각지도 못했으니까."

난 그만 얼굴을 찡그렸다.

"생각지도 못했어?"

물론 마나베는 그래도 되지만 말이다. 그러기를 바란다고 생각했지만 그녀를 위해 감당했던 고생은 셀 수도 없다.

하지만 마나베는 맥없이 끄덕였다.

"왜냐면 나나쿠사는 늘 즐거워 보였거든."

"내가?"

"내가 곤란해할수록 즐거운 듯이 날 도와줬어."

난 숨을 내뱉는다. 한숨이 아니다. 감탄이라 부를 수 있을지도 모른다.

자각도 없었지만 분명 그 말대로다. 난 곤란해하는 마나베를 바로 곁에서 지켜보는 걸 좋아했다. 필사적인 순간일수록 그녀가 아름다워 보였으니까. 곤란이 하나씩 그녀의 아름다움을 증명해줬으니까.

"뭐, 그래. 분명 즐거웠지."

"정말?"

"정말로. 굉장히 즐거웠어."

"그랬구나. 그럼 다행이네."

마나베는 미소를 짓는다. 그 뺨에 눈물 자국이 없다면 나도 따라 웃었을지도 모른다. 손수건을 갖고 있지 않다는 사실을 이렇게나 분해했던 밤은 처음이었다.

"어쨌든 난 그걸 계기로 나의 전제 같은 걸 의심하게 됐어."

"기우였던 것 같은데. 그때 어째서 웃었는지 난 아직도 기억하지 못했어. 하지만 네가 찾아내는 귀찮은 일에 휘말리는 건 싫지 않았어."

"그 말은 굉장히 기뻐. 하지만 진짜 문제는 역시 해결되지 않았어. 생각해야만 하는 사실을 내가 방치해 왔다는 건 역시 문제로 여전히 존재해. 마침, 우연히도 나나쿠사가 좋은 사람이었으니 다행이었지만, 그렇다고 앞으로도 지금까지처럼 해도 된다는 건 아냐."

"뭐, 그럴지도."

"난 의식도 못 한 채 남에게 의지하는 경향이 있다고 생각해. 대부분은 나나쿠사에게 의지해 왔지만 그것만이 아니라. 난 어떤 문제든 세상 사람들이 그걸 문제라고 알고 있다면 분명 해결할 수 있을 거라고 믿고 있어."

"지금도?"

"지금도. 세상 사람들이 협력하면 전쟁도 없어질 거야."

"그 말대로이기도 하고, 전혀 다르기도 해. 분명 세상 사람들이 협력하면 전쟁은 없어져. 하지만 협력할 수 없는 사람들이 있어서 전쟁이 일어나는 거야."

"다시 말해 포인트는 문제를 공유한다는 거잖아? 전쟁 얘기는 그게 굉장히 어렵긴 해도 말이야."

"응. 그래서?"

"대부분의 문제는 어디 깊은 곳에 숨어 있기 때문에 안 되는 거라고 난 생각해. 그래서 문제를 찾아내면 그게 문제라고 외쳤어. 내가 해결할 수 있다면 그걸로 좋고, 해결할 수 없다면 누군가가, 예를 들면 나나쿠사가 찾아내 해결해 줄 것이다. 문제라고 생각하고 있던 게 본질이 아니라, 어쩌다 보니 그 옆이 진짜 문제이기도 하지만 그런 것도 역시 다 같이 얘기하면 알 수 있다."

"그러는 게 올바른 룰이라고 네 지도에는 쓰여 있었던 거겠지."

마나베는 끄덕인다.

"하지만 그 외침이 누군가에게 폐가 되는 경우도 있다는 걸 겨우 깨달았어."

난 웃는다. 정말로 겨우다.

틀에 맞춰 말한다면 마나베 유우는 너무 선량하다. 도움을 청하는 목소리를, 문제를 지적하는 외침을 피해로 생각하는 사람이 있다는 건 내 입장에서 보면 당연한 사실이지만 그녀 입장에서는 상당히 머리를 쥐어짜지 않으면 생각할 수 없는 것이다. 그녀의 감정에서는 너무나도 동떨어진 가치관일 것이다.

"난 내 사고방식을 완전히 처음부터 다시 살펴보지 않으면 안 되겠다고 생각했어. 수정안도 대충 생각해 뒀어. 그리고 그 공원을 하나의 경계선으로 삼으려고 생각했지."

"공원."

"그래. 거기에서 널 만나 웃은 이유를 듣고. 그 대답이 뭐가 됐든 새로운 사고방식으로 살아가려고 생각했어."

"이해가 안 되는데."

난 고개를 갸웃거렸다.

"수정해야만 한다고 생각했다면 바로 그렇게 하면 되는 거잖아. 계기 따위 필요 없다고."

마나베 유우라면 당연히 그렇게 생각할 것이다.

그녀는 끄덕였다.

"그건 여전히 망설임이 있었기 때문이야. 수정안에 만족하지 못했거든."

"뭘 선택하든 후회할 문제."

"응. 눈에 보이는 뭘 선택해도. 그래서 보이지 않는 뭔가를 찾을 수밖에 없어. 하지만 일단 눈앞에 있는 어느 쪽을 선택하지 않으면 안 돼. 그래서 난 동전 던지기처럼 그 공원에서 널 만날 수 있을지에 내기를 걸어봤어. 그렇게 하는 게 자연스러운 것 같았거든."

그녀는 약간 시선을 떨궜다. 그런 다음 내가 본 적 없는 종류의 미소를 지었다. 나에게는 뭔가 부끄러워하고 있는 것처럼 보였다.

"지금 생각해보면 내 시간은 2년 전의 여름에 멈췄고, 다시 그걸 움직이게 하기 위해서는 그 공원에서 널 만나는 수밖에 없는 그런 것일지도 몰라."

그 말은 마나베 유우로서는 시적이고 감상적이다. 하지만 말 그 자체보다 그녀가 지은 표정 쪽이 나에게는 의외였다.

"그리고 멋지게도 난 공원에 나타났고, 넌 수정안을 받아들이게 됐다는 거군."

"응."

"어떤 수정안이야?"

"세세한 규정이 몇 개 있긴 하지만 대충 말하면 문제는 자신의 힘으로 해결할 수 있도록 하자, 라는 거야. 실패했을 때에 누군가가 도와줄 거라는 걸 기대하지 말고 나 혼자의 힘으로 해결할 수 있는 방법을 찾기로 결정했어."

"굉장히 이성적이네. 그리고 분명 만점의 대답은 아냐."

그녀는 끄덕였다.

"응. 내 힘으로 해결할 수 없는 일은 어떻게 하면 좋을까? 그것에 대한 대답이 여전히 없는 상태야. 아직도 모르겠어."

"그리고 넌 바로 큰 문제와 조우하게 되지."

마나베는 다이치의 잠든 얼굴로 시선을 떨어뜨리고는 부드럽고 섬세하게 그의 이마에 손바닥을 댔다.

"다이치를 문제라고 부르고 싶지는 않아. 하지만 어쨌든 다이치를 만나서 내가 생각해야만 하는 건 구체적이 됐어."

"넌 자기 혼자의 힘으로 해결할 수 있는 방법으로 그의 친구가 되는 걸 선택한 거지?"

"그 생각밖에 떠오르지 않았어. 난 아무한테도 상담하지 않았어. 물론 비밀로 한다고 약속한 것도 있어. 하지만 예전의 나였다면 애초에 그런 약속, 하지 않았을 거야."

확실히 문제는 공유하면 해결된다고 말한 마나베의 사상과는 정반대 방법이다. 마나베가 비밀이라는 말을 쓴 건 내가 아는 한 이번 건이 처음이었다.

"몇 번이나 너한테 연락하고 싶었어. 네가 사정을 알면 마치 마법처럼 당장이라도 적절한 해결 방법을 찾아낼 것 같았거든. 하지만 한편으로는 그렇게 함으로써 너에게 폐를 끼칠지도 모르고 다이치를 배신하는 게 되기도 했어. 게다가 난 그저 고민하고 있을 뿐이었지만 다이치는 그렇지 않았거든. 심각하게 해결 방법을 생각하고 있는 것 같았어. 그래서 난 결국 그저 다이치의 친구가 되기 위해 노력했어."

"햄버거를 먹고 배드민턴을 치고."

"축구도 원반던지기도 했어. 도서관에도 갔고. 어쨌든 같이 있는 동안 다이치가 웃어주면 했거든. 한편으로는 눈에 보이지 않는 멋진 대답을 찾고 있었어. 하지만 그건 여전히 찾지 못했어."

"일반적으로 생각해도 넌 충분히 옳은 일을 했어."

"하지만 이상적이지는 않잖아."

"이상은 현실의 반대말이야."

"그렇다고 해도 나나쿠사라면 이상적인 대답을 찾을 수 있지 않았을까. 시간이 지나자 점점 더 의지하고 싶어졌어. 다이치를 보고 있으면 역시 너무 괴로워서 당장이라도 너한테 전화를 걸 것만 같았지. 감정을 그렇게나 억누른 건 분명 처음이었어. 그때 마녀한테서 전화가 왔어."

난 웃었다.

긴 얘기였다. 이제야 연결이 되었다.

"그리고 난 나나쿠사를 버렸어. 너에게 어리광을 피우는 감정을 한번은 깔끔하게 버려버렸어."

실은 그런 걸 버릴 필요 따위 없었다. 왜냐면 난 계속 마나베한테서의 연락을 기다리고 있었으니까. 얼마나 도움이 됐던 건지는 모른다. 마나베가 말한 것처럼 이상적인 답을 찾아낸 것도 아니다. 그래도.

그녀는 도움을 청할 필요도 없었다. 슬퍼하는 소년이 있는데 난 그를 돕고 싶어. 그 말만 해주면 충분했다. 난 기꺼이 그녀에게 달려갔을 것이다.

"네가 원하는 걸 마녀는 확실하게 제거해준 거야?"

"그렇다고 생각했어. 하지만 아니었던 걸지도 몰라."

다이치가 살짝 몸을 비틀었다. 그래서 우리는 숨을 죽였다. 하지만 그는 여전히 잠들어 있다. 마나베는 조금씩 코트의 위치를 바꾸며 말을 이었다.

"다이치가 없어졌다는 걸 알았을 때 정신을 차리고 보니 너한테 전화를 걸고 있었어. 자연스럽게 그렇게 했고, 나중에 생각해도 달리 어쩔 도리가 없었어. 난 그저 그 전화를 걸 때까지 계속 빙 둘러 돌아오기만 한 거였어."

그녀는 다이치를 쳐다보던 시선을 나에게로 돌렸다.

"이 추운 집에서 다이치는 울고 있었어. 버려버린 자신에 대해 생각하면 슬퍼서 미치겠다며 울고 있었어. 난 실수했어. 좀 더 빨리, 다이치를 만나자마자 너한테 전화를 걸었어야만 했어. 저기, 나나쿠사. 난 말이야."

마나베는 고개를 젓는다. 굉장히 동요하고 있는 것처럼. 그래도 여전히 다이치의 이마를 부드럽게 손바닥으로 어루만지면서.

억누른 목소리로 그녀는 말한다.

"난 소리치고 싶어. 아마도 자신을 향해서겠지. 그런 다음 다이치를 구할 수 있는 누군가를 향해. 하지만 여전히 정말로 그렇게 하는 게 옳은 건지는 모르겠어. 너 말고 달리 전화를 할 상대도 떠오르지 않고, 너에게 모든 문제를 떠넘기는 게 정답이라고도 생각할 수 없어. 계속 생각하고 있지만 여전히 답을 찾을 수 없어."

누구든 그렇다고 나는 생각한다.

마나베 유우처럼 우연히 만난 소년을 진심으로 최선을 다해 돕는 경우는 극소수이겠지만. 다른 사람이 안은 문제에 대해 정답을 찾을 수 없었던 자신을 진심으로 분해할 수 있을 정도의 수준은 순수한 감정이 아닐 테지만.

크든 작든 비슷한 종류의 문제를 분명 안고 있는 것이다. 완전히 같다고는 할 수 없어도 개인의 힘의 한계와 어디까지 타인에게 다가가야만 하는 건가 하는 선 긋기에 대해 고민은 할 것이다.

거짓말이든 사실이든 난 그녀가 납득할 대답을 제시하고 싶었다. 하지만 그런 건 떠오르지 않았다. 그녀 뺨에 있던 눈물의 흔적은 이제 거의 보이지 않는다. 하지만 그 눈물을 확실하게 기억하고 있다.

"같이 생각해보자."

난 목소리를 쥐어짰다.

단 한 마디의 거짓말도 떠오르지 않아 변변치 않은 본심을 가까스로 입에 담았다.

"어떤 답이 나오든 둘이서 생각해보자. 네가 상담해주면 난 기뻐."

마나베는 고개를 숙이고는 평소와 달리 알아듣기 힘든 목소리로 고맙다고 말했다.

＊

　다이치가 눈을 뜬 건 우리가 긴 대화를 끝내고 약 30분 후의 일이었다.

　그는 한동안 상황을 납득하지 못한 모양이었다. 몸을 뒤척이더니 눈을 비비며 몸을 일으켰다. 그런 다음 그제야 마나베의 무릎에서 자고 있다는 사실을 깨달은 것 같다. 다이치는 작은 목소리로 '죄송해요.'라고 중얼거렸다.

　마나베가 다이치의 얼굴을 들여다본다.

　"우리 집으로 가지 않을래? 여기는 너무 추우니까."

　하지만 다이치는 고개를 저었다.

　"아직 갈 수 있지?"

　난 물었다.

　"가다니, 너희 집으로?"

　"응."

　"전철은 아직 있어."

　스마트폰을 확인하자 시간은 11시가 거의 다 되어 있었다. 졸린 듯 눈을 비비며 다이치는 말했다.

　"그럼 집으로 갈게. 폐를 끼쳐 미안해."

"사과할 필요는 없어. 하지만 어째서? 가출은 이제 다 끝 난 거야?"

그는 끄덕였다. 아주 살짝 고개를 저을 뿐이었지만 거기 에는 뭔가 강한 의사가 담겨져 있었다.

"나, 나랑 얘기를 했어."

"그래서?"

"이런 방법은 좋지 않다고 나는 말했어. 정말 그럴지도 모 르겠어."

"어째서 그렇게 생각한 거지?"

다이치는 침묵하고 있었다. 난 최대한 부드럽게 웃었다.

"말하고 싶지 않으면 하지 않아도 돼."

그는 또다시 작게 고개를 젓는다. 그런 다음 비밀이야, 라 고 말하고는 사정을 가르쳐줬다.

"엄마는 가끔씩 밤에 울었어. 왠지 불안해서 눈을 뜨면 울 고 있었어. 방문 있는 데에서 가만히 날 보며 울고 있었어."

"그래서? 네가 위로해드렸어?"

"아니. 자는 척했어. 내가 잠을 깼다는 걸 알면 화내니까. 하지만 난 그곳에 없으면 안 된다는 생각이 들어."

"어째서?"

"잘은 모르겠지만 난 그곳에 있는 게 좋겠다고, 저쪽의 내 가 말했어. 왠지 그 말이 맞는 것 같아. 엄마가 혼자서 울고

있는 것보다는 나를 보면서 우는 쪽이 그래도 낫다는 생각
이 들어. 그런 걸 제대로 고민하지 못했어."

난 나도 모르게 다이치의 머리 위에 손을 올리고 있었다.

엄청나게 어려운 걸 말하는 아이다. 이건 아마도 착함의
본질 같은 이야기일 것이다. 너무나도 착해서 슬퍼진다. 어
째서 초등학교 2학년인 소년이 이런 착함까지 알지 않으면
안 되는 걸까.

"넌 한번 버린 자신을 주운 거야?"

무조건적으로 엄마를 사랑하는 감정을. 그것 또한 너무나
도 바른 그의 일면을.

하지만 다이치는 내가 손을 올린 머리를 저었다.

"아니. 그게 아냐."

"또 다른 너에 대한 건 이제 괜찮겠어?"

"좋지는 않지만. 하지만 저쪽은 즐겁다고 말했어. 그래서
난 천천히 해도 돼. 오늘이나 내일 원래대로 돌아가지 않아
도 괜찮아."

그 말은 진실일까.

어린 소년이 오랫동안 집을 떠났고, 게다가 그 아이는 엄
마를 계속 사랑하고 있는데 그래도 괜찮다는 게 가능한 걸
까. 만약 거짓말이라 해도 그럼 대체 어느 쪽의 다이치가 거
짓말을 한 걸까.

난 구별을 할 수 없다.

다이치는 내 얼굴을 올려다보며 웃어 보이기까지 했다.

"그래서 오늘은 집에 갈래. 다른 작전을 생각할 거야."

난 끄덕인다.

"알았어. 분명 너라면 다른 누구도 생각해내지 못한, 멋진 작전을 준비할 수 있을 거야."

그건 진심에서 나온 말이었다.

하지만 물론 이상적으로 말한다면 그런 것에 의지해서는 안 되는 것이다.

5

다이치와는 그의 맨션 앞에서 헤어졌다.

나도 마나베도 그를 집까지 바래다주고 싶다고 말했다. 엄마에게 사정을 설명할 필요가 있다고 생각했던 것이다. 그렇게 하는 편이 여러 가지로 그런대로 부드러울 것이다.

하지만 다이치는 강경하게 그걸 거부했다. 혼자서 괜찮다고 반복했다. 그래서 우리가 물러서게 됐다.

결국 우리는 다이치의 문제를 해결할 만한 힘을 가지고 있지 않은 것이다. 혼자서 맨션으로 들어가는 다이치의 뒷모습이 그걸 증명하는 것처럼 보였다.

돌아오는 길에 마나베가 오도카니 말했다.

"이제부터 어떻게 할까."

행선지도 돌아갈 곳도 없는 나그네 같다. 마나베의 말이, 라기보다는 분명 우리의 감정이. 그래도 우리는 어딘가를 목표로 하지 않으면 안 된다.

난 말해본다.

"다이치를 유괴하는 건 어때? 같이 손을 끌고서, 어딘가 남쪽에 있는 따뜻한 곳으로 데려가는 거야. 사람이 적은, 밤에 별이 가득한 아름다운 섬에서 이런저런 문제를 잊고 즐겁게 사는 거야."

"하지만 그럴 만한 돈이 없어."

"중학교를 졸업했으니까 일할 자격은 돼. 일을 고르지만 않는다면 어떻게든 될 거야."

"그렇게 하면 다이치는 행복해질까?"

"의외로 아주 잘 될 것 같은 기분이 들어. 한동안은 우리를 원망할지도 몰라. 하지만 그 아이는 착하니까 곧 용서해 줄 거야. 문제에서 멀리 떨어진 곳에서 웃고 지내다 보면 언젠가 문제 쪽이 닳아 없어질 거야."

"하지만 역시 다이치는 슬프지 않을까. 엄마와 또 한 명의 자신을 잊지 못할 것 같아."

"그럴지도. 정말 그럴 것 같긴 해."

"그럼 안 되겠네."

"아쉽군. 오늘 밤은 약간 좀 쌀쌀하네. 난 따뜻한 곳으로 도망치고 싶어."

물론 농담이다. 그저 슬퍼질 뿐인 농담이다.

난 묻는다.

"넌 어떻게 하면 좋을 거라고 생각해?"

"모르겠어."

마나베는 고개를 저었다.

"다이치는 저렇게나 착해. 저렇게나 착한 아이가 울고 있다고. 그렇다고 하면 저 아이 말고 다른 뭔가가 잘못되어 있는 거야."

"응. 네 말이 맞아."

"실은 지금 당장이라도 다이치 맨션으로 다시 돌아가고 싶어. 크게 마음을 먹고 문을 두드리고는 그의 엄마를 큰 소리로 혼내고 싶어."

"네가 그렇게 하겠다면 난 네 뒤를 따를게. 일이 크게 벌어질 것 같으면 정말 진심으로 사과해볼게."

"고마워."

그녀는 입가에 미소를 지었다.

"하지만 말이야, 그래도 다이치는 슬퍼할 거라고 생각해. 난 아무것도 해결할 수 없을 것 같아. 그렇다면 그 아이와의 약속을 깨버린 것밖에 안 될지도 몰라."

미소를 머금은 채 그녀는 울고 있었다.

아주 살짝 고개를 숙이고는 조용히 눈물을 흘리고 있었다.

"좋은 방법이 있어."

라고 난 말한다.

"둘이서 그를 즐겁게 해주는 거야. 우리는 사이좋은 친구로 계속 남는 거야. 물론 그런 걸로 근본적인 문제 해결은 불가능해. 다이치는 여전히 몇 번 더 울게 되겠지. 하지만 약간은 그에게 의지가 될 수 있을지도 몰라. 어딘가에서 슈퍼 히어로가 나타날지도 모르지. 우리는 적을 쓰러뜨리지 못하지만 그때까지 그가 자신을 지키는 걸 도와주는 것 정도라면 가능할지도 몰라."

"그래. 그렇게 하는 게 제일 좋을까."

갈라진 목소리로 그녀는 끄덕였다.

"하지만 좀 더 생각해보자."

그건 역시 마나베 유우의 목소리가 아니었다. 내가 믿고 있던 이 세계에서 제일 아름다운 것은 아니었다.

언제인지는 잘 모르겠지만 그녀는 크게 상처 입은 것이다. 그렇게나 강하고, 그런 반면 당장이라도 무너져버릴 것 같았던 그녀에게 역시 커다란 균열이 생긴 것이다.

그녀는 이제 내가 가장 사랑한 마나베 유우가 아니다. 나의 모든 것이었던 어리석은 이상주의자가 아니다.

소녀의 지금 모습을 보면 가슴이 아파 울고 싶어진다. 뜨거운 피가 흘러나오는 것 같아 장갑을 끼고 있는데도 손끝이 언다.

숨을 내뱉고 생각했다.

이 고통은 실연인 건가?

난 아주 오랫동안 마나베 유우를 사랑하고 있었던 걸까?

그럴지도 모른다는 생각이 들었다. 역시 전혀 다르다는 생각도 들었다.

빨간 태양을 떠올린다. 나에게 있어 가장 오래된 기억을. 그 창문에서 본 풍경을 난 정말 좋아했다. 따뜻하고 생기 있는, 전혀 새로운 좋아한다는 감정이었다.

그날과 마찬가지다. 나에게는 그게 석양으로 보인다. 첫사랑의 끝처럼 보인다. 하지만 아침 해일지도 모른다. 지금 나의 가슴에 생겨난 고통이야말로 진짜 첫사랑일지도 모른다.

그렇다면 더한 고통을 원해서 난 일그러진 미소를 지은 채로 눈물을 흘리는 소녀를 바라본다. 이 연약한 소녀가 지금도 여전히 사랑스럽다고 생각한다. 그건 신앙이 아니다. 지금은 더는 그녀의 불변도, 완전성도 원하지 않는다. 그저 주머니에 손수건이 없다는 게 분하다. 어떤 형태로든 내일은 이 아이가 웃기를 바란다.

오래된 말은 먼 곳에 전파되어 있다. 분명 감정도 같을 것이다. 지금 내 가슴속에 어렸을 적의 순진한 호의는 없다. 가까스로 떠올리려 했던 그 빨강에는 그녀의 눈물이 겹쳐져 칙칙한 색으로 보인다. 그래도. 더러워진 빨강을 사랑이라 부른다. 분명 그렇다고 믿는다. 왜냐면 이렇게 절실하게 그녀의 눈물을 닦아주고 싶으니까.

난 소녀의 손을 끌었고 그녀가 발을 멈췄다.

그도 그럴 것이 손수건도 없으니 어쩔 수 없지 않나. 그렇게 변명하며 그녀의 머리를 내 가슴에 갖다 댄다.

소녀는 소리도 내지 않고 내 손 안에서 울고 있었다. 계속 울고 있었다. 하늘에는 물론 태양 따위 없다. 달마저 구름 너머에 숨어 있다. 그래도 큰길 건너편의 편의점에서 나오는 빛이 가까스로 우리한테까지 닿고 있다.

우는 얼굴을 웃는 얼굴로 바꾸지는 못한다 해도 코트로 눈물을 닦을 수 있다면 그걸 난 행복이라고 부른다.

사랑하는 소녀가 상처 입었다면 조심스럽게 상처를 어루만지며 그걸 난 사랑이라 부른다.

***

．

계단섬은 7평방킬로미터 정도의 아주 작은 섬이다.

바닷가와 산기슭에 하나씩 마을이 있고, 다 합해 2천 명 정도가 생활하고 있다. 산 쪽 마을에서 똑바로 계단이 뻗어 있는데, 섬에 딱 하나 있는 학교로 이어진다. 계단은 거기에서 더 위로 산 정상을 향해 뻗어 있고, 그 위에는 마녀가 사는 집이 있는 것 같다는 소문이지만 진실은 알 수 없다.

이 섬의 주민들에게는 한 가지 특징이 있다.

누구나가 현실의 자신에게 버림받아 이곳으로 보내진 것이다.

물론 나 또한. 현실의 나에게 더는 필요 없다며 잘려서 꼬깃꼬깃하게 뭉쳐져 휴지통에 툭 던져진 것처럼 계단섬으로 보내졌을 것이다.

나만의 일이라면 한숨 한 번으로 지나가는 것도 가능하다. 하지만 이 섬에 있는 다른 사람들——예를 들면 순수한 그녀와 정말 어린 소년까지 버려진 거라고 생각하면 역시 가슴이 아파 온다.

2월 11일 기록적으로 추운 아침 오전 7시가 되기 조금 전에 난 코트를 입고 삼월장의 문을 열었다. 호흡할 때마다 기관이 얼어붙는 것 같아 최대한 숨을 참으면서 바닷가를 향해 갔다.

생각할 게 있어서 제대로 잠을 잘 수 없었기 때문에 밖을 걸어보기로 했지만 역시 침대에 웅크리고 있는 편이 나았을지도 모르겠다. 다행히 오늘은 국경일이라 아침 식사를 한 후에 푹 자면 된다고 생각한 게 잘못이었다. 그렇다고는 해도 걷기 시작하니 되돌릴 타이밍도 없어 결국은 바닷가까지 나왔다.

어젯밤 친구인 마녀에게 부탁받아 기숙사를 빠져나왔다.

아이하라 다이치를 에스코트하기 위해서다. 계단까지 그를 배웅해준 뒤 한동안 아래에서 기다리고 있었다. 다이치가 다시 돌아온다면 기숙사까지 데려가고, 그렇지 않으면 마녀가 그만 가 봐도 된다는 말을 하러 온다. 그렇게 되어 있었다.

난 그 부탁을 거절할 이유가 없었다.

마녀가 나에게 부탁을 한다는 건 좀처럼 없는 일이다. 그녀는 언제든 타인에게 폐를 끼치는 걸 두려워해 숨을 죽이고 살고 있는 것처럼 보였다. 공기와 마찬가지로, 눈에 보이지 않는, 무게도 느껴지지 않는, 하지만 의미 있는 뭔가가 되는 게 그녀의 이상일지도 모른다. 그 착한 마녀의 부탁이라면 하룻밤 추운 경험을 하는 것 정도는 일도 아니다.

게다가 만약 마녀가 그 정도로 선량하지 않았다고 해도 난 어젯밤 다이치의 손을 끌고 기숙사를 빠져나왔을 것이다. 다이치가 현실로 돌아가는 건 마나베 유우의 목표 중 하나이기도 하다. 난 그 생각에 반드시 찬성은 아니지만 상황이 충분히 정리되면 역시 그는 이곳을 나가야만 하는 것이다. 소년의 하루 마무리는 집으로 돌아가는 게 자연스럽다.

아이하라 다이치는 왜 자신을 버린 걸까. 그 이유를 조사하고, 문제를 배제해 그가 집으로 돌아갈 수 있는 준비를 하는 건 현실 쪽에 있는 나와 마나베의 일이었다. 어젯밤 다이치를 그 계단까지 바래다줬을 때에는 이제야 현실 쪽 우리들이 목표를 달성한 건 아닌가, 하고 약간은 기대하고 있었다. 하지만 결국 다이치는 또다시 그 계단을 내려왔다.

현실 쪽의 우리는 뭔가 실패한 것이리라. 분명 저쪽 다이치의 문제를 제거하지 못했던 것이다. 그렇다면 이쪽의 나도 약간은 고민하는 게 좋을지도 모른다. 그런 걸 생각하느라 어젯밤은 제대로 잘 수 없었다.

그렇다고는 해도 하룻밤 고민한 정도로는 역시 좋은 방법은 떠오르지 않았다. 그래서 기분을 바꾸려고 차가운 공기 속에서 바닷가까지 걸어봤다.

난 천천히 고도를 올리는 아침 해로 얼굴을 돌리고는 해변에 돌로 쌓은 벽에 부딪치는 파도 소리를 들으면서 5분 정도 발걸음을 멈추고 있었다. 몸은 따뜻해지지 않는다. 아쉽지만 졸리지도 않다. 이런 걸로 감기에 걸린다는 것도 바보처럼 느껴져 이제 그만 기숙사로 돌아가려 했을 때였다.

"사토우 군."

나를 부르는 목소리가 들렸다.

뒤돌아보니 내 나이 또래로 보이는 소녀가 혼자 서 있다. 처음 보는 소녀다. 붉은 테 안경을 쓰고, 목에는 파란 유리구슬 펜던트를 걸고 있다.

이 섬에는 학교가 하나밖에 없다. 중등부도 고등부도 학교 건물은 다르지만 같은 학교로 들어간다. 같은 나이 또래라면 특별히 아는 사이가 아니라 해도 얼굴 정도는 알고 있지만 이 소녀는 정말 처음 본다.

하지만 그녀는 날 지그시 쳐다보고 있다. 사람이 적은 이 섬의 항구도 아닌 바닷가 바위에 이른 아침부터 서 있는 건 나와 그 소녀 정도다. 그녀는 아무래도 나와 사토우라는 누군가를 혼동하는 모양이다.

"넌?"

"난 아다치야."

아다치. 역시 모른다.

"사토우라는 건 누구를 말하는 거야?"

"물론 넌데."

"난 사토우가 아닌데."

"그랬구나. 분명히 그렇게 들었는데. 너, 거짓말쟁이?"

사실 거짓말은 싫어하지 않는다. '제 이름은 사토우입니다.'라고 거짓말한 기억은 없지만 그저 까먹고 있을 뿐인 건지도 모른다. 생각해보면 사토우라는 건 너무나도 내가 쓸 법한 가명이다. 흔하디흔한 성이고, 그럼에도 불구하고 마침 친한 지인들 중에는 그 성인 사람이 한 명도 없다.

자신을 아다치라 소개한 소녀는 도발적인 미소를 지으며 고개를 갸웃거렸다.

"그럼 이름이 뭐야?"

왠지 안 좋은 예감이 들었다. 이 소녀와는 그다지 엮이고 싶지 않다. 그렇다고는 해도 이제 와서 역시 사토우라고 대답할 수도 없다. 좁은 계단섬에서는 내 이름 정도야 바로 알아낼 수 있을 것이다.

어쩔 수 없이 '나나쿠사야.'라고 이름을 말한다.

"그렇구나. 나나쿠사 군."

아다치는 천천히 끄덕였다. 전자현미경을 만지작거리는 과학자 같은 분위기였다.

"실은 나 지금 좀 곤란한 일이 있어. 도와주지 않을 래?"

난 본능적으로 날 방어하며 미소를 지으면서 마음속 으로 한숨을 내쉬었다.

"무슨 일인데? 내가 도울 수 있는 일이라면 괜찮지 만."

"이 섬을 안내해주면 좋겠어."

"안내?"

"눈을 떴더니 어느새 여기 와 있는 거야. 도대체 뭐가 뭔지 모르겠어서 말이야."

오늘 아침 계단섬으로 막 온 건가.

정말? 왠지 모르게 이상하다. 계단섬이라는 건 쓰레 기통 같은 장소다. 버려지는 입장에서 보면 갑자기 보 내지는 것이다. 그런데도 그녀의 눈동자에는 손톱만큼 도 동요하는 기색이 없다. 오히려 자신에 가득 차 있는 것처럼 보인다.

그 의문을 집어삼키며 난 말했다.

"다시 한 번 이름을 가르쳐줄래?"

이 섬에 막 온 사람에게는 처음 만난 주민이 어떤 룰 을 설명하는 게 규칙이다. 룰의 설명에는 정해진 순서 가 있다. 일단은 이름을 묻는 것부터 시작하지 않으면 안 된다.

그녀는 대답한다.

"아다치(安達)야. 마음 편한(気安い) 친구(友達), 두 번째 글자와 마지막 글자를 합해 아다치."

"고마워."

난 끄덕이고는 정해진 말을 입에 담았다.

"여기는 버려진 사람들의 섬이야. 이 섬에서 나가기 위해서는 아다치가 잃어버린 걸 찾아야만 해."

"아니, 그게 아니라."

아다치는 어이없다는 말투로 내 말을 잘랐다.

"난 이 섬을 나가고 싶은 게 아니야. 자신을 버리기 위해 온 것도, 죽기 위해 온 것도 아냐."

역시 나의 안 좋은 예감은 보기 좋게 들어맞은 것 같다.

이 소녀는 명백하게 이질적이다. 계단섬에 막 온 사람치고는 분명 알고 있을 리 없는 사실을 알고 있다. 그리고 무엇보다 부자연스러운 말을 숨기려고도 하지 않는다는 사실이 기분 나쁘다.

난 물었다.

"오늘이 몇 월 며칠인지 가르쳐줄 수 있어?"

"어째서? 오늘이 언제든 상관없잖아."

"갑자기 신경 쓰였어. 아침은 좀처럼 날짜가 생각나지 않아서 왠지 좀 찜찜하거든."

"그렇구나. 2월 11일이야."

아다치는 안경을 만져 위치를 고치며 웃었다.

"찜찜한 건 풀렸어? 나나쿠사 군."

그녀가 말한 날짜는 맞다. 그것도 그녀가 계단섬에 이제막 온 사람치고는 이상한 것 중 하나였다. 원래 이곳에 온사람들은 모두 기억을 잃고 있다. 짧은 사람은 며칠, 길면 몇 개월. 예를 들면 난 작년 8월 25일부터 29일까지의 기억이 없다. 우리는 분명 마녀를 만나 이 섬으로 보내졌을 텐데도 그 사실을 잊고 있다. 그런데도 아다치는 기억을 잃은 것같지 않다.

그녀는 여전히 미소를 지은 채 내 얼굴을 들여다보듯 올려다본다.

"그럼 네 질문에는 대답했으니까, 내 질문에도 대답해줄래? 섬을 안내해줄 거야?"

이 예외투성이인 소녀는 대체 정체가 뭐지?

한동안 차분하게 생각하고 싶었다.

"미안, 바로 아침 식사 시간이라서. 기숙사에서 생활하고 있어서 늦으면 폐를 끼치게 되거든."

"그렇구나. 그 말을 듣고 보니 배가 고프네. 거기서 나도 돈을 내면 먹을 수 있어?"

"우리 기숙사는 안 돼. 남자 기숙사에는 여자는 들어오면 안 되거든."

"아쉽네."

"아침 식사를 할 수 있는 카페라면 알고 있어. 하지만 오픈까지 시간이 좀 남는데."

"안내해줄래?"

"난 이제 그만 기숙사로 돌아가야만 돼."

손목시계를 쳐다보았다.

가능하다면 이 소녀와 엮이고 싶지 않았다. 하지만 확인하지 않으면 안 되는 의문이 있어서 난 시계를 쳐다보는 채로 결국 그걸 물었다.

"버리기 위해서도 줍기 위해서도 아니다. 하지만 이 섬에서 나갈 생각도 없다. 그럼 넌 뭘 위해 이 계단섬에 온 거지?"

"어디까지나 지금은, 인데——."

얼굴을 들자 아다치의 과장스러운 웃음이 기다리고 있었다.

"빼앗기 위해?"

공격적인 말이다. 공격적인 말은 언제든 싫다.

"알았어. 같이 카페에 가서 아침을 먹자."

"괜찮겠어? 기숙사의 아침밥은?"

"연락해 둘게. 남으면 남는 대로 누군가가 먹겠지."

이 소녀와는 말하면 말할수록 자유를 **빼앗기고** 있는 것 같은 느낌이 들었다. 말 하나하나에 작은 바늘이 들어 있어 내 피부를 찌르는 듯했다.

"천천히 아침밥을 먹자. 그다음에 커피를 마시고. 케이크도 먹을 만해. 가게에서 직접 만드는데 꽤 맛있어."

이건 내 말이다.

내가 머리로 생각해 입에 담은 말이다. 하지만.

"그러니까 그러는 동안 네 얘기를 해주지 않겠어?"

하지만 마치 마법에 걸린 것처럼 그녀에게 유도당한 말이기도 했다.

-계단섬 시리즈 3-
더러워진 빨강을 사랑이라 부른다

2018년 1월 30일 1판 1쇄 발행
2018년 7월 25일 1판 2쇄 발행

원작 코노 유타카
일러스트 코시지마 하구
옮긴이 정호욱
발행인 유재옥
본부장 조병권
편집 김다솜 김민지 김혜주 박상엽 이문영 정영길 조찬희
디자인 강혜린 박은정
라이츠 박선희 오유진
디지털 최민성 박지혜
발행처 (주)소미미디어
인쇄제작처 코리아피앤피
등록 제2015-000008호
주소 서울시 마포구 토정로 222번지, 403호(신수동, 한국출판콘텐츠센터)
판매 (주)소미미디어
마케팅 한민지 박양자
전화 편집부 (070)4260-1391, 1393 **기획실** (02)567-3388
    판매 및 마케팅 (070)4165-6888, **Fax** (02)322-7665

ISBN 979-11-6190-358-3 04830
ISBN 979-11-5710-426-0 (세트)